日本漢詩話集成

十

趙季
葉言材　輯校
劉暢

中華書局

全唐聲律論卷十六

七言律

正格起接變格

●○○●●○○
●○●●○○○
●○●●●○●
●●○○○●○
○●○○○●●
●○○●●○○
○○●●○○●
○●○○●●○

杜甫

浣花溪水水西頭
主人爲卜林塘幽
已知出郭少塵事
更有澄江消客愁
無數蜻蜓齊上下
一雙鸂鶒對沈浮
東行萬里堪乘興
須向山陰上小舟

●●●●○●○
○○●●○○○
○○●●●○●
●●○○○●○
●●●○○●●
○○○●●○○
○○●●○○●
●●○○●●○

○○●●○○○
○○●○○●○
●○○●●○●
●●●○○●○
○●●○○●●
○○●●●○○
●○○●○○●
○●○○●●○

李商隱
二月二日江上行
東風日暖聞吹笙
花鬚柳眼各無賴
紫蝶黃蜂俱有情
萬里憶歸元亮井
三年從事亞夫營
新灘莫誤遊人意
更作風檐夜雨聲

李山甫
風煙放蕩花披猖
鞦韆女兒飛短墻
繡袍馳馬拾遺翠
錦袖鬪鷄喧廣場
天地氣和融霽色
池臺日暖燒春光
自憐塵土無他事
空脱荷衣泥醉鄉

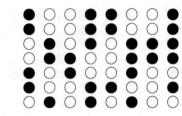

●○●●○●○
●○●●○○○
○○○●●○●
○●●○○●○
○●●○○●●
●○○●●○○
●○●●○○●
○●○○●●○

○○●○○●○
○○●○○○○
●○○●●○●
○●●○○●○
●●●○○●●
●○○●●○○
●○○●●○●
○●●○○●○

羅隱

楚城日暮煙靄深
楚人駐馬還登臨
襄王臺下水無賴
神女廟前雲有心
千載是非難重問
一江風雨好閑吟
欲招屈宋當時魄
蘭敗荷枯不可尋

同

蓮塘館東初日明
蓮塘館西行人行
隔林啼鳥似相應
當路好花疑有情
一夢不須追往事
數杯猶可慰勞生
莫言來去只如此
君看鬢邊霜幾莖

○○○●●○○
○○●○○●○
●○●●●○●
●●○○○●○
●●●○○●●
●○○●●○○
●○○●○○●
●●○○●●○

張祜

孤城高柳曉鳴鴉
風簾半鈎清露華
九峰聚翠宿危檻
一夜孤光懸冷沙
出岸遠暉帆欲落
入溪寒影雁差斜
杜陵歸去春應早
莫厭青山謝眺家

●○●●○○○
○○●●○○○
●○○●●○●
●●●○○●○
○●●○○●●
●○○●●○○
○○●●○○●
●●○○●●○

吳融

碧溪瀲瀲流殘陽
晴沙兩兩眠鴛鴦
柳花無賴苦多暇
蛺蝶有情長自忙
千里宦遊成底事
每年風景是他鄉
高歌一曲垂鞭去
盡日無人識楚狂

○○●●●○●
●○○●○●○
●○●●●○●
●●●○○●○
○●●○○●●
●○○●●○○
○○●●○○●
○●○○●●○

韓偓

辛夷纔謝小桃發
踏青過後寒食前
四時最好是三月
一去不回惟少年
吴國地遥江接海
漢陵魂斷草連天
新愁舊恨知無奈
須就鄰家甕底眠

○○●●○○○
●○○●○○○
○○●●●○●
●●●○○●○
●●●○○●●
●○○●●○○
●○●●○○●
○●○○●●○

陸龜蒙

江干古渡傷離情
斷山零落春潮平
春風料峭客帆遠
落葉夕陽天際明
戰舸昔浮千騎去
釣舟今載一翁輕
可憐宋帝籌帷處
蒼翠無煙草自生

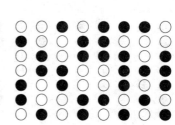

○○●○○●○
○○●●○○○
●○○●○○●
○●○○●●○
●●○○○●●
●○○●●○○
○○●●○○●
●●○○●●○

偏格起接拗格

●●●●○○○
●○○○●●○
●●○○○●●
●○○●●○○
●○○●○○●
●●○○●●○
●●○○○●●
●○○●●○○

譚用之

三皇上人春夢醒
東侯老大麒麟生
洞連龍穴全山冷
囱透鼊波盡室清
計拙耻居嵩麓老
氣狂慚與斗牛平
誰人爲向青編上
直傍巢由寫一名

杜甫

與子避地西康州
洞庭相逢十二秋
遠愧尚方曾賜履
竟非吾土倦登樓
久存膠漆應難並
一辱泥塗遂晚收
李杜齊名真忝竊
朔雲寒菊倍離憂

錢起

雲間陸生美且奇
銀章朱綬映金羈
自料抱才將致遠
寧嗟趨府暫牽卑
東城斜日催巢燕
上苑秋聲散御梨
朝夕詔書還柏署
行看飛隼集高枝

○○●○●●○
○○○●●○○
●●●○○●●
○○○●●○○
○○○●○○●
●●○○●●○
○●●○○●●
○○○●●○○

右十二圖，正格偏格起，接變拗。雖則變起接，至下六句而蹈正律。斯之謂正中有變，變中有正也。

上半拗格下半正格

○●○○○●○
○●○○●○○
○○●●○○●
●●○○○●○
●○○●○○●
●●○○●●○
●●○○○●●
○○●●●○○

●●●●○○○
○○●○○●○
○○●●●○●
○●○○○●○
○○○●○○●
○●○○●●○
●●○○●○●
○○○●●○○

張九齡

天啓神龍生碧泉
泉水靈源浸迤延
飛龍已向珠潭出
積水仍將銀漢連
岸傍花柳看勝畫
浦上樓臺問是仙
我后元符從此得
方爲萬歲壽圖川

杜甫

灩澦既没孤根深
西來水多愁太陰
江天漠漠鳥雙下
風雨時時龍一吟
舟人漁子歌回首
估客胡商淚滿襟
寄語舟航惡年少
休翻鹽井横黄金

○●●●●●○
●●○●●○○
●○○○●●●
●○○●●●○
●○●●●○●
●●○○○●○
●●●○●●●
●○○●●○○

○●○○●●○
○○○●●○○
○●○○●●●
●●●●●○○
○○●●○○●
●●○○●●○
●●○○○●●
○○●●●○○

同

春雨闇闇塞峽中
早晚來自楚王宮
亂波紛披已打岸
弱雲狼藉不禁風
寵光蕙葉與多碧
點注桃花舒小紅
谷口子真正憶汝
岸高瀼滑限西東

同

西岳崚嶒竦處尊
諸峰羅立似兒孫
安得仙人九節杖
拄到玉女洗頭盆
車箱入谷無歸路
箭括通天有一門
稍待秋風涼冷後
高尋白帝問真源

●○●●○○○
●●○○●●○
●●●●●○●
●○○○○●○
○○●●●○●
●●●○○●○
●●○○○●●
●○○●●○○

同

卜居赤甲遷居新
兩見巫山楚水春
炙背可以獻天子
美芹由來知野人
荊州鄭薛寄書近
蜀客郗岑非我鄰
笑接郎中評事飲
病從深酌道吾真

●○●●●○○
●●●●○○○
●○●●○○●
○●○○●●○
○○●●○○●
○●○○●●○
●●●○○●●
○○○●●○○

同

碧山學士焚銀魚
白馬却走身嵓居
古人已用三冬足
年少今開萬卷餘
晴雲滿户團傾蓋
秋水浮階溜决渠
富貴必從勤苦得
男兒須讀五車書

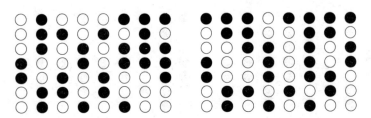

●○○●○●○
●●○○○●○
○○●●○○●
○●○○●○○
○○○●○○●
●●○○●●○
○●●○○●●
○○●●●○○

●○●○●○●
●●○○○●○
○●●●●●●
●○○●○○○
○○●●●○●
○●○○●●○
●●○○○●●
○○○●●○○

同

暮春三月巫峽長
皛皛行雲浮日光
雷聲忽送千峰雨
花氣渾如百和香
黃鶯過水翻迴去
燕子銜泥濕不妨
飛閣卷簾圖畫裏
虛無只少對瀟湘

崔顥

昔人已乘白雲去
此地空餘黃鶴樓
黃鶴一去不復返
白雲千載空悠悠
晴川歷歷漢陽戍
芳草萋萋鸚鵡洲
日暮鄉關何處去
煙波江上使人愁

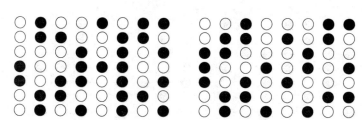

●●○●○○●
○●○○●●○
●●○○●○●
○○○●○○○
○○○●○○●
●●○○●●○
○●●○○●●
○○○●●○○

●●●●○○○
○○●○○●○
○○●○●●●
●●●●○○○
●●○○○●●
○○●●●○○
○○●●○○●
●●○○●●○

李白

鸚鵡來過吴江水
江上洲傳鸚鵡名
鸚鵡西飛隴山去
芳洲之樹何青青
煙開蘭葉香風暖
夾岸桃花錦浪生
遷客此時徒極目
長沙孤月向誰明

張志和

八月九月蘆花飛
南溪老人垂釣歸
秋山入簾翠滴滴
野艇倚檻雲依依
却把漁竿尋小徑
閑梳鶴髮對斜暉
翻嫌四皓曾多事
出爲儲皇定是非

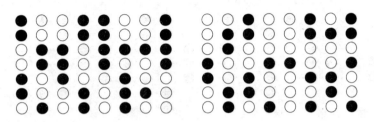

●○●●●●●
●○○●●○○
○○●●●●●
○●○○●●○
○●●○○●●
○○●●●○○
○○●●○○●
○●○○●●○

●○○○○●○
●○○●●○○
○○●●○●●
●●○○○●○
●●○○○●●
●○○●●○○
●○●●○○●
●●○○●●○

白居易

昔年八月十五夜
曲江池畔杏園邊
今年八月十五夜
湓浦沙頭水館前
西北望鄉何處是
東南見月幾回圓
臨風一嘆無人會
今夜清光似往年

杜牧

向吳亭東千里秋
放歌曾作昔年遊
青苔寺裏無鳥跡
緑水橋邊多酒樓
大抵南朝皆曠達
可憐東晉最風流
月明更想桓伊在
一笛聞吹出塞愁

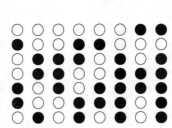

○○○●○○●
●●○○●●○
○○○●●○●
○○●●○○○
●●○○○●●
○○○●●○○
●○○●○○●
●●○○●●○

●○●●●○●
●●○○○●○
●○●●○●●
●●●●○○○
●●○○○●●
○○○●●○○
○○○●○○●
●●○○●●○

同

洪河清渭天池濬
大白終南地軸横
祥雲輝映漢宮紫
春光繡畫秦川明
草妒佳人鈿朵色
風回公子玉銜聲
六飛南幸芙蓉苑
十里飄香入夾城

同

玉函怪牒鎖靈篆
紫洞香風吹碧桃
老翁四目牙爪利
擲火萬里精神高
靄靄祥雲隨步武
纍纍秋冢嘆蓬蒿
三山朝出應非久
奼女當囪繡羽袍

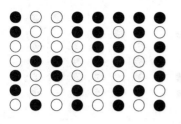

●●○●●●○
○○○●●○○
○○●●●●●
●●●○○●○
●●●○○●●
●○○●●○○
●○○●○○●
○●○○○●○

同
內舉無愧古所難
燕臺遥想拂塵冠
登龍有路水不峻
一雁背飛天正寒
別夜酒餘紅燭短
映山帆去碧霞殘
謝公樓下潺湲響
離恨詩情添幾般

●○○●○○○
●●○○●●○
●●○●○●●
●○●●○○○
●○●●●○●
●●○○○●○
○●○○●○●
●○○●●○○

温庭筠
日西塘水金堤斜
百草芊芊暗吐芽
野岸明媚山芍藥
水田叫噪官蝦蟆
鏡中有浪動菱蔓
陌上無風吹柳花
何事輕橈向溪客
緑萍方好不歸家

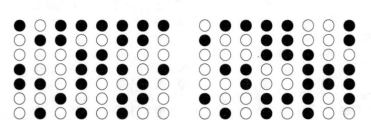

○○●●○○○
○●○○○●○
●●○●○●●
●○●●○○○
○○●●●○●
●●○○●●○
●●○○●○●
●○○●●○○

○○●●○●○
○○○●○○○
○○●○●○●
○○○●○○○
●●●○○●●
○○●●●○○
●○○●●○●
○●●○○●○

同此篇聲律與上篇同法，删之可也。

搖搖弱柳黃鸝啼
芳草無情人自迷
日影明滅金色鯉
杏花啑喋青頭鷄
微紅柰蒂惹蜂粉
潔白芹芽入燕泥
借問含顰向何事
昔年曾入武陵溪

羅隱此篇當次於下羅詩下

江頭日暖花正開
江東行客心悠哉
高陽酒徒半彫落
終南山色空崔嵬
聖代也知無棄物
侯門未必用非才
滿船明月一竿竹
家住五湖歸去來

●○●○○●○
○○●○○●○
○○●●●●●
●●●○○●○
●●●○○●●
○○○●●○○
●○●●○○●
○●○○●●○

○○●●○○○
○○○●○○○
●○●●●●●
●●○○○●○
○●●○○●●
●○○●●○○
○○●●○○●
○●○○●●○

杜荀鶴

李生李生何所之
家山窣雲胡不歸
兵戈到處弄性命
禮樂向人生是非
却與野猿同橡塢
還將溪鳥共漁磯
也知不是男兒事
争奈時情賤布衣

同

茅亭客到多稱奇
茅亭之上難題詩
出塵景物不可狀
小手篇章徒爾爲
牛畔稻苗新雨後
鶴邊松韻晚風時
君今酷愛人間事
争得安閑老在兹

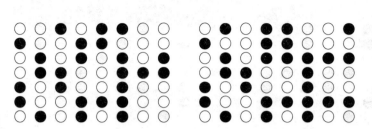

●●●●○○○
○○●●○○○
○○●●●●●
●●●○○●○
●●●○○●●
●○○●●○○
○○○●○○●
○●○○●●○

●○○●○○○
○○●●○○○
●○○●●●●
○○●●○○○
●●●○○●●
○○○●●○○
○○●●○○●
●●○○●●○

同
客路客路何悠悠
蟬聲向背槐花愁
争知百歲不百歲
未合白頭今白頭
四五朵山妝雨色
兩三行雁貼雲秋
輸他江上垂綸者
祇在船中老便休

李山甫
國東王氣凝蒲關
樓臺帖出晴空間
紫煙橫捧大舜廟
黃河直打中條山
地鎖咽喉千古壯
風傳歌吹萬家閑
來來去去身依舊
未及潘年鬢已斑

●●○○●●○
○○●●●○○
●○○●●●●
●●●○●○○
●●○○○●●
●○○●●○○
○○○●○○●
●●○○●●○

同

柳帶東風一向斜
春陰澹澹蔽人家
有時三點兩點雨
到處十枝五枝花
萬井樓臺疑繡畫
九原珠翠似煙霞
年年今日誰相問
獨卧長安泣歲華

○○●●○○○
○○○□□●○
●○●●●●●
○●○○○●○
○●●○○●●
●○○●●○○
○○●●○○●
○●○○●●○

同

華山黑影霄崔嵬
金天□□門未開
雨淋鬼火滅不滅
風送神香來不來
墻外素錢飄似雪
殿前陰柏吼如雷
知君暗宰人間事
休把蒼生夢裏裁

●○●●○○○
●○○●○●○
○○●●●●●
●●●○○●○
○●●○○●●
○○●●●○○
●○●●○○●
○●○○●●○

○○○●○●○
○●●●○●○
●○●●●○●
●○●●○●○
○●●○○●●
○○●●●○○
○○●●○○●
○●○○●●○

羅隱

漢陽渡口蘭爲舟
漢陽城下多酒樓
當年不得盡一醉
别夢有時還重遊
襟帶可憐吞楚塞
風煙只好狎江鷗
月明更想曾行處
吹笛橋邊木葉秋

同

晴江春暖蘭蕙薰
鳧鷖苒苒鷗著群
洛陽賈誼自無命
少陵杜甫兼有文
空闊遠帆遮落日
蒼茫野樹礙歸雲
松醪酒好昭潭静
閑過中流一弔君

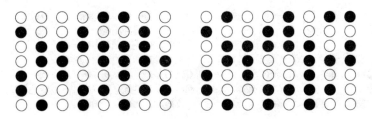

○○○●○○○
○○●●○●○
●○●○●●●
●●●●○○○
○●●○○●●
●○○●●○○
○○●●○○●
○●○○●●○

同

東南蒼翠何崔嵬
橫流一望幽抱開
影寒已令水底去
腳闊欲過湖心來
深處不唯容鬼怪
暗中兼恐有風雷
仙人往往今誰在
紅杏花香重首回

●○●○○●●
●○●●○●○
○○●●●○●
○○●●○○○
○●●○○●●
●○○●●○○
●○○●○○●
●●○○●●○

同

杜秋在時花解語
杜秋死後花更繁
柔姿曼態葬何處
夭姚膩白愁荒原
高洞紫簫吹夢想
小囱殘雨濕精魂
綺筵金縷無消息
一陣征帆過海門

●○●●○●○
●○●●○●○
○○●○●○●
○●●●●●○
●●○○○●●
○○○●●○○
●○●●○○●
●●○○●●○

○○●●○●○
○○○●○●○
●○●●●●●
○●●○○○○
○●○○○●●
○○○●●○○
●○○●●○●
●●●○○●○

同
采香徑在人不留
采香徑下停葉舟
桃花李花鬭紅白
山鳥水鳥自獻酬
十萬梅銷空寸土
三分孫策竟荒丘
未知到了關身否
笑殺雷平許遠遊

同
秋山抱病何處登
前時韋曲今廣陵
廣陵大醉不解悶
韋曲舊遊堪拊膺
佳節縱饒隨分過
流年無奈得人憎
却驅羸馬向前去
牢落路岐非所能

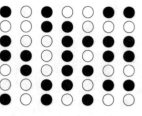

○○●●○○○
○●●○○●○
○○●●●○●
●●●●○○○
●●●○○●●
●○○●●○○
○○○●○○●
●●○○●●○

同

池邊月影閑婆娑
池上醉來成短歌
芙蕖抵死怨珠露
蟋蟀苦口嫌金波
往事向人言不得
舊遊臨老恨空多
松醪爲酒蘭爲棹
十載煙塵奈爾何

○○●●○●○
○○●●○○○
○○○○●●●
●○●●○○○
○●○○○●●
●○●●●○○
○○●●●○●
○●○○●●○

同

皇陂瀲灩深復深
坡西下馬聊登臨
垂楊風輕弄翠帶
鯉魚日暖跳黃金
三月窮途無勝事
十年流水見歸心
輸他谷口鄭夫子
偷得閑名說到今

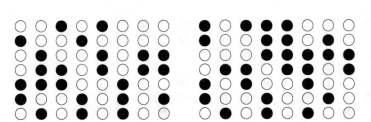

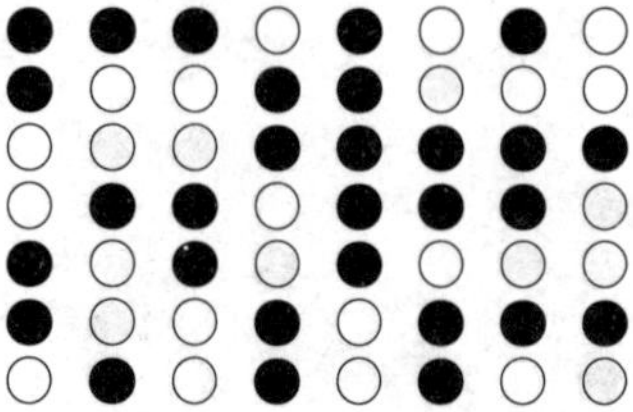

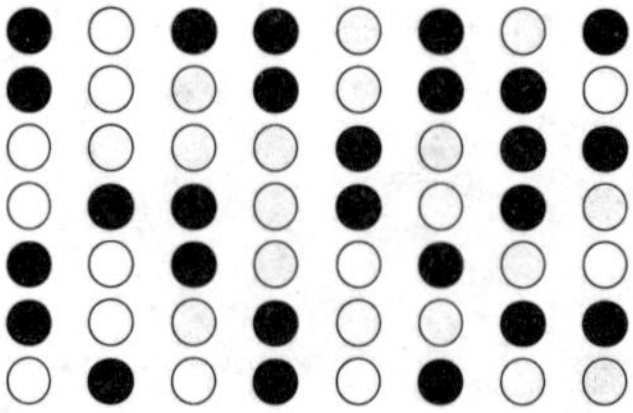

崔櫓

茱萸冷吹溪口香
菊花倒繞山腳黃
家山去此强百里
弟妹待我醉重陽
風健早鴻高曉景
露清圓碧照秋光
莫看時節年年好
暗送搔頭逐手霜

鄭谷

十年五年岐路中
千里萬里西復東
匹馬愁衝晚村雪
孤舟悶阻春江風
達士由來知道在
昔賢何必哭途窮
間烹蘆筍炊菰米
會向源鄉作醉翁

●○○●○○○
○●○○○●○
○●●●●○●
●○●○○●○
●○●●○○●
○●○○●●○
●●●○○●●
●○○●●○○

同

亂來奔走巴江濱
愁客多於江徼人
朝醉暮醉雪開霽
一枝兩枝梅探春
詔書罪己方哀痛
鄉縣徵兵尚苦辛
鬢禿又驚逢獻歲
眼前渾不見交親

○●●●●○●
●○●○○●○
●●○○●○●
○○●●○○○
●●○○○●●
○○●●●○○
○○○●○○●
●●○○○●○

吴融

三點五點映山雨
一枝兩枝臨水花
蛺蝶狂飛掠芳草
鴛鴦熟睡蹺晴沙
闕下新居非己業
江南舊隱是誰家
東還西去都無計
却羨暝歸林上鴉

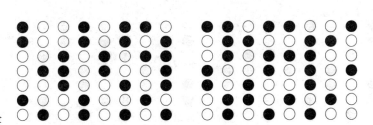

○○●○○●●
●●○●○○○
●○○●●●●
●●●○○●○
○●●○○●●
●○○●●○○
○○●●○○●
○●○○●●○

韓偓

山頭水從雲外落
水面花自山中來
一溪紅點我獨惜
幾樹密房誰見開
應有妖魂隨暮雨
豈無香跡在蒼苔
凝眸不覺斜陽盡
忘逐樵夫躡石回

○○○●●○●
○○●●○○○
○○●●○●●
○○●●○○○
●●●○○●●
○○○●●○○
○○●●○○●
●●○○●●○

同

餘霞殘雪幾多在
蔫香冶態猶無窮
黃昏月下惆悵白
清明雨後寥㵿紅
樹底草齊千片凈
墻頭風急數枝空
西園此日傷心處
一曲高歌水向東

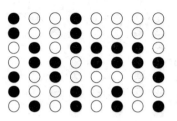

○●○●●●○
●○○●○○○
○○●●●○●
●●●●○○○
○●●○○●●
●○○●●○○
●○○●○○●
●●○○●●○

同

三月光景不忍看
五陵春色何摧殘
窮途得志反惆悵
飲席話舊多闌珊
中酒向陽成美睡
惜花衝雨覺傷寒
野棠飛盡蒲根暖
寂寞南溪倚釣竿

●○○●○○○
●○○○○●○
○○○●●●●
●●○○○○○
○●○○○●●
●○○●●○○
○○○●○○●
●●○○●●○

同

別離終日心忉忉
五湖煙波歸夢勞
淒涼身事夏課畢
濩落生涯秋風高
居世無媒多困躓
昔賢因此亦號咷
誰憐愁苦多衰改
未到潘年有二毛

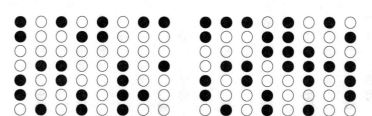

○○●●●●●
○○○○○●○
○○●●○●●
●●●●○○○
○●○○○●●
●○●●●○○
●○○●○○●
○●○○●●○

○○●●○○○
○○●●○○○
●●○○○●●
●○○●○○○
○●○○○●●
●○●●●○○
○○●●○○●
●●○○●●○

同

春陰漠漠土脉潤
春寒微微風意加
閑嗤入甲奔競態
醉唱落調漁樵歌
詩道揣量疑可進
宦情刓缺轉無多
酒酣狂興依然在
其奈千莖鬢雪何

同

傷時惜別心交加
搘頤一向千咨嗟
曠野風吹寒食月
廣庭煙著黄昏花
長擬醺酣遺世事
若爲局促問生涯
夫君亦是多情者
幾處將愁殢酒家

●●●○○●○
●○●●○●○
○○●●●●●
●○○●○●○
○○○●○○●
●●○○○●○
●●○○○●●
○○○●●○○

同
稻壟蓼紅溝水清
荻園葉白秋日明
空坡路細見騎過
遠田人靜聞水行
柴門狼藉牛羊氣
竹塢幽深鷄犬聲
絶粒看經香一炷
心知無事即長生

●○○○○○○
○○●●○○○
●○○●○●●
●●●○○●○
○●●○○●●
○○●●●○○
●○●●○○●
●●○○●●○

同
野雲低迷煙蒼蒼
平波揮目如凝霜
月明船上簾幕卷
露重岸頭花木香
村遠夜深無火燭
江寒坐久換衣裳
試知不覺天將曙
幾簇青山雁一行

○○●●○○○
●○●●○○○
●○●●●●●
○●○○●●○
●●○○○●●
●○○●●○○
●○○●●○●
○●●○○●○

○○○○○○○
●○●●●●○
●○●●○●●
●●●●○○○
○●●○○○●
○○○●●○○
○○●●○○●
○●○○●●○

呂嵓

羅浮道士誰同流
草衣木食輕王侯
世間甲子管不得
壺裏乾坤只自由
數著殘棋江月曉
一聲長嘯海山秋
飲餘回首話歸路
遙指白雲天際頭

釋貫休（當列於拗格中）

常思東溪厖眉翁
是非不解兩頰紅
桔槔打水聲嘎嘎
紫芋白薤肥濛濛
鷗鴨静遊深泉裏
兒孫多在好花中
千門萬户皆車馬
誰愛如斯太古風

○○○●○●○
○○○○○●○
○●○○●●●
●●○●○○○
○●○○○●●
●○○●●○○
○○○●○○●
●●○○●●○

○○○○○●○
●○○○○●○
●○○●○●●
●●●●○○○
●●●○○●●
○○○●●○○
○○●●○○●
●●○○○●○

同

山花零落紅與緋
汀煙濛茸江水肥
人擔犁鋤細雨歇
路入桑柘斜陽微
深喜東州云寇去
不知西狩幾時歸
清平時節何時是
轉覺人心與道違

同

扶桑枝西真氣奇
古人呼爲獅子兒
六環金錫輕擺撼
萬仞雪嶠空參差
枕上已無鄉國夢
囊中猶挈石頭碑
多慚不便隨高步
正是風清無事時

右四十有餘圖，皆上半變格，而下半蹈正律。此乃發於古體，而歸於今體者也。徐興公、梁公濟輩未辨其體，或以爲古詩，或以爲聲病。其惡臭之波及本邦也，或掊擊李杜，或以爲俗調，竟使李杜無所竄其手。要之，未嘗知削鐻於神志之間、斲輪於甘苦之外也。今監於四十有餘圖，則正變之爲法，可得而知也。宋人以來，無標此義者，故穴見及之。

上半正格下半變格

○●○○●●○
○○●●●○○
○○○●○○●
○●○○●●○
●●○●○○●
○○●●●○○
○●●●○○●
○○●●●○○

岑羲

銀榜重樓出霧開
金輿步輦向天來
泉聲迴入吹簫曲
山勢遥臨萬壽杯
帝女含笑流飛電
乾文動色象昭回
誠願北極惟堯日
微臣抃舞詠康哉

●●○○●●○
○○○●●○○
●○●●●○●
●●○○○●○
○○●○○●●
○○●○○●○
○○●●●○●
○○●●○○○

王維
不到東山向一年
歸來纔及種春田
雨中草色緑堪染
水上桃花紅欲然
優婁比丘經論學
傴僂丈人鄉里賢
披衣倒屣已相見
相歡語笑衡門前

右二圖，上半正格，而下半蹈變格者也。如五言律，乃有十有餘詩，至七言律，厘厘是已。蓋今體中，亦有今古之别故也。

全唐聲律論卷十七

七言律

吴體

○●●●●○○
○●○○○●○
○○●●●○●
●●○●●○○
●○○●●●●
●●○●●○○
●●○○●●●
○○●●●○○

杜甫

江草日日喚愁生
巫峽泠泠非世情
盤渦鷺浴底心性
獨樹花發自分明
十年戎馬暗萬國
異域賓客老孤城
渭水秦山得見否
人今罷病虎縱橫

○○○○●●●
○○●●○○○
○○●●●○●
●●●●○○○
○○●○●●●
●●●●○○○
●○●●●●●
●●●○○●○

陸龜蒙

風初寥寥月乍滿
杉篁左右供餘清
因君一話故山事
憶鶴互應深溪聲
雲門老僧定未起
白閣道士遥相迎
日聞羽檄日夜急
掉臂欲歸嵒下行

○○●●●○●
○●●●○○○
○○●●○●●
●○○●○○○
○○○●●○●
●●●●○○○
○○●●●●●
●●●○○●○

同

驚聞遠客訪良夜
扶病起坐綸巾欹
清談白紵思悄悄
玉繩銀漢光離離
三吴煙霧且如此
百越琛賮來何時
林端片月落未落
强慰別情言後期

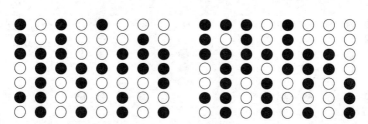

○○●●●●●
○○●●○○○
○○●●●●●
●●●○○●○
○○○●●●●
●●○○○●○
○○●●●●●
○○●●○○○

○○●●●●●
●●●●○○○
○●○○●○●
●●●○○●○
○○●●○●●
○○○●○○○
●○●○○●●
●●●○○●○

同

迎春避臘不肯下
欺花凍草還飄然
光塡馬窟蓋塞外
勢壓鶴巢偏殿巔
山爐瘦節萬狀火
墨突乾衰孤穗煙
君披鶴氅獨自立
何人解道真神仙

同

人吟側景抱凍竹
鶴夢缺月沈枯梧
清澗無波鹿無魄
白雪有根虬有鬚
雲虬澗鹿真逸調
刀名錐利非良圖
不然快然燕市飲
笑撫肉枅眠酒壚

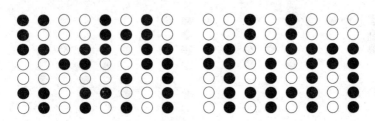

○○●●●●○
●○○○●○○
○○○●●○●
○●○○○●○
●●○○●●●
○○●●○○○
○●○○●○●
●●●●○○○

同

荒庭古樹只獨存
敗蟬殘蛩苦相仍
雖然詩膽大如斗
争奈愁腸牽似繩
短燭初添蕙幌影
微風漸折蕉衣稜
安得彎弓似明月
快箭拂下西飛鵬

○●●●●●●
○○●●○○○
○○●●●●●
●●●●○○○
●○●○●●●
●●○●○○○
○○●●●●●
○○●●○○○

皮日休

威仰噤死不敢語
瓊花雪魄清珊珊
溪光冷射觸鸝鳿
柳帶凍脆攢欄杆
竹根乍燒玉節快
酒面新潑金膏寒
全吴縹瓦十萬户
惟君與我如袁安

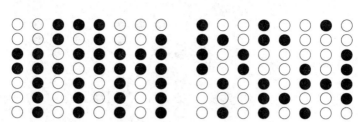

●●●●●●●
●○○●○○○
●●○○●○●
●●●○○●○
●●○○○●●
●○○●○○○
●○●●○●●
○○●○●●○

同

病鶴帶霧傍獨屋〔一〕
破巢含雪傾孤梧
濯足將加漢光腹
抵掌欲捋梁武鬚
隱几清吟誰敢敵
枕琴高卧真堪圖
此時枉欠高散物
楠瘤作樽石作壚

〔一〕霧：《松陵集》卷六及《全唐詩》卷六百十三均作「霜」。

○○○●○●●
○○○●○○○
●○○●●○●
○●○○○●○
●●○○●●●
○○●●○○○
○●○○●○●
●●●●○○○

同

書淫傳癖窮欲死
譊譊何必頻相仍
日乾陰蘚厚堪剥
藤把欹松牢似繩
擣藥香侵白袷袖
穿雲潤破烏紗稜
安得瑤池飲殘酒
半醉騎下垂天鵬

右九圖，皆吴體也。杜甫自註曰：「强戲爲吴體。」陸、皮詩題云：「作吴體。」四唐中僅三人耳。其他雖作爲吴體，無表二字者。故不敢列之。覽者當就後篇卦之。夫吴體自有吴體之律，拗體亦有拗體之法。今恪守其繩墨，排比其黑白，涵養而發之，則唐人與我和諧而不可間矣。世之空腹高心，不能茹吐古今者，不知爲知，未得爲得，竪誇己掃人之論，以咬嚙唐人，而以變體爲俗調。所謂俗調也者，蓋在於語意，而不在於聲律也。黄山谷曰：「寧律不諧，勿使句弱。用字不工，勿使語俗。」此俗調之異於聲律，犁然明白，不俟余言，而可知矣。

變格

○○●○○●○
○●○○○●○
○○○●○○●
○●○○●●○
●●○○○●●
○○○●●○○
●●○○●○●
○○●●●○○

○●○○●●○
●●○○●●○
●●○○○●●
○○○●●○○
●●●○○●●
○●○○●●○
●●●○○●●
●○○●●○○

沈佺期

龍池躍龍龍已飛
龍德先天天不違
池開天漢分黄道
龍向天門入紫微
邸第樓臺多氣色
君王鳧雁有光輝
爲報寰中百川水
來朝此地莫東歸

姜晞

靈沼縈迴邸第前
浴日涵春寫曙天
始見龍臺升鳳闕
應如霄漢起神泉
石匱渚旁還啓聖
桃李初生更有仙
欲化帝圖從此受
正同河變一千年

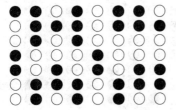

●●○○●●○
○●○○●●○
●●●○○●●
○○○●●○○
○○●●○○●
●●○○●●○
●○○●○○●
○●○○●●○

●○○●●○○
●○○●●○○
○●○○●○●
●●○○●●○
●●○●○○●
○○●●○○○
●●○○●○●
○○●●●○○

蔡孚

帝宅王家大道邊
神馬潛龍湧聖泉
昔日昔時經此地
看來看去漸成川
歌臺舞榭宜正月
柳岸梅洲勝往年
莫疑波上春雲少
祇爲從龍直上天

薛稷

主家園宇極新規
帝郊遊豫奉天儀
歡宴瑶臺鎬京集
賞賜銅山蜀道移
曲閣交映金精板
飛花亂下珊瑚枝
借問今朝八龍駕
何如昔日望仙池

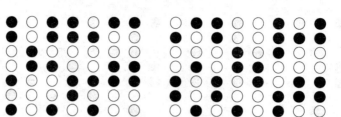

●●○○○●●
○○●●●○○
●●○○○●●
●○○●●○○
●●●○○●●
●○●●●○○
●●●●○○●
●○○●●○○

○○●●●○○
●●○○●●○
●●○○●○●
○○●●○○○
○○●○○●●
●●○○●●○
○●○○○●●
●○○●●○○

李迴秀
詰旦重門聞警蹕
傳言太主奉山林
是日迴輿羅萬騎
此時歡喜賜千金
鷺羽鳳簫參樂曲
荻園竹徑接帷陰
手舞足蹈方無已
萬年千歲奏薰琴

崔日用
龍興白水漢興符
聖主時乘運斗樞
岸上葦茸五花樹
波中的皪千金珠
操環昔聞迎夏啓
發匣先來瑞有虞
風色雲光隨隱見
赤雲神化象江湖

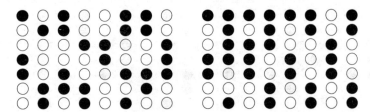

中宗皇帝

三陽本是標靈紀
二室由來獨擅名
霞衣霞錦千般狀
雲峰雲岫百重生
水炫珠光遇泉客
嵩懸石鏡壓山精
永願乾坤符睿筭
長居膝下屬歡情

○○●●○○●
●●○○●○○
○○○●○○●
○○○●●○○
●●○○●○●
○○●●●○○
●●○○○●●
○○●●●○○

杜甫

主家陰洞細煙霧
留客夏簟青琅玕
春酒杯濃琥珀薄
冰漿碗碧瑪瑙寒
誤疑茅堂過江麓
已入風磴霾雲端
自是秦樓壓鄭谷
時聞新佩聲珊珊

●○○●●○●
○●●●○○○
○●○○●●●
○○●●●●○
●○○○○○●
●●○●○○○
●●○○●●●
○○○●○○○

●●●●●○●
●●●○○●○
●○●○●●●
●●○●●○○
●●●○●●●
●○○○●○○
○●○○●●●
○●●●●○○

●●●○●○●
○○●●○○○
●○●●○●●
●●●●○○○
○●●○●●●
●○○○○●○
○○○○○●●
○○○●●○○

同

七月六日苦炎熱
對食暫餐還不能
每愁夜中自足蝎
況乃秋後轉多蠅
束帶發狂欲大叫
簿書何急來相仍
南望青松架短壑
安得赤腳蹈層冰

同

愛女玉山草堂静
高秋爽氣相鮮新
有時自發鐘磬響
落日更見漁樵人
盤剥白鴉谷口栗
飯煮青泥坊底芹
何爲西莊王給事
柴門空閉鎖松筠

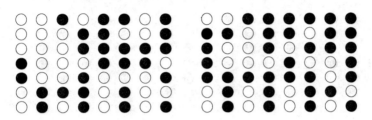

○○●●○○●
●●○○○●○
●○●●●○●
●●○○○●○
○○●●○●●
●○●○○●○
○○●○●●●
●●○○●●○

○○●●○○○
●●●●○○○
●●○○○●●
○○●●○○○
○○○○○●●
●●○●○○○
●○●●●○●
●●●○○●○

同

寒輕市上山煙碧
日滿樓前江霧黄
負鹽出井此溪女
打鼓發船何郡郎
新亭舉目風景切
茂陵著書消渴長
春光不愁不漫爛
楚客唯聽棹相將

同

城尖徑仄旌旗愁
獨立縹緲之飛樓
峽折雲霾龍虎睡
江清日抱黿鼉遊
扶桑西枝封斷石
弱水東影隨長流
杖藜嘆世者誰子
泣血迸空回白頭

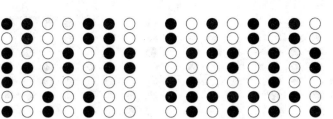

○○●●○●●
○○●○○●○
●○○●●○●
●●○○●●○
●○○●○○●
●●○○●●○
○○●●○●●
●●●○○●○

○●●●●○○
●●●○○●○
○○●●●○●
○●○○○●○
○○●○●●●
●●●●●○○
○●●○○●●
○○○●●○○

同

今朝臘月春意動
雲南縣前江可憐
一聲何處送書雁
百丈誰家上瀨船
未將梅蕊驚愁眼
更取椒花媚遠天
明光起草人所羨
肺病幾時朝日邊

同

冬至至後日初長
遠在劍南思洛陽
青袍白馬有何意
金谷銅駝非故鄉
梅花欲開不自覺
棣萼一別永相望
愁極本憑詩遣興
詩成吟詠轉淒涼

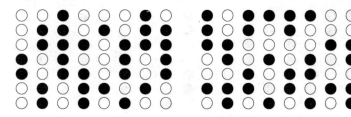

●●●○●●○
○○●○●●○
●○●●●○●
○●○○○●○
○●●●●○●
○○●○○●○
●○○●●○●
●●○○○●○

○●●○●●○
●○○●○○○
○○●●○●●
●●○○○●○
●●●○○●●
○○●●●○○
●○○●○●●
●●○○●●○

同

臥病擁寒在峽中
瀟湘洞庭處映空
楚天不斷四時雨
巫峽長吹千里風
沙上草閣柳新暗
城邊野塘蓮欲紅
暮春鴛鷺立洲渚
挾子翻飛還一叢

同

鳴雨既過漸細微
映空搖颺如絲飛
階前短草泥不亂
院裏長條風乍稀
舞石旋應將乳子
行雲莫自濕仙衣
眼前江舸何忽促
不得安流逆浪歸

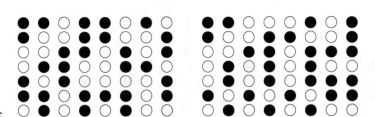

●○●●○●○
●○●●○○○
●○○○●●●
○○●●○○○
●○○●●○●
●●○○○●○
●●○○●●●
●○●●○○○

●●○●○○○
●●●●●○○
○○●●●●●
○●●●●○○
●○○●○○●
○○○○○●○
○●●○●●●
●○○●○●○

同

掖垣竹埤梧十尋
洞門對雪常陰陰
落花遊絲白日静
鳴鳩乳燕青春深
腐儒衰晚謬通籍
退食遲回違寸心
衮職曾無一字補
許身愧比雙南金

同

二月饒睡昏昏然
不獨夜短晝分眠
桃花氣暖眼自醉
春浪日落夢相牽
故鄉門巷荆棘底
中原君臣豺虎邊
安得務農息戰鬪
普天無吏横索錢

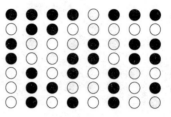

○○●○●●○
○●●●●○○
●●●○●●●
○○●●○○○
○●●●●○●
●○○○○●○
○○●●●●●
○●○○○●○

●○●●●●●
○○○○●●○
○○●●○●●
●●○●○●○
○●●○●●●
○○●●○○○
●○●●●○●
●●○○○●○

同

霜寒碧梧白鶴棲
城上擊柝復烏啼
客子入門月皎皎
誰家搗練風淒淒
南渡桂水闕舟楫
北歸秦川多鼓鞞
年過半百不稱意
明日看雲還杖藜

同

北城擊柝復欲罷
東方明星亦不遲
鄰鷄野哭如昨夜
物色生態能幾時
舟楫渺然自此去
江湖遠適無前期
出門轉眄已陳迹
藥餌扶吾隨所之

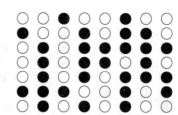

○●○○●○●
●●●○○●○
○●○○○●●
●○○●●○○
○●○○●●●
●○●●●○○
●○●○○●●
○○●●●○○

●○○○○●●
○●●●○○○
●○●●●○●
●●○○○●○
●●●●○○●
●○○○○●○
●○●●●○●
○●●○○●○

同

春日春盤細生菜
忽憶兩京梅發時
盤出高門行白玉
菜傳纖手送青絲
巫峽寒江那對眼
杜陵遠客不勝悲
此身未知歸定處
呼兒覓紙一題詩

同

去年登高郪縣北
今日重在涪江濱
苦遭白髮不相放
羞見黃花無數新
世亂鬱鬱久爲客
路難悠悠常傍人
酒闌却憶十年事
腸斷驪山清路塵

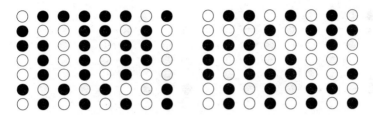

●●○○●●●
○○●○○●○
○○●●●●●
○●○○○●○
●○○●●○●
○●●○○●○
●○○●●○●
○●○○○●○

○○●○●○●
●●○○○●○
●●●●○○●
○●○○●●○
●●○○○●●
○○○●●○○
□●●○○●●
●○○●●○○

同

宓子彈琴宰邑日
終軍棄繻英妙時
承家節操尚不泯
爲政風流今在茲
可憐賓客盡傾盞
何處老翁來賦詩
楚江巫峽半雲雨
清簟疏簾看奕棋

睿宗皇帝

奇峰嶾嶙箕山北
秀崿岧嶢嵩鎮南
地首地肺何曾擬
天目天台倍覺慚
樹影蒙蘢鄣疊岫
波深洶湧落懸潭
□願紫宸居得一
永傾丹扆御通三

○○●●●○○
●●○○●●○
○○●●●●●
○●○○●○○
●○●●○○●
○●○○●●○
○●●●○○●
○○●●●○○

玄宗皇帝

三陽麗景早芳辰
四序佳園物候新
梅花百樹障去路
垂柳千條暗回津
鳥飛直爲驚風葉
魚没都由怯岸人
惟願聖主南山壽
何愁不賞萬年春

○○●●●○○
○●○○●●○
○○●●○○●
●●○○●●○
●○●●○○●
●●○○●●○
●●○○●○●
●○●●○○○

王維

名儒待詔滿公車
才子爲郎典石渠
蓮華法藏心懸悟
貝葉經文手自書
楚詞共許勝楊馬
梵字何人辨魯魚
故舊相望在三事
願君莫厭承明廬

●●●○○●○
○○○●●○○
●●○○○●●
○○○●●○○
●●○○●●●
○○●●○○○
●●○○○●●
●○○●●○○

同

酌酒與君君自寬
人情翻覆似波瀾
白首相知猶按劍
朱門先達笑彈冠
草色全經細雨濕
花枝欲動春風寒
世事浮雲何足問
不如高卧且加餐

○○○○●●○
○●○○●●○
●○○○●●●
●●●●○○○
○○●●●○●
●●●●○○○
○○●●●○●
●○○○●●○

獨孤及

沙禽相呼曙色分
漁浦鳴榔十里聞
正當秋風渡楚水
况值遠道傷離群
津頭却望後湖岸
別處已隔東山雲
停艫目送北歸翼
惜無瑶華特寄君

●●○○●●○
●●○○●●○
●○●●○○●
●●○○●●○
●○○●○○●
○●○○●●○
○○●●○○●
●○○●●○○

○○○●●●○
○○●●●●○
●○●●●○●
○●●○○●○
●○●●○●●
○○●○○●○
○●○○○●●
○○○●●○○

于季子

梓澤年光往復來
杜霸遊人去不迴
若非載筆登麟閣
定是吹簫伴鳳臺
路旁桃李花猶嫩
波上芙蕖葉未開
分明寄語長安道
莫教留滯洛陽才

白居易

江亭乘曉閱衆芳
春妍景麗草木光
日消石桂緑嵐氣
風墜木蘭紅露漿
水蒲漸展書帶葉
山榴半含琴軫房
何物春風吹不變
愁人依舊鬢蒼蒼

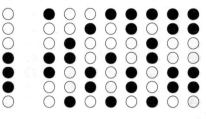

○○●●○●○
○○●●○○○
○●○○●○●
○○○●○○○
●○●●●●●
●●●●○○○
○○●●●○●
○●●○○●○

○○○●●●●
○○○●●○○
●○●○○●●
○●○○○●○
●○●●●○●
●●●○○●○
○○●●○●●
○●○○○●○

殷堯藩

微雲斂雨天氣清
松聲出樹秋泠泠
囱户長含碧蘿色
溪流時帶蛟龍腥
一官到手不可避
萬事役我徒勞形
飄然曳杖出門去
無數好山江上横

杜牧

雲光嵐彩四面合
柔柔垂柳十餘家
雉飛鹿過芳草遠
牛巷鷄塒春日斜
秀眉老父對尊酒
蒨袖女兒簪野花
征車自念塵土計
惆悵溪邊書細沙

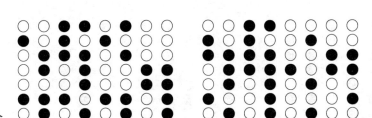

○○●●○●○
○○●●●○○
○○○●○●●
●●○○○●○
○●●○○●●
●○○●●○○
●○○●●●●
○●○○○●○

●○●●○○○
○○○●○○○
○○○●○●●
●●●○○●○
○○●●●●●
●●●●○○○
○○○●●○●
●●●○○●○

同

晴江灩灩含淺沙
高低繞郭滯秋花
牛歌魚笛山月上
鷺渚鶯梁溪日斜
爲郡異鄉徒泥酒
杜陵芳草豈無家
白頭搔殺倚柱遍
歸棹何時聞軋鴉

趙蝦

是非處處生塵埃
唯君襟抱無嫌猜
收帆依雁溢浦宿
帶雨別僧衡岳迴
芳尊稍駐落日唱
醉袖更拂長雲開
清秋華髮好相似
却把釣竿歸去來

●○●●○○○
○●●○○●○
●●○○●●●
○○●●○○○
○○○●●●●
●●●○○●○
○●●○○●●
●○○●●○○

温庭筠

緑塘漾漾煙濛濛
張翰此來情不窮
雪羽褵褷立倒影
金鱗撥剌跳晴空
風翻荷葉一向白
雨濕蓼華千穗紅
心羨夕陽波上客
片時歸夢釣船中

○○○○○●○
○○●●○○○
●●○○●○●
○○●●○○○
○●●○○●●
●●○●●○○
○○●●●●●
○●○○●●○

杜荀鶴

東囱朱明塵夢蘇
呼童結束登征塗
落葉鋪霜馬蹄滑
寒猿哭月人心孤
時送帽簷風刮項
旋呵鞭手凍粘鬚
青雲快活一未見
争得安閑釣五湖

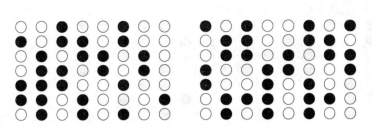

○○●○○○○
●○○●○○○
●●●●○●●
●○●●○○○
○●●○○●●
●○○●●○○
●○○●●●●
○●●○○●○

○○●●●○●
○○●●○○○
○○●○●●●
○●●●○○○
●○●●●●●
●●●○○●○
●○●●●●●
●●○○○●○

同

邯鄲李鐔才峥嶸
酒狂詩逸難干名
氣直不與兒輩洽
醉來擬共天公争
孤店夜燒枯葉坐
亂時秋蹈早霜行
一間茅屋住不得
剛出爲人平不平

陸龜蒙

新秋霽夜有清境
窺檐病客無佳期
生公把經向石説
而我對月須人爲
獨行獨坐亦獨酌
獨玩獨吟還獨悲
古稱獨坐與獨立
若比群居終校奇

●○●○●○○
●○○●●○○
○○○●●●●
○●○○○○○
○●○○○●●
○○○●○○○
○○●●●●●
○●●○●●○

鄭谷

石城昔爲莫愁鄉
莫愁魂散石城荒
江人依舊棹舴艋
江岸還飛雙鴛鴦
帆去帆來風浩渺
花開花落春悲涼
煙濃草遠望不盡
千古漢陽閒夕陽

●○●●●○○
●○●●○●○
●●●○●○●
○○●●●○○
○○○●○●●
○○●●○○○
●○○●○○●
●○○○●○○

韓偓

李波小妹字雍容
窄衣短袖蠻錦紅
未解有情夢梁殿
何曾自媚妒吴宫
難教牽引知酒味
因令悵望成春慵
海棠花下鞦韆畔
背人撩鬢道悤悤

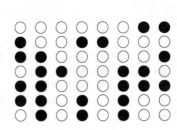

○○○●●○○
○●○○○●○
●○●●○○●
○●●○○●○
●●○○○●●
○○●●○○○
○○●●○○●
●●●○○●○

○○●●○○○
○○○●○○○
○○●●○●●
●○○●●○○
○○●●●●●
○○○○○○○
○○●●○●●
●●○○●●○

同

身情長在暗相隨
生魄隨君君豈知
被頭不暖空沾淚
釵股欲分猶半疑
朗月清風難愜意
詞人絶色多傷離
何如飲酒連年醉
席地幕天無所之

張蠙

華陽洞裏持真經
心嫌來客風塵腥
惟餐白石過白日
擬騎青竹上青冥
翔螭豈作漢武駕
神娥徒降燕昭庭
長生不必論貴賤
却是幽人骨主靈

○○○●○○○
○○○●●○○
○○○●○○●
●○○●●○○
●○●●○●●
○○○●●○○
○○○●●○●
○●○○●●○

○○○●●○○
○●○○○●○
●○○●●○●
●●○○○●○
○○●●○●●
●○○●●○○
●●●○○●●
○○●●●○○

呂嵒

華陽山裏多芝田
華陽山叟復延年
青松嵓畔攀高幹
白雲堆裏飲飛泉
不寒不熱神蕩蕩
東來西去氣綿綿
三千功滿好歸去
休與時人説洞天

釋護國

浮丘山上見黄冠
松柏森森登古壇
一莖青竹以爲杖
數顆仙桃仍未餐
長安市裏仍賣卜
武陵溪畔每燒丹
縮地往來無定處
花源到處路漫漫

右五十有餘圖，皆全篇變拗。縱横馳騁，絶塵弭轍，已出度外，今造次顛沛，追其步驟，則無不及矣。竹山曰：「王維結句『故舊相望在三事』、『願君莫厭承明廬』，固係吴體，不可以爲法也。又後聯『草色全經細雨濕，花枝欲動春風寒』，唐球『畫傍緑畦薅嫩玉，夜開紅竈燃新丹』，白居易『十里叱灘變河漢，八寒陰獄化陽春』，詩家大忌。蓋爲俗調。」又云：「王維後聯，拗體可準者矣。」竹山老而耄乎？抑亦天奪之鑒乎？何者？王維前篇乃平起拗格，而落句用三平；後篇仄起拗格，而後聯用三平。雖有平起仄起之别，其於拗格則一也。若準其仄起，則當復法其平起。豈得容取舍於其間哉？然謂「吴體固不可以爲法也」，又謂「後聯詩家大忌，蓋爲俗調」，又謂「拗體可準者矣」，然則「俗調」者，可準乎？「大忌」者，可準乎？又「不可以爲法」者，亦可準乎？已揭一首，而曰「俗調」，又曰「可準者矣」，覽者誰適從？且按唐球句，道家有燒丹之術，決無然丹之事，因閲元本，作「畫傍緑畦薅嫩玉，夜開紅竈撚新丹」。薅，呼高切，謂拔去也；撚，乃殄切，上聲，謂以指撚物也。夫如是，則儼然正律，可陳於目。竹山不知燒燃字義，猥從死板，以爲俗調，何不學之甚也！如白居易後聯，乃與杜甫「予見亂離不得意，子知出處必須經」同法。其爲變拗者，不勝爬梳也。皆謂之俗調乎？俗調也者，蓋在詩意，而不在聲律也。若聲律雅穩，而詩意淫媟，亦謂之正調乎？聲律變拗，而詩意雅正，亦謂之俗調乎？止竟以不知「俗調」字義故也。其所論説，前後矛盾，逆理害意，詿誤後生，莫斯之甚矣。後生可畏，立悳在於斯矣。

全唐聲律論卷十八

五言絶句

正格

○●○○●
○○●●○
○○○●●
○●●○○

王勃

江送巴南水
山横塞北雲
津亭秋夜月
誰見泣離群

偏格

○○○●●
●●●○○
○●○○●
○○○●○

王維

山中相送罷
日暮掩柴扉
春草年年緑
王孫歸不歸

●●○○○
○○●●○
○○●○●
●●●○○

儲光羲

一雁過連營
繁霜覆古城
胡笳在何處
半夜起邊聲

○○○●○
●●●○○
○●○○●
○○●●○

令狐楚

胡風千里驚
漢月五更明
縱有還家夢
猶聞出塞聲

右四圖，正格偏格，四唐常用，此千古之楷式也。

起句拗字

●○○●●
○○●●○
○○●●●
●●●○○

韋應物
遠聽江上笛
臨觴一送君
還愁獨宿夜
更向郡齋聞

皇甫冉
山館長寂寂
閑雲朝夕來
空庭復何有
落日照青苔

戴叔倫
此意無所欲
閉門風景遲
柳條將白髮
相對共垂絲

劉禹錫
常恨言語淺
不如人意深
今朝兩相見
脉脉萬重心

權德輿
昨夜裙帶解
今朝嚏子飛
鉛華不可棄
莫是藁砧歸

王建
橋上車馬發
橋南煙樹開
青山斜不斷
迢遞故鄉來

武元衡
夜久喧暫息
池臺惟月明
無因駐清景
日出事還生

項斯
日落江路黑
前村人語稀
幾家深樹裏
一火照船歸

同前

○●●●●
●○●●○
●○●○●
●●●○○

李商隱

向晚意不適
驅車登古原
夕陽無限好
只是近黃昏

起句三平

●●○○○
○○●●○
○○●●●
●●●○○

韋應物

庭樹忽已暗
故人那不來
祇應厭煩暑
永日坐霜臺

皮日休

玉枕寐不足
宮花空觸簷
梁間燕不睡
應怪夜明簾

李白

八月邊風高
胡鷹白錦毛
孤飛一片雪
百里見秋毫

李端

獻策未得意
馳車東出秦
暮年千里客
落日萬家春

錢起

斗轉月未落
舟行夜已深
有村知不遠
風便數聲砧

韓翃

繡幕珊瑚鉤
春關翡翠樓
深情不肯道
驕倚鈿箜篌

呂温

病肺不飲酒
傷心不看花
唯驚望鄉處
猶自隔長沙

接句三平

○○●○●
●●○○○
●●○○●
○○○●○

王維
人閑桂花落
夜静春山空
月出驚山鳥
時鳴春澗中

儲光羲
鳴鞭過酒肆
袨服遊倡門
百萬一時盡
含情無片言

轉句拗字

○○●○●
●●●○○
○●○●●
○○●●○

李白
南登杜陵上
北望五陵間
秋水明落日
流光滅遠山

王昌齡
客心仍在楚
江館復臨湘
別意猿鳥外
天寒桂水長

落句三平

●●●○○
●○●●○
○○●●●
●●○○○

李白
且醉習家池
莫看墮淚碑
山公欲上馬
笑殺襄陽兒

王維
日日采蓮去
洲長多暮歸
弄篙莫濺水
畏濕紅蓮衣

右六圖，起句第四字用仄聲，或用五仄，或用三平。接句用三平。轉句第四字用仄聲。結句用三平。皆正格中一字之變也。大氐與五言律同法。故表一二耳。

起句拗字

●○●○○　李白
○●○○○　美人捲珠簾
●●●○●　深坐顰蛾眉
●○○●○　但見淚痕濕
　　　　　不知心恨誰

○●○●○　崔國輔
●●○●○　雖入秦帝宮
●●●○●　不上秦帝牀
●○●○○　夜夜玉囪裏
　　　　　與他卷衣裳

○●○○○　同
●●○●○　遺却珊瑚鞭
○○●○●　白馬驕不行
○●●○○　章臺折楊柳
　　　　　春日路旁情

○●●○○　孟浩然
○○●●○　行到菊花潭
●○○○●　村西日已斜
○●○●○　主人登高去
　　　　　鷄犬空在家

○●●○○　同
●●○●○　朝日照紅妝
●○○●●　擬上銅雀臺
●●●○○　畫眉猶未了
　　　　　魏帝使人催

●○●●○　元結
○●○○○　石宮夏水寒
●○○○●　寒水宜高林
●●○○○　遠風吹蘿蔓
　　　　　野客熙清陰

●●●○○
○●●●○
○●○●●
●○○●○

●○○●○
●●●●○
●●○○○
●○○●○

●●●○○
○○●●○
○○○●●
●●●○○

孟郊
淚墨灑爲書
將寄萬里親
書去魂亦去
兀然空一身

同
敢嗟君不憐
自是命不諧
著破三條裙
却還雙股釵

聶夷中
衆鳥各歸枝
烏烏爾不栖
還應知妾恨
故向綠囪啼

●○○●○
●●○○○
○●○●●
●●●●○

●●●○○
○●●○○
●●○○●
○●●○○

○●●●○
●●○○○
●●●●●
○○●○○

施肩吾
夜行無月時
古路多荒榛
山鬼遥把火
自照不照人

姚合
我住浙江西
君去浙江東
日日心來往
不畏浙江風

陸龜蒙
裁得尺錦書
欲寄東飛鳧
脛短翅亦短
雌雄戀菰蒲

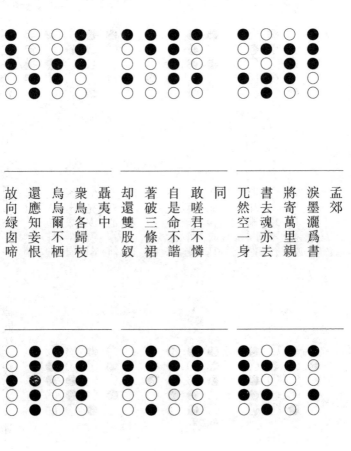

曹鄴

○○●●○
遊人未入門

○●●○○
花影出門前

○○○●●
將軍來此住

●●○○○
十里無荒田

韓偓

○●○○○
羅幕生春寒

●○○●○
繡囪愁未眠

○○●●●
南湖一夜雨

○●●○○
應濕采蓮船

蘇頲　轉句拗字

●○○●●
玉關征戍久

○○○●○
空閨人獨愁

○●●○○
寒露濕青苔

●○○●○
別來蓬鬢秋

同

●●○○○
蛺蝶空中飛

○○○○○
夭桃庭中春

●○○●●
見他夫婦好

●●○●○
有女初嫁人

呂嵒

○○○●○
華州回道人

○●●○○
來往岳陽城

●●○○●
別我遊何處

○○●●○
秋空一劍橫

王昌齡

○○●○●
荆門不堪別

●●○○○
況乃瀟湘秋

○●○●○
何處遥望君

○○○●○
江邊明月樓

●○●○●
○○●○○
○●●○○
○○●○○

●●●●●
○●●●○
●●●○○
●●○○○

○●○●●
○○○●○
○●○○○
●○○○○

于鵠
素絲帶金地
囪前擲飛塵
偷得鳳凰釵
門前乞行人

盧仝
自顧撥不轉
何敢當主人
竹弟有清風
可以娯嘉賓

同
歌者歌未絶
愁人愁轉增
空把琅玕枝
强挑無心燈

●●○●●
○○○●○
○●○●○
●●○○○

●○○○●
○●●●○
●●○○○
●○○●○

●○○●●
●●○○○
●●○○○
○○○●○

孟郊
獨訪千里信
迴臨千里河
家在吴楚鄉
淚寄東南波

施肩吾
感郎雙條脱
新破八幅綃
不惜榆莢錢
買人金步摇

于武陵
遠天明月出
照此誰家樓
上有羅衣裳
涼風吹不休

●●○●●
○●●●○
○●●●○
●●●○○

○○●○○
●●○○○
●●○○○
○○●○○

○○●●●
○●●●○
○●●○○
●●●○○

陸龜蒙

恃愛如欲進
含羞不肯前
朱口發艷歌
玉指弄嬌絃

唐彦謙

回頭語春風
莫向新花叢
我見朱顏人
多金亦成翁

同

蛙聲近過社
農事忽已忙
鄰婦餉田歸
不見百花芳

○○○●○
●●●○○
●○○○○
●●●○○

○○○●●
●○●○○
○○●○○
●●○●○

●●○○●
○○●●○
○○●●○
●●○○○

畢耀

烘爐無久停
日月速如飛
忽然銜人身
飲酒不須疑

崔道融

江心秋月白
起柁信潮行
蛟龍化爲人
半夜吹笛聲

同

月色明如晝
蟲聲入户多
狂夫自不歸
滿地無天河

●●○●●
●○○●○
●○○●○
●●○●○

同

病起春已晚
曳筇傷緑苔
强攀庭樹枝
喚作花未開

●●●●●
●●●●○
●●○○○
●●○○○

王周

素律鑠欲脆
素女妒復稀
月冷天風吹
葉葉乾紅飛

○○●●●
●○●○○
●○●●○
●●○●○

同

青春未得意
見花却如讎
路逢白面郎
醉插花滿頭

○○●●●
●●●●○
●●●●○
○●○○○

釋皎然

人生分已定
富貴豈妄來
不見海底泥
飛上成塵埃

右三十有餘圖，起句、轉句第五字，用他平聲者也。夫五言絶句押平韻，則起句第五字用仄聲，又有用其韻者；至轉句第五字，必用仄聲。此其常則也。且雖復押平韻，起句、轉句有用他平聲者。起句用平聲，蓋祖晋樂府《子夜歌》，其詩云「芳是香所爲，冶容不敢當。天不奪人願，故使儂見郎」是也。轉句用平聲，亦祖樂府，其詩云「我念歡的的，子行由豫情。霧露隱芙蓉，見蓮不分明」是也。其他樂府，往往有之，未暇臆也。且閲陸龜蒙集，而表出「恃愛如欲進」詩，又閲《古今詩刪》，作晋樂府無名氏詩。今姑屬之陸氏，而闕疑矣。

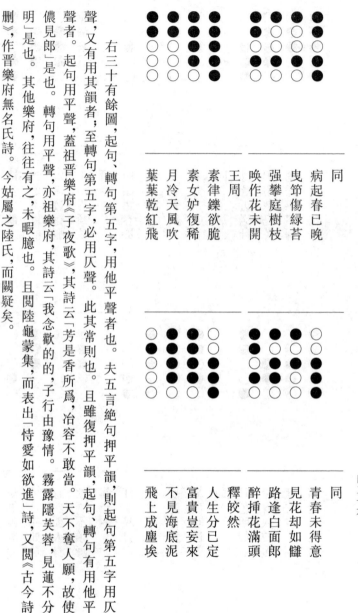

全唐聲律論卷十九

五言絶句

變格

●●●○○
●●●○○
●○○●●
○●●○○

駱賓王

此地別燕丹
壯士髮衝冠
昔時人已没
今日水猶寒

●●○○●
●●●○○
●●○○●
○○●●○

褚亮

日暮霜風急
羽翮轉難任
爲有傳書意
翩翩入上林

●●○○●
○○○●○
●○○○●
●●○○○

陳子昂

有道君匡國
無機余在林
白雲峨眉上
歲晚來相尋

●○○●●
○○●●○
○○○●●
○●●○○

王績

洛陽無大宅
長安乏主人
黄金消未盡
祇爲酒家貧

孔紹安

早秋驚落葉　●○○●●
飄零似客心　○○●●○
翻飛未肯下　○○●●●
猶言惜故林　○○●●○

同

出遊杳何處　●○●○●
遲回伊洛間　○○○●○
歸寢忽成夢　○●●○●
宛在嵩丘山　●●○○○

蘇頲

人坐青樓晚　○●○○●
鶯語百花時　○●●○○
愁多人自老　○○○●●
腸斷君不知　○●○●○

宋之問

願與道人近　●●●○●
在意逍遥篇　●●○○○
自有靈佳寺　●●○○●
何用沃州禪　○●●○○

郭震

陌頭楊柳枝　●○○●○
已被春風吹　●●○○○
妾心正斷絶　●○●●●
君懷那得知　○○●●○

張九齡

嶙嶙故城壘　○○●○●
荒涼空戍樓　○○○●○
在德不在險　●●●●●
方知王道休　○○○●○

李白

○○○●○
牀前看月光

○●●●○
疑是地上霜

●○●○●
舉頭望山月

○○○●○
低頭思故鄉

同

○○○○●
相逢紅塵内

○●○○○
高揖黃金鞭

●●○○●
萬户垂楊裏

○○○●○
君家阿那邊

王維

●○○●●
北垞湖水北

●●●○○
雜樹映朱闌

○○○○●
逶迤南川水

○●○○○
明滅青林端

同

●●●●●
對酒不覺暝

●○○●○
落花盈我衣

●●●○●
醉起步溪月

●○○●○
鳥還人亦稀

孟浩然

○○○○●
君登青雲去

○●○○○
余望青山歸

○○○●●
雲山從此別

●●●○○
淚濕薜蘿衣

崔國輔

●○○●○
玉籠薰繡裳

●●○●○
著罷眠洞房

●○○○●
不能春風裏

○●○●○
吹却蘭麝香

●●●○●
○●○●○
●○●○●
○○○●○

儲光義
大道直如髮
春日佳氣多
五陵貴公子
雙雙鳴玉珂

○○○●●
●●○○○
○●○●●
○○○●○

祖咏
終南陰嶺秀
積雪浮雲端
林表明霽色
城中增暮寒

●●●●●
○○○●○
○○○●●
○●○○○

劉長卿
帝子不可見
秋風來暮思
嬋娟江上月
千載空蛾眉

○○●●●
●●●●○
●●○○●
○●○○○

同
真門迴向北
馳道直向西
爲與天光近
雲色成虹蜺

○○●○●
●●○●○
○●●●●
○○●○○

蕭穎士
綿連滻川迴
杳渺鴉路深
彭澤興不淺
臨風動歸心

○○●○●
●●●○○
○○○●●
○○○●○

韋應物
懷君屬秋夜
散步咏涼天
山空松子落
幽人應不眠

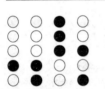

同

●○○●●
白雲埋大壑
○○●●○
陰崖滴夜泉
○○○●●
應居西石室
●●○○○
月照山蒼然

戴叔倫

●●●●●
不作十日別
○○●○○
煩君此相留
●○○●●
雨餘江上月
●●●○○
好醉竹間樓

丘丹

○○○●●
離尊聞夜笛
○●●○○
寥亮入寒城
●●○●●
月落車馬散
○●●○○
悽惻主人情

同

●○●○●
故園渺何處
○○○○○
歸思方悠哉
○○○●●
淮南秋雨夜
○○○●○
高齋聞雁來

武元衡

○○○●○
縱橫桃李枝
●●○○○
淡蕩春風吹
●○○●●
美人歌白紵
●●●○○
萬恨在蛾眉

戎昱

●●●○○
手把杏花枝
●○○●○
未曾經別離
○○●○●
黃昏掩門後
●●○●○
寂莫心自知

暢當

夜潭有仙舸 ●○●○●
與月當水中 ●●●●○
嘉賓愛明月 ○○●○●
遊子驚秋風 ○●○○○

白居易

山川函谷路 ○○○●●
塵土遊子顔 ○●○●○
蕭條去國意 ○○●●●
秋風生故關 ○○○●○

李賀

驅馬出門意 ●●●○●
牢落長安心 ○●○○○
兩事向誰道 ●●●○●
自作秋風吟 ●●○○○

韓愈

青青水中蒲 ○○●○○
下有一雙魚 ●●●○○
君今上籠去 ○○●●●
我在與誰居 ●●●○○

同

經囪燈焰短 ○○○●●
僧爐火氣深 ○○●●○
索落廬山夜 ●●○○●
風雪宿東林 ○●●○○

同

行蓋柳煙下 ○●●○●
馬鳴白翩翩 ●○●○○
恐隨行處盡 ●○○●●
何忍重揚鞭 ○●●○○

●○●●●
●○○●○
●○●○●
○●○○○

呂温

馬嘶白日暮
劍鳴秋氣來
我心渺無際
河上空徘回

○○●○●
●●●○○
●●●●●
○○○○○

陳陶

吳洲采芳路
桂棹木蘭船
日晚欲有寄
徘徊春風前

○●○●●
○○●○○
○●○●●
○●○○○

吳筠

平昔同邑里
經年不相思
今日成遠別
相對心悽其

●●●○●
●○○○○
●●●●●
○●○○○

孟郊

妾恨比斑竹
下盤煩冤根
有筍未出土
中已含淚痕

●●○○●
○○●●○
○○○●●
●●●○○

陸龜蒙

玉捍朝扶鬢
金梯晚下臺
春衫將別淚
一夜兩難裁

右四十有餘圖，聲律變幻無有津崖，蓋起自古漢魏樂府，故之以也。且標五七言律、七言絕句，上半下半正變等。而至五言絕句不辨其體者，四體之中最屬古體。且雖有上下變格乎，短篇而易辨矣。故不别開其門，讀者詳之。

全唐聲律論卷二十

五言絶句

仄韻

●○○○○
○○●●●
○○●○●
○●○○●

陳子昂

白雲蒼梧來
氳氳萬里色
聞君太平代
栖泊靈臺側

○●○○○
○○●○●
●●○●○
○○●●●

王維

相送臨高臺
川原杳何極
日暮飛鳥還
行人去不息

○○●●○
●○●○●
●●○○○
○○●○●

郭震

青樓含日光
緑池起風色
贈子同心花
殷勤此何極

○●●○○
○●●○●
○●○○○
●○○○●

同

家住孟津河
門對孟津口
常在江南船
寄書家中否

同

○●●○○ 君自故鄉來
○○●○● 應知故鄉事
○●●○○ 來日綺窗前
○○●○● 寒梅著花未

同

○○●●○ 空山不見人
●○○●● 但聞人語響
●●●○○ 返景入深林
●●○○● 復照青苔上

崔國輔

●●○○○ 浄掃黃金階
○○●○● 飛霜皎如雪
●○○○○ 下簾彈箜篌
●●●○● 不忍見秋月

同

○●●●○ 飛鳥去不窮
○○●○● 連山復秋色
●●○●○ 上下華子岡
○●○○● 惆悵情何極

同

●○○●● 古人非傲吏
●●○●● 自闕經世務
●●●○○ 偶寄一微官
○○●○● 婆娑數枝樹

儲光羲

○○●●○ 春風二月時
●○●○● 道旁柳堪把
●○●○● 上枝覆宮閣
●○●○● 下枝拂車馬

同

●●○○○　洛水春冰開
●○○●●　洛城春樹緑
○○●●●　朝看大道上
●○●●●　落花亂馬足

同

●●○●○　怨別秦楚深
○○○○●　江中秋雲起
○○●○●　天長杳無隔
●●●○●　月影在寒水

同

●●●○○　日夕見寒山
●○●●●　便爲獨往客
●○○○●　不知松林事
●●○○●　但有麐麚迹

王昌齡

○○●○○　腰鎌欲何之
○○●○●　東園刈秋韭
●●●○○　世事不復論
○○●○●　悲歌和樵叟

裴迪

●○●○●　結廬古城下
○○●○●　時登古城上
●○○○●　古城非疇昔
○○●○●　今人自來往

同

○○●●○　蒼蒼落日時
●○●○●　鳥聲亂溪水
○○●●○　緣溪路轉深
○●○○●　幽興何時已

同

門前宮槐陌　○○○○●
是向欹湖道　●●○○●
秋來山雨多　○○○●○
落葉無人掃　●●○○●

崔顥

家臨九江水　○○●○●
來去九江側　○●●○●
同是長干人　○●○○○
生少不相識　○●●○●

蕭穎士〔一〕

漸聞驚栖羽　●○○○●
坐嘆清夜月　●●○●●
中歡愴有違　○○●●○
行子念明發　○●●○●

同

跂石復臨水　●●●○●
弄波情未極　●○○●●
日下川上寒　●●○●○
浮雲澹無色　○○●○●

沈千運

北邙不種田　●○●●○
但種松與柏　●●○●●
松柏未生處　○●●○●
留得市朝客　○●●○●

皇甫冉

艸遍潁陽山　●●●○○
花開武陵水　○○●○●
春色既已同　○●●●○
人心亦相似　○○●○●

〔一〕士：底本脱，據《唐詩品彙》卷四十補。

于鵠

陰風吹黃蒿　○○○○○
挽歌渡秋水　●○●○●
車馬却歸城　○●●○○
孤墳明月裏　○○○●●

權德輿

曉風摇五兩　●○○●●
殘月映石壁　○●●●●
稍稍曙光開　●●●○○
片帆在空碧　●○●○●

王建

啾啾雀滿樹　○○●●●
靄靄東陂雨　●●○○●
田家夜無食　○○●○●
水中摘禾黍　●○●○●

韓愈

青青水中蒲　○○●○○
葉短不出水　●●●●●
婦人不下堂　●○●●○
行子在萬里　○●●●●

張籍

漠漠野田艸　●●●○●
艸中牛羊道　●○○○●
古墓無子孫　●●○●○
白楊不得老　●○●●●

孟郊

欲別牽郎衣　●○○○○
郎今到何處　○○●○●
不恨歸來遲　●●○○○
莫向臨卭去　●●○○●

●●●○●
●●●○●
○●○○○
○○●○●

同
試妾與君淚
兩處滴池水
看取芙蓉花
今年爲誰死

●○○●●
○●●○●
○●●●○
○●●○●

賈島
十年磨一劍
霜刃未曾試
今日把似君
誰有不平事

●●○●●
●○●●●
●●●○○
●○●○●

施肩吾
幼女纔六歲
未知巧與拙
向夜在堂前
學人拜新月

○○○○○
●●○○●
●●○●○
○○●○●

同
青山臨黃河
下有長安道
世上名利人
相逢不知老

●●○●○
○○●○●
●○○●○
○○●○●

張祜
蟋蟀鳴洞房
梧桐落金井
爲君裁舞衣
天寒剪刀冷

○○●○●
○●●○●
○○○○○
●●○●●

李牧
幽人惜春暮
潭上折芳艸
佳期何時還
欲寄千里道

右三十有餘圖，仄韻變格。雖入近體，猶與古風鄰，故變拗最多矣。今舉其崖略耳。

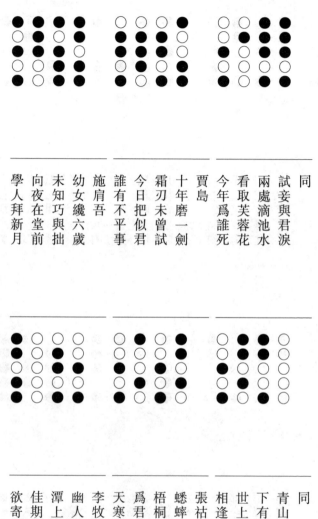

全唐聲律論卷二十一

七言絕句

正格

●●○○○●●
○○●●●○○
○○●●○○●
●●○○○●○

偏格

●○●●○○●
●●○○●●○
○●●○○●●
●○○●●○○

盧照鄰

日觀仙雲隨鳳輦
天門瑞雪照龍衣
繁弦綺席方終夜
妙舞清歌歡未歸

崔塗

五千里外三年客
十二峰前一望秋
無限別魂招不得
夕陽西下水東流

王維

廣武城邊逢暮春
汶陽歸客淚沾巾
落花寂寂啼山鳥
楊柳青青渡水人

許渾

勞歌一曲解行舟
紅葉青山水急流
日暮酒醒人已遠
滿天風雨下西樓

右二圖，七言絶句正格偏格，起句履仄押韻者，與五七言律同法，故權德輿、薛能諸公雖起句押韻，曰之二韻。竹山曰：「盧照鄰『日觀仙雲隨鳳輦』，王維『獨在異鄉爲異客』，李益『回樂峰前沙似雪』，白居易『人到中秋明月好』諸句，初唐俱少，中晚及宋皆多用焉。白氏最多，唯明爲至少，蓋嫌於窘韻耳。」甚哉竹山論詩也，未嘗知二韻之爲正體，而曰「嫌於窘韻」。若謂之「窘韻」，乃五七言律起句，皆可謂窘韻也。其贔苴杜撰，不暇捧腹也。

起句拗字

●●●●●○○
○○○●●○○
○○●●○○●
●●○○○●○

盧照鄰
九月九日眺山川
歸心歸望積風煙
他鄉共酌金花酒
萬里同悲鴻雁天

●●○○○●○
○●○○○●○
●●○○○●●
○○●●●○○

同
翠鳳逶迤登介丘
仙鶴徘徊天上遊
借問乾封何所樂
人皆壽命得千秋

●○○●○●○
○●○○●●○
○●○○○●●
○○○●●○○

韋應物

廣陵三月花正開
花裏逢君醉一迴
南北相過殊不遠
暮潮歸去早潮來

●○○●○●○
○○●●●○○
●○●●○○●
●●○○●●○

崔日用

洛陽桴鼓今不鳴
朝野咸推重太平
冬至冰霜俱怨別
春來花鳥若爲情

李商隱

榴枝婀娜榴實繁
榴膜輕明榴子鮮
可羨瑤池碧桃樹
碧桃紅頰一千年

李白

五陵年少金市東
銀鞍白馬度春風
落花蹈盡遊何處
笑入胡姬酒肆中

王昌齡

香幃風動花入樓
高調鳴箏緩夜愁
腸斷關山不解説
依依殘月下簾鈎

張白

六親慟哭還復蘇
我笑先生涙箇無
脱履定歸天上去
空墳留入武陵圖

王昌齡

角鷹初下秋艸稀
鐵驄抛鞚去如飛
少年獵得平原兔
馬上橫捎意氣歸

戎昱

涔陽兒女花滿頭
毿毿同汎木蘭舟
秋風日暮南湖裏
争唱菱歌不肯休

○○●○○●○
●○○●●○○
○○●●○○●
○●○○●●○

李群玉

黃陵廟前春已空
子規啼血滴松風
不知精爽歸何處
疑是行雲秋色中

白居易

黑花滿眼絲滿頭
早衰因病病因愁
宦途氣味已諳盡
五十不休何日休

李白

橫江館前津吏迎
向余東指海雲生
郎今欲渡緣何事
如此風波不可行

施肩吾

大堤女兒郎莫尋
三三五五結同心
清晨對鏡理容色
意欲取郎千萬金

無名氏

勸君莫惜金縷衣
勸君須惜少年時
有花堪折直須折
莫待無花空折枝

杜甫

黃師塔前江水東
春光嬾困倚春風
桃花一簇開無主
可愛深紅愛淺紅

●○○○○●○
○○○●●○○
○○●●●○●
○●○○○●○

李益

汴河東流無限春
隋家宮闕已成塵
行人莫上長堤望
風起楊花愁殺人

○○●●○○○
○●○○●●○
○○○○○●●
●○○●●○○

李白

故人西辭黃鶴樓
煙花三月下揚州
孤帆遠影碧空盡
唯見長江天際流

韋莊

主人西遊去不歸
滿溪春雨長春薇
怪來馬上詩情好
印破青山白鷺飛

杜甫

喧喧道路多歌謠
河北將軍盡入朝
始是乾坤王室正
却教江漢客魂消

同

丹陽城南秋海陰
丹陽城北楚雲深
高樓送客不能醉
寂寂寒江明月心

李頎

洛陽一別梨花新
黃鳥飛飛逢故人
携手當年共爲樂
無驚蕙艸惜殘春

儲光羲

新林二月孤舟還
水滿清江花滿山
借問故園隱君子
時時來往住人間

張籍

山中日暖春鳩鳴
逐水看花任意行
向晚歸來石窗下
菖蒲葉上見題名

○●○●●○○
○○●●●○○
●○●○○○●
●●○○●●○

王昌齡

松間白髮黃尊師
童子燒香禹步時
欲訪桃源入溪路
忽聞鷄犬使人疑

張祜

宮樓一曲琵琶聲
滿眼雲山是去程
回顧段師非汝意
玉環休把恨分明

杜甫

無數春笋滿林生
柴門密掩斷人行
會須上番看成竹
客至從嗔不出迎

羊士諤

臨風玉管吹參差
山塢春深日又遲
李白桃紅滿城郭
馬融閑卧望京師

李群玉

篔簹無子鴛雛饑
毛彩凋摧不得歸
誰念火雲千嶂裏
低身猶傍鷓鴣飛

●●●○●●○
○○●●●○○
●○○●●○●
●●○○○●○

孟郊

一日踏春一日回
朝朝没脚走芳埃
飢童餓馬埽花餵
向晚飲溪三四杯

韓偓

緝綴小詩鈔卷裏
尋思閑事到心頭
自吟自泣無人會
腸斷蓬山第一流

李頎

百歲老翁不種田
惟知曬背樂殘年
有時捫虱獨搔首
目送歸鴻籬下眠

元稹

春野醉吟十里程
齋宫潛詠萬人驚
今宵不寐到明讀
風雨曉聞開鎖聲

崔惠童

一月主人笑幾回
相逢相值且銜杯
眼看春色如流水
今日殘花昨日開

白居易

蠶老繭成不庇身
蜂飢蜜熟屬他人
須知年老憂家者
恐是二蟲虚苦辛

○○●○○●○
●●○○○●○
○●○○○●●
●○●●●○○

孟浩然

渾成紫檀金屑文
作得琵琶聲入雲
胡地迢迢三萬里
那堪馬上送明君

●○●●○●●
○○○●●○○
○○○●○○●
●●○○○●○

韋應物

鬢眉雪色猶嗜酒
言辭淳朴古人風
鄉村年少生離亂
見話先朝如夢中

○●○○●○○
○○●●●○○
●○○●○○●
●●○○●●○

盧綸

人主人臣是親家
千秋萬歲保榮華
幾時曾向高天上
得見今宵月裏花

○○●●●●●
●●○○●●○
●●○○●○●
○○○●●○○

同

空王百法學未得
姹女丹砂燒即飛
事事無成身老也
醉鄉不去欲何歸

陸龜蒙

穠花自古不得久
况是倚春春已空
更被夜來風雨惡
滿階狼藉没多紅

張繼

流年一日復一日
世事何時是了時
試向東林問禪伯
遣將心地學瑠璃

徐凝

今年八月十五夜
寒雨蕭蕭不可聞
如練如霜在何處
吴山越山萬重雲

同

每逢孤嶼一倚楫
便欲狂歌同采薇
任是煙蘿中待月
不妨欹枕扣舷時

白居易

燕違戊己鵲避歲
茲事因何羽族知
疑有鳳皇頒鳥曆
一時一日不參差

杜牧

漢宮一百四十五
多下珠簾閉瑣窗
何處營巢夏將半
茅簷煙裏語雙雙

鄭谷

背霜南雁不到處
倚棹北人初聽時
梅雨滿江春艸緑
一聲聲在荔枝枝

釋貫休
赤旃檀塔六七塔
白菡萏花三四枝
禪客相逢只彈指
此心能有幾人知
●○○●○●●
●●○○●●○
○●○○●○●
●○○●●○○

陸龜蒙
縹梨花謝鶯口喫
黃特少年人未歸
畫扇紅弦相掩映
獨看斜月下簾衣

釋皎然
雲山出定鳥未歸
松吹時飄雨浴衣
石語花愁徒自詫
吾心見境盡爲非

戴叔倫
五都來往無舊業
一代公卿盡故人
不肯低頭受羈束
遠師溪上拂纓塵

方干
映窗孤桂非手植
子落月中聞落時
仙客此時頭不白
看來看去有枯枝

同
阮咸別曲四坐愁
賴是春風不是秋
漫漫江行訪兄弟
猿聲幾夜宿蘆洲

白居易
路旁埋骨蒿艸合
壁上題詩塵蘚生
馬死七年猶悵望
自知無乃太多情

曹鄴
一川艸色青裊裊
繞屋水聲如在家
悵望美人不攜手
墻頭先發數枝花

羅隱

涇溪石險人競懼
終歲不聞傾覆人
却是平流無石處
時時聞說有沈淪

呂嵓

西鄰已富憂不足
東老雖貧樂有餘
白酒釀來緣好客
黃金散盡爲收書

●●○●○●○
○○●●●○○
○○●●○○●
●●○○○●○

杜牧

雲門寺外逢猛雨
林黑山高雨腳長
曾奉郊宫爲近侍
分明攙攙羽林槍

同

長空澹澹孤鳥沒
萬古消沈在此中
看取漢家何事業
五陵無樹起秋風

韋應物

滿郭春色嵐已昏
鴉栖散吏掩重門
雖居世網常清淨
夜對高僧無一言

●○○○○●○
○●○○○●○
○●●○○●●
●○●●●○○

呂喦

先生先生莫外求
道要人傳劍要收
今日相逢江海畔
一杯村酒勸君休

○●●●○●●
●○●●●○○
○○●●○○●
●●○○●●○

白居易

館娃宮深春日長
烏鵲橋高秋夜涼
風月不知人世變
奉君直似奉吳王

白居易

三月盡是頭白日
與春老別更依依
憑鶯爲向楊花道
絆惹春風莫放歸

鮑溶

赤城橋東見月夜
佛壠寺邊行月僧
閑蹋莓苔繞琪樹
海光清浄對心燈

同

二月二日新雨晴
艸芽菜甲一時生
輕衫細馬春年少
十字街頭一字行

○○○○○○●
●●○○○●○
●●○○○●●
●○●●●○○

同

三杯嵬峨忘機客
百衲頭陀任運僧
又有放慵巴郡守
不營一事共騰騰

●○●○●○●
●●●○○●○
●●○○○●●
●○○●●○○

杜牧

故人別來面如雪
一榻拂雲秋影中
玉白花紅三百首
五陵誰唱與春風

●●●●○●●
●○○●●○○
○○○●●○●
●●○○●●○

徐凝

適我一簞孤客性
問人三十六峰名
青雲無忘白雲在
便可嵩陽老此生

○○●○○●●
●●○○●●○
○●○○●○●
○○○●●○○

●○●●●●○
○○●●●○○
●○●●○○●
●●○○●●○

○○○○○○○
○○●●●○○
○○●●●○●
○●●○○●○

元稹
公無渡河音響絶
已隔前春復去秋
今日閑窗拂塵土
殘弦猶迸細箜篌

吕温
丈夫可殺不可羞
如何送我海西頭
更生更聚終須報
二十年間死即休

崔塗
蒼山遥遥江磷磷
路旁老盡没閑人
王孫不見艸空緑
惆悵渡頭春復春

○○●●○○○
○○●●●○○
○○○●●○●
●●●○○●○

陸龜蒙

江南酒熟清明天
高高綠旆當風懸
誰家無事少年子
滿面落花猶醉眠

右二十有餘圖，起句拗而下句不拗者，此乃一種之聲律，不可不法也。竹山曰：「崔惠童起句『一月主人笑幾回』，白居易『蠶老繭成不庇身』，結句『禮徹佛名百部經』句，舉四唐唯是已。嘗按《唐詩紀》注云：『主人』作『人生』。蓋爲善本，其律亦自正，因録此説以滌崔氏之冤。高《彙》李《選》，皆從惡本者，何與？」竹山唯知一而未知二也。崔氏起句，特用一平，故接以「相逢相值」四字拯之。王勃《九月望鄉臺》詩，用五仄，故以「他席他鄉」字拯之。如盧照鄰「九月九日眺山川，歸心歸望積風煙」，邵大震「九月九日望遥空，秋水秋天生夕風」，亦同然。雖然非逐一而有此體裁，此亦一種之聲律也。且崔氏句與杜甫「卧病擁寒在峽中」，李浩「混沌未分我獨存」同法。白氏句與韓偓「曾被謫仙痛咬來」同法。當就本編監之。竹山特滌崔氏之冤，而不及杜白二氏，何歟？今以杜韓句證崔白，復足以雪其冤矣，豈得謂「四唐唯是已」哉？如高《彙》李《選》，鼓動乎千載而不輟響，此非膠柱者所彈也。譩！余智有所未周，而力有所不足也。世之論道者，非力不足者，蓋足蔑視古人，而不足以己意融會貫通得中其肯也。

接句拗字

○○●●●○○
●●○●●○○
●●○○●●●
○○●●●○○

○●●○○●○
●○○○●●○
○○●●○○●
●●○○●●○

○●○○○●○
○●●●●○○
○○●●○○●
●●○○●●○

杜甫

群雄競起向前朝
王者無外見今朝
比訝漁陽結怨恨
元聽舜日舊簫韶

同

東望少城花滿煙
百花高樓更可憐
誰能載酒開金盞
喚取佳人舞繡筵

同

黄四娘家花滿蹊
千朵萬朵壓枝低
留連戲蝶時時舞
自在嬌鶯恰恰啼

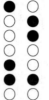

同

●●●○●●●
不是愛花即欲死

●●○●●○○
只恐花盡老相催

○○○●○○●
繁枝容易紛紛落

●●○○●●○
嫩蕊商量細細開

韓愈

●●○○●●○
偶上城南土骨堆

●○○●○●○
共傾春酒三五杯

○○○●○○●
爲逢桃樹相料理

●●○○●●○
不覺中丞喝道來

白居易

●●○○○●○
把酒承花花落頻

○○●●○○○
花香酒味相和春

●○●●○○●
莫言不是江南會

○●○○●●○
虛白亭中舊主人

鄭谷

竹巷溪橋天氣涼
荷開稻熟村酒香
唯憂野叟相迴避
莫道儂家是漢郎

李商隱

清月依微香露輕
曲房小院多逢迎
春叢定見饒栖鳥
飲罷莫持紅燭行

同

荷葉生時春恨生
荷葉枯時秋恨成
深知身在情長在
悵望江頭江水聲

○●○○○●○
○●○○○●○
○○○●○○●
●●○○○●○

杜牧

李白題詩水西寺
古木回嵓樓閣風
半醒半醉遊三日
紅白花開煙雨中

●●○○●○●
●●○○○●○
●○●●○○●
○●○○○●○

同

初歲嬌兒未識爺
別爺不拜手吒叉
掛頭一別三千里
何日迎門卻到家

○●○○●●○
●○●●●●○
○○●●○○●
○●○○●●○

●●○○○●●
●●●●○●○
○○●●○○●
○●○○●●○

同
鵬鳥飛來庚子直
謫去日蝕辛卯年
由來枉死賢才事
消長相持勢自然

●●○○○●○
○●●●○●○
○○●●●○●
○●○○○●○

曹鄴
澗艸疎疎熒火光
山月朗朗楓樹長
南村犢子夜聲急
應是蘭邊新有霜

●○○●●○○
○○○○●●○
○●○○●○●
●○○●●○○

陸龜蒙
擊霜寒玉亂丁丁
花低秋風拂坐生
王母閑看漢天子
滿猗蘭殿珮環聲

●○○●●○○
●○●●●○○
○●●○○●●
●○●●●○○

孫光憲
亂繩千結絆人深
越羅萬丈表長尋
楊柳在身垂意緒
藕花落盡見蓮心

●○●○○●●
●●○○●●○
●○○●●○●
●●○○●●○

崔道融
坐看黑雲銜猛雨
噴灑前山此獨晴
忽驚雲雨在頭上
却是山前晚照明

●○○●●○○
●○○●●○○
○●○○●●●
○○○●●○○

閻德隱
洛陽成路九春衢
洛陽城外柳千株
能得來時作眼覓
天津橋側錦屠蘇

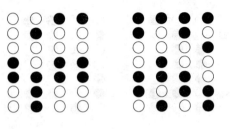

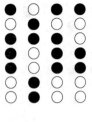

右十有餘圖，接句拗而上句不拗者。世之論崔惠童「一月主人笑幾回」一平者，得見此等體格，復謂之何？

轉句拗字

●●○○○●○
●○○●●○○
●○○●○●●
○●○○○●○

劉長卿

莫嘆江城一掾卑
滄洲未是阻心期
浙中山色千萬狀
門外潮聲朝暮時

高適

六翮飄颻私自憐
一離京洛十餘年
丈夫貧賤應未足
今日相逢無酒錢

盧綸

三獻蓬萊始一嘗
日調金鼎閱芳香
貯之玉合才半餅
寄與阿誰題數行

岑參

異姓蕃王貂鼠裘
葡萄宮錦醉纏頭
關西老將能苦戰
七十行兵仍未休

戴叔倫

霜雁群飛下楚田
羈人掩淚望秦天
君行江海無定所
別後相思何處邊

韓愈
已作龍鍾後時者
懶於街裏蹋塵埃
如今便別長官去
直到新年衙日來

王建
菱葉参差萍葉重
新蒲半折夜來風
江村水落平地出
溪畔漁船青艸中

施肩吾
去歳清明霅溪口
今朝寒食鏡湖西
信知天地心不易
還有子規依舊啼

孟郊
枋口花開掣手歸
嵩陽爲我駐紅暉
可憐躑躅千萬里
柱地柱天疑欲飛

元稹
滿眼文書堆案邊
眼昏偷得暫時眠
子規驚覺燈又滅
一道月光横枕前

徐凝
金谷園中數尺土
問人知是緑珠臺
緑珠歌舞天下絶
唯與石家生禍胎

陳羽
路入千山愁自知
雪花撩亂壓松枝
世人並道離別苦
誰信山僧輕別離

李賀
古竹老梢惹碧雲
茂陵歸卧嘆清貧
風吹千畝迎雨嘯
鳥重一枝入酒尊

姚合
曉上上方高處立
路人羨我此時身
白雲向我頭上過
我更羨他雲路人

杜牧
千里長河初凍時
玉河瑶珮響参差
浮生恰似冰底水
日夜東流人不知

劉駕
未櫛憑欄眺錦城
煙籠萬井二江明
香風滿閣花滿樹
樹樹樹梢啼曉鶯

釋貫休
聲利掀天竟不聞
艸衣木食度朝昏
遥思山雪深一丈
時有仙人來扣門

同
謝傅秋涼閲管絃
徒教賤子侍華筵
溪頭正雨歸不得
辜負東囪一覺眠

趙嘏
寂莫堂前日又曛
陽臺去作不歸雲
從來聞説沙吒利
今日青娥屬使君

釋皎然
左右香童不識君
擔簦訪我領鷗群
山僧待客無俗物
唯有窗前片碧雲

許渾
羽袖飄飄杳夜風
翠幢歸殿玉壇空
步虚聲盡天未曙
露壓桃花月滿宫

杜荀鶴
桑柘窮頭三四家
挂罾垂釣是生涯
秋風忽起溪浪白
零落岸邊蘆荻花

同
禪子自矜禪性成
將來擬照建溪清
南看閩樹花不落
更取何緣了妄情

同前

○●○○●●○
●○○●●○○
○○○●●●●
●●○○○●○

無名氏

二月江南花滿枝
風輕簾幕燕争飛
游人休惜夜秉燭
楊柳陰濃春欲歸

張祜

水繞宮墻處處聲
殘紅長緑露華清
武皇一夕夢不覺
十二玉樓空月明

戴叔倫

湖上逢君亦不閑
暫將離別到深山
飄蓬驚鳥那自定
强欲相留雲樹間

盧仝

風卷魚龍暗楚關
白波沈却海門山
鵬騰鼇倒且快性
地拆天開總是閑

同

繞舍煙霞爲四鄰
寒泉白石日相親
塵機不盡住不得
珍重玉山山下人

同

莫怕南風且盡歡
湘山多雨夏中寒
送君萬里不覺遠
此地曾爲心鐵官

殷堯藩

宮女三千去不同
真珠翠羽是塵埃
夫差舊國久碎破
紅燕自歸花自開

權德輿

盤頭緑雲上古驛
望思臺下使人愁
江充得計太子死
日暮戾園風雨秋

施肩吾
路斷空林無處問
幽奇山水不知名
松門拾得一片履
知是行人向此行

同
十里鶯啼緑映紅
水村山郭酒旗風
南朝四百八十寺
多少樓臺煙雨中

李群玉
我到瞿童上升處
山川西望使人愁
紫雲白鶴去不返
唯有桃花溪水流

劉商
柏偃松攲勢自分
森梢古意出浮雲
如今眼暗畫不得
舊有三株持贈君

同
盡日看雲首不迴
無心都大似無才
可憐光彩一片玉
萬里青天何處來

李郢
秋月斜明虛白堂
寒蛩唧唧樹蒼蒼
江風徹曉不得睡
二十五聲秋點長

杜牧
故里溪頭松柏雙
來時盡日倚松窗
杜陵隋苑已絶國
秋晚南遊更渡江

許渾
桂楫美人歌木蘭
西風裊裊露溥溥
夜長曲盡意不盡
月在清湘洲渚寒

同
南國天台山水奇
石橋危險古來知
龍潭直下一百丈
誰見生公獨坐時

陸龜蒙

橘下凝情香染巾
竹邊留思露摇身
背煙垂首盡日立
憶得山中無事人

周賀

别酒已酣春漏前
他日扶上北歸船
潯陽渡口月未上
漁火照江仍獨眠

同

將比鷺鷥還恐屈
始思殘雪不如多
清風相引去更遠
皎潔孤高奈爾何

皮日休

萬樹香飄水麝風
蠟燻花雪盡成紅
夜深歡態狀不得
醉客圖開明月中

李中

落絮飛花日又西
蹈青無侶艸萋萋
交親書斷竟不到
忍聽黄昏杜宇啼

崔塗

秋入池塘風露微
曉開籠檻看初飛
滿身金翠畫不得
無限煙波何處歸

釋貫休

咽雨哀風更不停
春光於爾豈無情
宜須喚得謝豹出
方始年年無此聲

右二圖，轉句拗而上下句不拗者，與七言律仄起第七句同法。方虛谷曰：「十字用作平聲，唐人多如此。」楊用修曰：「唐人詩『三十六所春宮殿，十一香風透管絃』，又『緑浪東西南北水，紅闌三百九十橋』，又『春城三百九十橋，夾水朱樓隔柳楊』，又『煩君一日殷勤意，示我十年感遇詩』。陳郁曰：『「十」音當爲「諶」也，謂之長安語音，律詩不如此，則不叶矣。」方楊二氏未辨聲律，故「十」字作仄聲看之。若謂平聲而叶音律，則高適、戴叔倫諸公篇什皆不叶也，抑又改「未、苦、萬、半、定、覺、秉、快、碎、片、絶」等字作平聲乎？二氏所標，皆蟪蛄之談也，夫流丸止於甌臾，今止之者誰？

同前

●●●○○●●
○○○●●○○
○○○●●●●
●●●○○●○

朱慶餘
越嶺向南風景異
人人傳説到京城
經冬來往不蹈雪
盡在刺桐花下行

○●○○●●○
●○○●●○○
●●●●●○●
●●●○○●○

許渾
三惑沈身是此園
古藤荒艸野禽喧
二十四友一朝盡
愛妾墜樓何足言

●○○●●○○
●●○○●●○
●●○●○○●
●○○●●○○

閻朝隱

鳳皇鳴舞樂昌年
蠟炬開花夜管絃
半醉徐擊珊瑚樹
已聞鐘漏曉聲傳

●○○●●○○
●●○○●●○
○○●●○○●
○○●●●○○

徐凝

麴塵溪上素紅枝
影在溪流半落時
時人自惜花腸斷
春風却是等閑吹

○●○○●●○
●○●●●○○
○○○○●●●
○●○○●●○

王沈

長信梨花暗欲栖
應門上鑰艸萋萋
春風吹花亂撲户
斑絶車聲不到啼

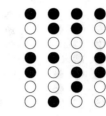

右五圖，轉句拗者，前篇之所一變也。

落句拗字

●●●○●●○
●○●●●○○
○○●●○○●
●○○●●●○

杜甫

白帝夔州各異城
蜀江楚峽混殊名
英雄割據非天意
霸王并合在物情

○○●●○○●
●●○○○●○
○●○○○●●
●○●●○○○

劉長卿

憐君異域朝周遠
積水連天何日通
遥指來從初日外
始知更有扶桑東

○●○○●●○
○○●●●○○
○○●●●○●
●●○●○○○

顧況

東晋王家在此溪
南朝樹色隔窗低
碑沈字滅昔人遠
谷鳥猶向寒花啼

韋莊

魂歸寥廓魄歸煙
只住人間十八年
昨日施僧裙帶上
斷腸猶繫琵琶絃

●●○○●●○
○○○●●○○
○○○●○○●
●●●○●●○

白居易

眼暗頭旋耳重聽
唯餘心口尚醒醒
今朝歡喜緣何事
禮徹佛名百部經

○○●●●○○
●●○○●●○
○●●○○●●
●○○●○○○

白居易

狂夫與我兩相忘
故態些些亦不妨
縱酒放歌聊自樂
接輿争解教人狂

●●○○●●●
●○●●●○○
○○●●○○●
●○○●●○○

釋義浄

百苦忘勞獨進影
四恩在念契流通
如何未盡傳燈志
溘然于此遇途窮

韓偓

人許風流自負才
偷桃三度到瑶臺
至今衣領臙脂在
曾被謫仙痛斂來

杜牧

青山隱隱水迢迢
秋盡江南木未凋
二十四橋明月夜
玉人何處教吹簫

右六圖，落句拗者，不爲不寡。至於變拗，難得而覼縷。如劉長卿堅守正格，而蹈若拗格，此余所謂「唐人至人名、地名等不敢顧其聲律」者也。李白「横江館前津吏迎」，杜甫「金華山北涪水西」，李頎「遠公遁跡廬山岑」，王維「願君莫厭承明盧」，李山甫「志公偏愛麒麟兒」，趙嘏「一百五日家未歸」，李商隱「二月二日江上行」，李郢「桐廬縣前洲渚平」，温庭筠「春秋注罷真銅龍」，譚用之「東侯老大麒麟生」，白居易「天津橋頭殘月前」，劉禹錫「瞿塘嘈嘈十二灘」是也。竹山曰：「李頎起句『洛陽一别梨花飛』，儲光羲『新林二月孤舟還』，杜甫『喧喧道路多謳歌』，王昌齡『松間白髮黄尊師』，錢起『長楊殺氣連天飛』，儲光羲結句『借問故園隱君子，時時來往住人間』，已用挾平，而『故』字去聲，然是唐詩千萬中之一。且其起句連用三平，則此詩最變調，後世不得引焉以爲據矣。白居易『不明不闇朦朧月，不暖不寒慢慢風』，又『縱酒放歌聊自樂，接輿争解教人狂』，皆詩家禁忌。儲、李之起，唐詩絶無而厪有者，後人置於弗問可矣。杜、錢之起，亦寥寥是已。白氏之起，對『朦朧』以『慢慢』，上『慢』字係誤寫，原爲平聲未可知焉。『教』字亦未保不爲使之以意訛。」愚矣哉竹山之論詩也。杜甫、李頎、王昌齡、儲光羲、白居易諸公篇什，皆千歲之龜鼎，雖則有其所謂禁忌哉，非其禁忌必矣。所謂「詩家禁忌」，何人禁忌之？竹山自道也，豈可不謂瞽亂哉？夫張祜起句「宫樓一曲琵琶聲」，李商隱「佳氣不定春期賒」，李群玉「簀簹無子鵷雛飢」，劉長卿結句「始知更有扶桑東」，杜牧「玉人何處教吹簫」，韋莊「斷腸尤繫琵琶絃」，如此聲律，往往有之，謂之「唐詩絶無而厪有者寥寥是已」，可乎？忌其起句落句三平，而不忌接句三平，何歟？若忌起句落句，乃當忌接句。白居易接句「花香酒味相和春」，李商隱「曲房小院多逢迎」，吴融「富春山水非人寰」諸句，是亦往往有之，蓋不觸禁忌者乎？至其無論説，則不之嘗知故也。如儲光羲句法，與張籍「自嘆獨爲折腰吏，可憐駿馬路旁行」，羅鄴「卻羨去年買山侶，月斜漁艇住瀟湘」同法，固不足怪矣。且閲白氏集，作「不明不闇朧朧月，不暖不寒慢慢風」，「慢」上聲。今猥從死册字，而角無用之文，云上「慢」字係誤寫，原爲平聲，又以「教」字爲訛字。其爲訛字也，獨在白氏一人，而不在劉長卿、杜牧諸公，何歟？至竟以不知劉長卿、杜牧諸公篇什故也。穴處之見，孰莫大焉。夫如此論古，一一落空，方爲疎鹵。竹山不奉闕如之教，而及其毁所不見則黜之，蓋疑冰之談也。

全唐聲律論卷二十二

七言絶句

正格拗格

●●○○●●○
○○○●●○○
●●●○○●●
●○○●●○○

賀知章
離別家鄉歲月多
近來人事半消磨
唯有門前鏡湖水
春風不改舊時波

王勃
早是他鄉值早秋
江亭明月帶江流
已覺逝川傷別念
復看津樹隱離舟

李白
萬國同風共一時
錦江何謝曲江池
石鏡更明天上月
後宮親得照蛾眉

趙彥昭
始見青雲干律呂
俄逢瑞雪應陽春
今日迴看上林樹
梅花柳絮一時新

同
誰道君王行路難
六龍西幸萬人歡
地轉錦江成渭水
天迴玉壘作長安

同
劍閣重關蜀北門
上皇歸馬若雲屯
少帝長安開紫極
重懸日月照乾坤

同
白馬金羈遼海東
羅帷繡被卧東風
落月低軒窺燭盡
飛花入户笑牀空

王昌齡
荷葉羅裙一色裁
芙蓉向臉兩邊開
亂入池中看不見
聞歌始覺有人來

同
水緑天青不起塵
風光和暖勝三秦
萬國煙花隨玉輦
西來添作錦江春

同
日本晁卿辭帝都
征帆一片繞蓬壷
明月不歸沈碧海
白雲愁色滿蒼梧

同
長信宮中秋月明
昭陽殿下擣衣聲
白露堂中細艸跡
紅羅帳裏不勝情

同
帝子瀟湘去不還
空餘秋艸洞庭閒
淡掃明湖開玉鏡
丹青畫出是君山

杜甫
閎到房公池水頭
坐逢楊子鎮東州
却向青溪不相見
回船應載阿戎遊

王維
楊柳渡頭行客稀
罟師蕩槳向臨圻
唯有相思似春色
江南江北送君歸

賈至

萬里平沙一聚塵
南飛羽檄北來人
傳道五原烽火急
單于昨夜寇新秦

同

今日相逢落葉前
洞庭秋水遠連天
共説京華舊遊處
回看北斗欲潸然

同

江路東連千里潮
青雲北望紫微遥
莫道巴陵湖水闊
長沙南畔更蕭條

同

楓岸紛紛落葉多
洞庭秋水晚來波
乘興輕舟無近遠
白雲明月弔湘娥

同

一片仙雲入帝鄉
數聲秋雁至衡陽
借問清都舊花月
豈知遷客泣瀟湘

岑參

走馬西來欲到天
辭家見月幾回圓
今夜不知何處宿
平沙萬里絶人煙

同

雙鶴南飛度楚山
楚南相見憶秦關
願值回風吹羽翮
早隨陽雁及春還

同

江上相逢皆舊遊
湘山永望不堪愁
明月秋風洞庭水
孤鴻落葉一扁舟

同

仙掌分明引馬頭
西看一點是關樓
五月也須應到舍
知君不肯更淹留

同
百尺紅亭對萬峰
平明相送到齋鐘
駿馬勸君皆卸却
使君家醖舊來濃

同
萬騎争歌楊柳春
千場對舞繡麒麟
到處盡逢歡洽事
相看総是太平人

韋應物
南望青山滿禁闈
曉陪鴛鷺正差池
共愛朝來何處雪
蓬萊宮裏拂松枝

同
漢將承恩西破戎
捷書先奏未央宮
天子預開麟閣待
祇今誰數貳師功

同
雪凈胡天牧馬還
月明羌笛戍樓間
借問梅花何處落
風吹一夜滿關山

同
秋艸生庭白露時
故園諸弟益相思
盡日高齋無一事
芭蕉葉上自題詩

高適
鐵騎横行鐵嶺頭
西看邏迯取封侯
青海只今將飲馬
黄河不用更防秋

常建
勝景門閑對遠山
竹深松老半含煙
皎月殿中三度磬
水晶宮裏一僧禪

皇甫冉
悵望南徐登北固
迢遥西塞限東關
落日臨川問音信
寒潮唯帶夕陽還

盧綸

世故相逢各未閑
百年多在別離間
昨夜秋風今夜雨
不知何處入空山

同

巫峽蒼蒼煙雨時
清猿啼在最高枝
箇裏愁人腸自斷
由來不是此聲悲

同

獨酌花前醉憶君
與君春別又逢春
惆悵銀杯來處重
不曾盛酒勸閑人

劉商

閑出東林日影斜
稻苗深淺映袈裟
船到南湖風浪靜
可憐秋水照蓮花

長孫佐輔

野火燒枝水洗根
數圍枯朽半心存
應是無機承雨露
却將春色寄苔痕

同

漠漠闇苔新雨地
微微涼露欲秋天
莫對月明思往事
損君顏色減君年

劉禹錫

山上層層桃李花
雲間煙火是人家
銀釧金釵來負水
長刀短笠去燒畬

白居易

滿面胡沙滿鬢風
眉銷殘黛臉銷紅
愁苦辛勤憔悴盡
如今却是畫圖中

同

陶令門前四五樹
亞夫營裏百千條
何似東都正二月
黃金枝映洛陽橋

同

白浪茫茫與海連
平沙浩浩四無邊
暮去朝來淘不住
遂令東海變桑田

柳宗元

世上悠悠不識真
薑芽盡是捧心人
若道柳家無子弟
往年何事乞西賓

劉言史

噴沫團香小桂條
王鞭兼賜霍嫖姚
弄影便從天禁出
碧蹄聲碎五門橋

同

青艸湖中萬里程
黃梅雨裏一人行
愁見灘頭夜泊處
風翻闇浪打船聲

杜牧

鳴軋江樓角一聲
微陽瀲灩落寒汀
不用憑欄苦回首
故鄉七十五長亭

同

紫禁梨花飛雪毛
春風絲管翠樓高
城裏萬家聞不見
君王試舞鄭櫻桃

元稹

觀象樓前奉末班
絳峰只似殿庭間
今日高樓重陪宴
雨籠衡岳是南山

同

似火山榴映小山
繁中能薄艷中閑
一朵佳人玉釵上
秖疑燒却翠雲鬟

陳羽

鶴唳天邊秋水空
荻花蘆葉起秋風
今夜渡江何處宿
會稽山在月明中

張曙

千里江山陪驥尾
五更風水失龍鱗
昨夜浣花溪上雨
綠楊芳艸爲何人

裴交泰

自閉長門經幾秋
羅衣濕盡淚還流
一種娥眉明月夜
南宮歌管北宮愁

偏格拗體

○○●●○○●
●●○○●●○
○○●●○○●
○●○○●●○

沈亞之

新挪仙亭覆石壇
雕梁峻宇入雲端
嶺北嘯猿高枕聽
湖南山色捲簾看

上官儀

花輕蝶亂仙人杏
葉密鶯啼帝女桑
飛雲閣上春應至
明月樓中夜未央

秦系

久臥雲間已息機
青袍忽看狎鷗飛
詩興到來無一事
郡中今有謝玄暉

盧照鄰

明君封禪日重光
天子垂衣曆數長
九州四海常無事
萬歲千秋樂未央

沈佺期
北邙山下列墳塋
萬古千秋對洛城
城中日夕歌鐘起
山上惟聞松柏聲

徐彥伯
金溪碧水玉潭沙
鳧鳥翩翩弄日華
鬬鷄香陌行春倦
爲摘東園桃李花

宋之問
可憐冥漠去何之
獨立丰茸無見期
君看水上芙蓉色
恰似生前歌舞時

劉庭琦
銅臺宮觀委灰塵
魏主園陵漳水濱
即今西望猶堪思
況復當時歌舞人

同
晴風麗日滿芳洲
柳色春筵祓錦流
皆言侍蹕橫汾燕
暫似乘查天漢遊

張説
平湖一望上連天
秋景千尋下洞泉
忽驚水上江華滿
疑是乘槎到日邊

徐堅
郎官出宰赴伊瀍
征傳駸駸灞水前
此時悵望新豐道
握手相看共黯然

沈宇
菊黃蘆白雁初飛
羌笛胡笳淚滿衣
送君腸斷秋江水
一去東流何日歸

賀知章
稽山罷霧鬱嵯峨
鏡水無風也自波
莫言春度芳菲盡
別有中流採芰荷

李白

天過北斗挂西樓
金屋無人螢火流
月光欲到長門殿
別作深宮一段愁

同

鏡湖流水漾清波
狂客歸舟逸興多
山陰道士如相見
應寫黃庭換白鵝

同

出門妻子强牽衣
問我西行幾日歸
歸時倘佩黃金印
莫學蘇秦不下機

同

丹陽北固是吳關
畫出樓臺雲水間
千巖烽火連滄海
兩岸旌旗繞碧山

同

乘君素舸泛涇西
宛似雲門對若溪
且從康樂尋山水
何必東遊入會稽

玄宗皇帝

澄潭皎鏡石崔嵬
萬壑千巖暗緑苔
林亭自有幽真趣
況復秋深爽氣來

同

海潮南去過潯陽
牛渚由來險馬當
橫江欲渡風波惡
一水牽愁萬里長

同

青蓮居士謫仙人
酒肆藏名三十春
湖州司馬何須問
金粟如來是後身

杜甫

秋風嫋嫋動高旌
玉帳分弓射虜營
已收滴博雲間戍
欲奪蓬婆雪外城

同
向來江上手紛紛
三日成功事出群
已傳童子騎青竹
総擬橋東待使君

王昌齡
吴姬越艷楚王妃
争弄蓮花水濕衣
來時浦口花迎入
采罷江頭月送歸

王維
渭城朝雨浥輕塵
客舍青青柳色新
勸君更盡一杯酒
西出陽關無故人

同
楊王盧駱當時體
輕薄爲文哂未休
爾曹身與名俱滅
不廢江河萬古流

同
玉門山嶂幾千里
山北山南総是烽
人依遠戍須看火
馬蹈深山不見蹤

王縉
身名不問十年餘
老大誰能更讀書
林中獨酌鄰家酒
門外時聞長者車

同
山瓶乳酒下青雲
氣味濃香幸見分
鳴鞭走送憐漁父
洗盞開嘗對馬軍

同
青鸞飛入合歡宮
紫鳳銜花出禁中
可憐今夜千門裏
銀漢星回一道通

賈至
日長風暖柳青青
北雁歸飛入香冥
岳陽城上聞吹笛
能使春心滿洞庭

岑參

鳴笳疊鼓擁回軍
破國平蕃昔未聞
大夫鵲印搖邊月
天將龍旂掣海雲

同

黃砂磧裏客行迷
四望雲天直下低
爲言地盡天還盡
行到安西更向西

王之渙

單于北望拂雲堆
殺馬登壇祭幾回
漢家天子今神武
不肯和親歸去來

同

數株垂柳欲依依
深巷斜陽暮鳥飛
門前雪滿無行跡
應是先生出未歸

同

風恬日暖蕩春光
戲蝶遊蜂亂入房
數枝門柳低衣桁
一片山花落筆牀

儲光羲

胡王知妾不勝悲
樂府皆傳漢國辭
朝來馬上箜篌引
稍似宮中閑夜時

同

新騎驄馬復承恩
使出金陵過海門
荊南渭北難相見
莫惜衫襟著酒痕

裴迪

喬柯門裏自成陰
散髮空窗曾不簪
逍遙且喜從吾事
榮寵從來非我心

同

朝來仙閣聽絃歌
瞑入花亭見綺羅
池邊命酒憐風月
浦口回船惜芰荷

同
花潭竹嶼傍幽蹊
畫楫浮空入夜溪
芰荷覆水船難進
歌舞留人月易低

同
華陽洞裏片雲飛
細雨濛濛欲濕衣
玉簫遍滿仙壇上
應是茅家兄弟歸

張僴
秋風颯颯雨霏霏
愁殺栖遑一布衣
辭君且作隨陽雁
海内無家何處歸

同
紅荷碧篠夜相鮮
孔蓋蘭橈浮翠筵
舟中對舞邯鄲曲
月下雙彈盧女絃

沈頌
嘗聞嬴女玉簫臺
奏曲情深彩鳳來
欲登此地消歸恨
却羨雙飛去不回

綦毋潛
山頭禪室挂禪衣
窗外無人溪鳥飛
黄昏半在山中路
却聽鐘聲連翠微

同
朧朧竹影蔽嵓扇
淡蕩荷風飄舞衣
舟尋緑水宵將半
月隱青林人未歸

常建
家園好在尚留秦
恥作明時失路人
恐逢故里鶯花笑
且向長安度一春

張子容
平沙落日大荒西
隴上明星高復低
孤山幾處看烽火
戰士連營候鼓鼙

蔡希寂

綿綿鐘鼓洛陽城
客舍貧居絶送迎
逢君貰酒因成醉
醉後焉知世上情

同

今朝把酒復惆悵
憶在杜陵田舍時
明年九日知何處
世難還家未有期

顧況

野人自愛山中宿
況是葛洪丹井西
庭前有箇長松樹
夜半子規來上啼

錢起

連山畫出映禪扉
粉壁香筵滿翠微
坐來爐氣縈空散
共指晴雲向嶺歸

同

獨憐幽艸澗邊行
上有黃鸝深樹鳴
春潮帶雨晚來急
野渡無人舟自橫

劉商

蒼山雲雨逐明神
唯有香名歲歲春
東風三月黃坡水
只見桃花不見人

韋應物

山明野寺曉鐘微
雪滿幽林人跡稀
閑居寥落生高興
無事風塵獨不歸

盧綸

出關愁暮一沾裳
滿野蓬生古戰場
孤村樹色昏殘雨
遠寺鐘聲帶夕陽

李益

寒山吹笛喚春歸
遷客相看淚滿衣
洞庭一夜無窮雁
不待天明盡北飛

同

邊城已在虜塵中
烽火南飛入漢宮
漢庭議事先黄老
麟閣何人定戰功

賈島

逸人欺客石牀中
遣我開扉對晚空
不知何處嘯秋月
閑卻松門一夜風

同

蜀茶寄到但驚新
渭水煎來始覺珍
滿甌似乳堪持玩
况是春深酒渴人

韓愈

廉纖晚雨不能晴
池岸艸間蚯蚓鳴
投竿跨馬蹋歸路
纔到城門打鼓聲

李賀

花枝艸蔓眼前開
小白長紅越女腮
可憐日暮嫣然態
嫁與春風不用媒

同

竹枝苦怨怨何人
夜静山空歇又聞
蠻兒巴女齊聲唱
愁殺江南病使君

柳宗元

宦情羈思共淒淒
春半如秋意轉迷
山城過雨百花盡
榕葉滿庭鶯亂啼

白居易

花園欲去去應遲
正是風吹狼藉時
近西數樹猶堪醉
半落春風半在枝

同

安南遠進紅鸚鵡
色似桃花語似人
文章辯慧皆如此
籠檻何年出得身

同

金錢買得牡丹栽
何處辭叢別主來
紅芳堪惜還堪恨
百處移將百處開

元稹

春來日日到西林
飛錫經行不可尋
蓮池舊是無波水
莫逐狂風起浪心

杜牧

江湖醉渡十年春
牛渚山邊六問津
歷陽前事知虛實
高位紛紛見陷人

同

遥知天上桂花孤
試問姮娥更要無
月宮幸有閑田地
何不中央種兩株

同

金英翠萼帶春寒
黃色花中有幾般
憑君語向遊人道
莫作蔓菁花眼看

同

閑吹玉殿昭華管
醉折梨園縹蒂花
十年一夢歸人世
絳縷猶封繫臂紗

同

山陽太守政嚴明
吏静人安無犬驚
不知靈藥根成狗
怪得時聞吠夜聲

同

聞君欲去潛消骨
一夜暗添新白頭
明朝別後應腸斷
獨棹破船歸到州

同

蟪蛄寧與雪霜期
賢哲難教俗士知
可憐貞觀太平後
天且不留封德彝

李涉

荊門灘急水潺潺
兩岸猿啼煙滿山
渡頭年少應空去
月落西陵望不還

王喬

故人軒騎罷歸來
舊宅園林閉不開
唯餘挾瑟高堂婦
哭向平生歌舞臺

劉言史

一頭細髮兩分絲
卧見芭蕉白露滋
欲令居士身無病
直待衆生苦盡時

釋靈一

禪師來往翠微間
萬里千峰見剡山
何時共到天台裏
身與浮雲處處閑

周繇

人形上品傳方急
我得真英白紫團
慚非叔子空持藥
更請伯言審細看

右二圖，拗體之整正者，而四唐所恒用也。竹山曰：「崔惠童詩『一月主人笑幾回』，李頎『百歲老翁不種田』，元稹『春野醉吟十里程』，白居易『蠶老繭成不庇身』等起句，舉四唐唯是已，穆文熙踵其武曰『堤外女郎蹈落紅』爲不善擇矣，元稹此起及白居易起句『一泊沙來一泊去，一重浪滅一重生』，又結句『今朝歡喜緣何事，禮徹佛名百部經』，皆脱乎範圍者，蓋出於不獲已耳。程明道起句云『曾是去年賞春日，春光過了又逡巡』，程子講道談經之餘事，固不可以詩家繩之。鄭雲叟結句『擬將枕上日高睡，賣與世間富貴人』，竊疑『富』是『榮』訛，按《詩話類編》引鄭雲叟此詩『富』作『榮』，則臆見果不謬矣。鄭雲叟，晚唐人。晚唐精律，恐不可失於焰管矣。李攀龍結句云『主人把酒聞黄鳥，黄鳥一聲酒一杯』，蓋爲無稽，其結聯唯有其所厭棄白氏一證而已矣，不亦左乎？然其全首連用『黄鳥』，近于古調，後人姑置乎不問是可。但白居易『氈帳胡琴出塞曲，蘭塘越棹弄潮聲』，蘇軾『在郡依前六百日，山中不記幾回來』起句，我邦亦知禁之，蓋以犯三仄也。然是在正格結聯暨七言律一聯結句等，爲熟套，特在此起句，而後爲不可也已。是則世未之察也，如七律起句固無之，覽者其審之。」甚矣哉。竹山童習白紛，奉程子之學業，而未得其意；又論唐人之聲律，而不中其肯。何者？杜甫「卧病擁寒在峽中」，又「江上被花惱不徹」，又「一夜水高二尺强」，常建「湖上老人坐島頭」，戴叔倫「遠自五陵獨竄身」，孟郊「一日蹈春一日回」，韓偓「緝綴小詩鈔卷裹」等起句，皆與崔李元白同法，豈得謂「舉四唐是已」哉？故穆文熙效其聲律，可謂得其徵也。如白氏「氈帳胡琴出塞曲」，又「一泊沙來一泊去」，又與杜牧「飲酒論文四百刻」，徐凝「金谷園中數尺土」，皮日休「鼓子花明白石岸」同法。其所謂「脱其範圍」者，乃竹山範圍，而非唐人範圍。故有不入己範圍者，則擯斥其篇什，不敢表出之。及其表出之，或謂之「詩家禁忌」，或謂之「聲病」，而冀人之以己爲修也。且程子起句，祖鮑溶「憶見特公賞秋處」聲律，程子講道談經之間猶且學之。夫學也者惡乎始？始於師。故師云而云，則是得若師也，今奉其學業，不云其所云，又不徵其所徵，而曰「不可以詩家繩之」，假使程子無其徵，至奉學業者，則當藩飾其失矣，豈有蔑視之哉？如鄭雲叟挾一平往往有之，韓偓「曾被謫仙痛歠來」，劉言史「直待衆生苦盡時」，周繇「更請伯言審細看」，釋皎然「氈騎入山蹈雪來」句皆挾一平，竹山特改鄭氏一平，而不及白韓劉周皎，何也？李于鱗既已得其徵，而作爲之，謂之「無稽」可乎？且以連用三黄鳥，爲近乎古調，欲使後人不問也。然唐人雖作爲近體，皆欲入古調。若以近乎古調廢之，乃沈佺期《龍池篇》連用五龍二天二地等字，崔顥《黄鶴樓》重用二白雲二黄鶴等字，其他重用不能僂指也，是亦置於不問乎？其愚陋溝瞀，不竢余言。且夫蘇軾起句，全效上文所列杜徐皮諸公聲律，亦謂之無稽乎？至其謂「三仄在正格結句暨七律二聯結句等爲熟套，特在此起句，而後爲不可」也，此崑説之尤者也。唐人間有執三仄以用於起句者，豈有限於正格結聯暨七律結句哉？杜甫起句「北城擊柝復欲罷」，又「宓子彈琴邑宰日」，杜牧「雲光嵐彩四面合」，韓偓「春陰漠漠土脉潤」，張繼「流年一日復一日」，白居易「空王百法學未得」，陸龜蒙「穠花自古不得久」，釋貫休「赤旃檀塔六七塔」是也。於乎！竹山蓋夏蟲之後身也。杜牧詩云「蟪蛄寧與雪霜期，賢哲難教俗士知」，斯之謂也。夫言之信者，在區蓋之間，讀者當就本編鏡考之。

四句押韻

○○●●○●○
○○○●○●○
●○●●●○○
○○○●○○○

李嘉祐

空山杳杳鸞鳳飛
神仙門户開翠微
主人白髮雪霞衣
松間留我談玄機

●○○●●○○
○●○●○○○
○○●●○○○
○●○○○●○

包融

武陵川徑入幽遐
中有鷄犬秦人家
先時見者爲誰耶
源水今流桃復花

●○●○○●○
●○○●○○○
○○○●●○○
○○●○○●○

施肩吾

露盤滴時河漢微
美人燈下裁春衣
蟾蜍東去鵲南飛
芸香省中郎不歸

○●○○●●○
○○●●●○○
○○●●●○○
●○○○●●○

李夢符

漁弟漁兄喜到來
波官賽卻坐江隈
椰榆杓子木瘤杯
爛煮鱸魚滿案堆

同

村寺鐘聲度遠灘
半輪殘月落山前
徐徐撥棹卻歸灣
浪叠朝霞錦繡翻

○●○○○●○
○○●●●○○
●●●●●○○
○○●○●●○

劉言史

遲日新妝遊冶娘
盈盈彩艇白蓮塘
掬水遠濕岸邊郎
紅綃縷中玉釧光

右五圖，四句壓韻，蓋起自梁武帝。其詩云「纖腰嫋嫋不任衣，嬌怨獨立特爲誰。赴曲君前未忍歸，上聲急調中心飛」是也。

七言絶句雜體

前後換韻

●○○●●○○
○○○●●○○
○○●●○○●
●●○○○●●

●●○○●●○
○○○●●○○
●○●○●●●
○○○●●○●

王勃

北山煙霧始茫茫
南津霜月正蒼蒼
秋深客思紛無已
復值征鴻中夜起

同

復閣重樓向浦開
秋風明月度江來
故人故情憶故宴
相望相思不相見

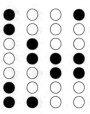

●●●○○●●
●○○●●○●
●○●●●○○
●○○●●○○

楊炎

雪面淡眉天上女
鳳簫鸞翅欲飛去
玉山翹翠步無塵
楚腰如柳不勝春

●○○○○●○
●○●●○○○
●○●●●○●
●●○○●○●

趙嘏

洞庭先生歸路長
海雲望極春茫茫
別來幾度向蓬島
自傍瑶臺折靈艸

○●○○●○●
●○○●○●●
○○○●●○○
○○●○○●○

孟郊

池上春蒲葉如帶
紫菱成角蓮子大
羅裙蟬鬢倚迎風
雙雙伯勞飛向東

劉方平

畫舸雙艚錦爲纜
芙蓉花發蓮葉暗
門前月色映横塘
感郎中夜渡瀟湘

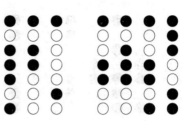

○○●●○○●
○●○○●●●
○○○●○○○
●●●○○●○

李賀

楊花撲帳春雲熱
龜甲屏風醉眼纈
東家胡蝶西家飛
白騎少年今日歸

●○●●●○○
○○●●○○●
○○●●●○○
●●○○●○●

韓偓

蹈青會散欲歸時
金車久立頻催上
收裙整髻故遲遲
兩點深心各惆悵

●○○○○●●
○○○○●●●
●●●○○●○
●○○○●●○

鮑溶

柏梁宸居情窈窕
東方先生夜待詔
夜久月當承露盤
内人吹笙舞鳳鸞

邵謁

秦山渭水尚悠悠
如何艸樹迷宫闕
繁華朱翠盡東流
唯有望樓對秋月

○○●○●●○
●●○○●●○
○○○●○○●
●●○●○○●

釋靈徹

山邊水邊待月明
暫向人間借路行
如今還向山邊去
只有湖水無行路

右九圖前後換韻，是亦始自梁簡文帝。其詩曰「織成屏風金屈膝，朱唇玉面燈前出。相看氣息望君憐，誰能含羞不自前」是也。初唐以一韻賦一首，爲正格者，蓋祖北朝魏收。其詩曰：「春風宛轉入曲房，兼繞小苑百花香。白馬金鞭去未返，紅粉玉筯下成行。」故王勃名前後換韻曰「雜體」，如韓偓、邵謁二首，此又所一變也。

全唐聲律論卷二十三

七言絶句

上半拗格

●●●●●○○
○●○○●●○
○○●●○○●
○●○○●●○

王勃

九月九日望鄉台
他席他鄉送客杯
人情已厭南中苦
鴻雁何從北地來

○●○●●○○
●○●●●○○
○●○○●●●
○○●●●○○

劉憲

非吏非隱晋尚書
一丘一壑降乘輿
天藻緣情兩曜合
山巵獻壽萬年餘

●●○○○●○
○○○○●●○
●●●○●○●
○○●●●○○

李白

小妓金陵歌楚聲
家童丹砂學鳳鳴
我亦爲君飲清酒
君心不肯向人傾

●○○●○●○
○●○○○●○
○○●●○○●
○●○○●●○

同

永王正月東出師
天子遥分龍虎旗
樓船一舉風波静
江漢翻爲雁鶩池

○●●●○○○
●●●●○○○
○○○●●○●
○●○○●●○

同

淮水不絕濤瀾高
盛德未泯生英髦
知君先負廟堂器
今日還須贈寶刀

高適

●○○●○●○
●○●●○●○
●○○●●○●
○●○○●●○

桂陽年少西入秦
數經甲科猶白身
即今江海一歸客
他日雲霄萬里人

杜甫

○○○○○○○
○●○●○○○
●●○○○●●
○●●●●○○

中巴之東巴東山
江水開闢流其間
白帝高爲三峽鎮
夔州險過百牢關

同

○○○○●●○
○●○○○○○
●○●●○○●
○●○○●●○

瀼東瀼西一萬家
江南江北春冬花
背飛鶴子遺瓊蕊
相趁鳧雛入蔣芽

○○●○●●●
●●●●●○○
○●●○○●●
●○○●●○○

○○●●○○○
●○●○○○○
●●●○○●●
○○●●●○○

●○●●○●●
●○○○○●○
●○○●●○●
●●○○○●○

同

東屯稻畦一百頃
北有澗水過青苗
晴浴狎鷗分處處
雨隨神女下朝朝

同

漁陽突騎邯鄲兒
酒酣並輿金鞭垂
意氣即歸雙闕舞
雄豪復遺五陵知

同

脆瓜碧李沈玉甃
赤梨葡萄寒露成
可憐先不異枝蔓
此物娟娟長遠生

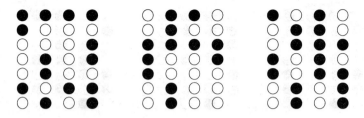

●○○○●○●
○●●●●○○
○○●●○○●
●●○○●●○

同

熟知茅齋絶低小
江上燕子故來頻
銜泥點汙琴書内
更接飛蟲打著人

●●●●○●○
●●○○○●○
●○○●○○●
●●○○●●○

同

二月已破三月來
漸老逢春能幾回
莫思身外無窮事
且盡生前有限杯

●●○●●●●
●●●●○●○
○●○○●●●
○○●●●○○

同

隔户楊柳弱嫋嫋
恰似十五兒女腰
誰謂朝來不作意
狂風挽斷最長條

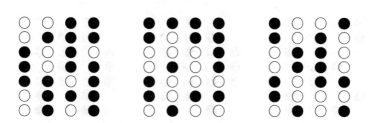

○●●○●●●
○●●●●○○
●●○○●●●
○○●●●○○

同

江上被花惱不徹
無處告許只顛狂
走覓南鄰愛酒伴
經旬出飲獨空牀

●●●○●●○
●●●●●●○
○●○○●○●
○○●●●○○

同

一夜水高二尺强
數日不可更禁當
南市津頭有船賣
無錢即買繫籬傍

●○●○○●○
○●○●●○○
●○●●○○●
●●○○○●○

同

艸堂塹西無樹林
非子誰復見幽心
飽聞榿木三年大
與致溪邊千畝陰

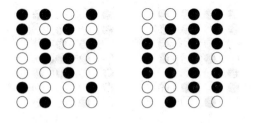

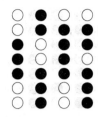

同

●○●○○●○
艸堂少花今欲栽

●●●●●○○
不問緑李與黄梅

●●○○●○●
石筍街中卻歸去

●○○●●○○
果園坊裏爲求來

孟浩然

●○○●○○○
異方之樂令人悲

○●○○●●○
羌笛胡笳不用吹

●○○●○○●
坐看今夜關山月

○●○○○●○
思殺邊城遊俠兒

崔國輔

●○○○●○●
洛陽梨花落如霰

○○○●○●○
河陽桃葉生復齊

●●●○○●●
坐惜玉樓春欲盡

○○●●●○○
紅綿粉絮裛妝啼

○○●●●●○
○○○●○●○
○○●●●○●
●●○○○●○

王維

新豐美酒斗十千
咸陽遊俠多少年
相逢意氣爲君飲
繫馬高樓垂柳邊

○●○●●●○
●●○○●●○
○○●●○○●
●●○○●●○

王昌齡

騮馬新跨白玉鞍
戰罷沙場月色寒
城頭鐵鼓聲猶振
匣裏金刀血未乾

●○○○●○○
○○○●●●○
●●○○●●●
●○○●●○○

同

貴人妝梳殿前催
香風吹入殿後來
仗引笙歌大宛馬
白蓮花發照池臺

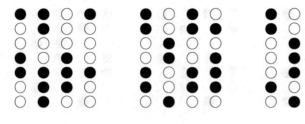

○○●○○●○
○○●●○○○
●●○○○●●
○○●●●○○

同

黃河渡頭歸問津
離家幾日茱萸新
漫道閨中飛破鏡
猶看陌上別行人

○●●●○○○
○○●○○○○
○○●●●○●
●●○○●○○

岑參

黃雀始欲銜花來
君家種桃花未開
長安二月眼看盡
寄報春風早爲催

●○●○○○○
○○●○○●○
●○○●●○●
○●○○○●○

張謂

世人結交須黃金
黃金不多交不深
縱令然諾暫相許
終是悠悠行路心

○○●●○●○
●●○○○●○
●○●●○○●
●●○○●●○

元結
湘江二月春水平
滿月和風宜夜行
唱橈欲過平陽戍
守吏相呼問姓名

○○●●○●○
●○○●●○○
○●●○○●●
○○○●●○○

同
零陵郡北湘水東
浯溪形勝滿湘中
溪口石顛堪自逸
誰能相伴作漁翁

●●○●●○○
●●○●●○○
●○●●●○●
○●○○○●○

同
下瀧船似入深淵
上瀧船似欲升天
瀧南始到九疑郡
應絶高人乘興船

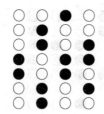

錢起

長楊殺氣連天飛
○○●●○○○
漢主秋畋正掩圍
●●○●●●○
重門日晏紅塵出
○○●●○○●
數騎故人獵獸歸
●●●○●●○

同

故城門前春日斜
●○○○○●○
故城門裏無人家
●○○●○○○
市朝欲認不知處
●○●●●○●
漠漠野田空艸花
●●●○○●○

韋應物

竹林高宇霜露清
●○○●○●○
朱絲玉徽多故情
○○●○○●○
暗識啼烏與別鶴
●●○○●●●
祇緣中有斷腸聲
○○○●●○○

○○○○○●●
●○○●●●○
○○●●○○●
○●○○●●○

戴叔倫

朝陽齋前桃李樹
手栽清蔭接比鄰
明年此地看花發
愁向東風憶故人

○●●●●○●
●●●●●○○
●○○●●○●
●●○○○●○

楊衡

黄菊紫菊傍籬落
摘菊泛酒愛芳新
不堪今日望鄉處
强插茱萸隨衆人

○○○○●●○
○○○●●○○
●●○○●○●
●○○●●○○

劉禹錫

城西門前灩澦堆
年年波浪不能摧
懊惱人心不如石
少時東去復西來

同

洛城洛城何日歸
●○●○○●○

故人故人今轉移
●○●○○●○

莫嗟雪裏暫時別
●○●●●○●

終擬雲間相逐飛
○●○○○●○

韓愈

山僧愛山出無期
○○●○●○○

俗世牽俗來何時
●●○●○○○

祝融峰前一回首
●○○○●○●

既是此生長別離
●●●○○●○

孟郊

寄泣須寄黃河泉
●●○●○○○

此中怨聲流徹天
●○●○○●○

愁人獨有夜燈見
○○●●●○●

一紙鄉書淚滴穿
●●○○●●○

○○●○○●○
○○●●○●○
●○○●●○●
○●○○●●○

同

長安落花飛上天
南風引至三殿前
可憐春物亦朝謁
唯我孤吟渭水邊

●○●●○○○
●○●●○●○
○○●●●○●
○●○○○●○

陳羽

二妃怨處雲沈沈
二妃哭處湘水深
商人酒滴廟前艸
蕭索風生斑竹林

○○○●●●●
●○○●○●○
○○●●●○●
●●○○○●○

同

青山高處上不易
白雲深處行亦難
留君不宿對秋月
莫厭山空泉石寒

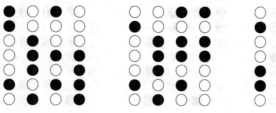

白居易

四十九年身老日
一百五夜月明天
抱膝思量何事在
癡男騃女喚秋千

●●●○○●●
●●●●●○○
●●○○○●●
○○●●●○○

同

今年到時夏雲白
去年來時秋樹紅
兩度見山心有愧
皆因王事到山中

○○●○●○●
●○○○○●○
●●●○○●●
○○○●●○○

同

庭前盡日立到夜
燈下有時坐徹明
此情不語何人會
時復長吁一兩聲

○○●●●●●
○●●○●●○
●○●●○○●
○●○○●●○

●○●○●○●
●○●○○●○
●○○●○○●
●●○○●●○

同
曲江柳條漸無力
杏園伯勞初有聲
可憐春淺遊人少
好傍池邊下馬行

●○●●○●●
○●○○○●○
○○●●○○●
●●○○●●○

同
世緣未了治不得
孤負青山心共知
愁君又入都門去
即是紅塵滿眼時

●○●○○●○
○○●●○●○
○○●●●○●
●●●○○●○

元稹
鷺鷥鷺鷥何遽飛
鴉驚雀噪難久依
清江見底艸堂在
一點白光終不歸

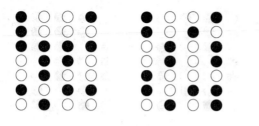

○●●●●●○
●●○○●●○
○○○●○○●
○●○○●●○

李賀

三十未有二十餘
白日長饑小甲蔬
橋頭長老相哀念
因遺戎韜一卷書

○○●●○○○
○●○○○●○
●○○●●○●
●●○○○●○

鮑溶

幽人往往懷麻姑
浮世悠悠仙景殊
自從青鳥不堪使
更得蓬萊消息無

●●●○●○●
○○○●○○○
○●○○●○●
●○○●●○○

同

憶見特公賞秋處
涼溪看月清光寒
今夕深溪又相映
特公何處共團團

○○●○●○○
○○●●○○○
●●○○●●●
○○●●●○○

張碧

千枝萬枝占春開
彤霞著地紅成堆
一窖閒愁驅不去
殷勤對爾酌金杯

○○●●○●○
○○●●○○○
○●●○○●●
●○○●●○○

武元衡

秋山寂寂秋水清
寒郊木葉飛無聲
王子白雲仙去久
洛濱行路夜吹笙

○○○○●●○
●○○●○○○
○○●●○○●
●●○○●●○

同

寥寥蘭臺曉夢驚
緑林殘月思孤鶯
猶疑蜀魄千年恨
化作冤禽萬囀聲

○●●●○○○
●○○●○○○
●○●●○○●
○●○○●●○

李商隱
孤鶴不睡雲無心
衲衣筇杖來西杯
院門晝鎖回廊静
秋日當階柿葉陰

●○●●○●●
○●○○○●○
○○●●●○●
●●○○●●○

杜牧
雪衣雪髮青玉觜
群捕魚兒溪影中
驚飛遠映碧山去
一樹梨花落晚風

○○●○●●○
○○●○●○○
○○●●●○●
●●○○○●○

李遠
黃陵廟前莎艸春
黃陵女兒蒨裙新
輕舟小楫唱歌去
水遠山長愁殺人

●○○○○●○
○●○●●○○
○○○●●○●
●●●○○●○

趙嘏

闘鷄臺邊花照塵
煬帝陵下水含春
青雲回翅北歸雁
白首哭途何處人

○○●●○○○
●●●●○○○
●○○●●○●
●●●○○●○

同

平生半爲山淹留
馬上欲去還回頭
兩京塵路一雙鬢
不見玉泉千萬秋

●○○●○○○
●●●●○○○
○○●●●○●
●●●○○●○

同

白雲溪北叢嵓東
樹石夜與潺湲通
行人一宿翠微月
二十五絃聲滿風

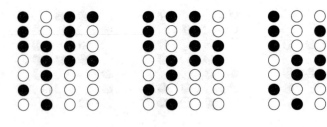

○○●●○○○
●●●●○○○
●○○●○○●
●●○○○●○

同
平生望斷雲層層
紫府杳是他人登
卻應歸訪溪邊寺
説向當時同社僧

○●○○●●○
●○○●●○○
○●○○○●●
●○○●●○○

劉商
閑出東林日影斜
稻苗深淺映袈裟
船到南湖風浪静
可憐秋水照蓮花

●●○○●○●
○○●○○●○
○●○○●○●
●○○●●○○

陳陶
不是苕溪厭看月
天涯有程雲樹涼
何意汀洲剩風雨
白蘋今日似瀟湘

●●○○●○●
○●○○○●○
○●●○●○●
○○○●●○○

同

憶昔鄱陽旅遊日
曾聽南家争擣衣
今夜重開舊砧杵
當時還見雁南飛

○○●●●○○
○●●●○○○
●○○●●○●
○●○○○●○

同

金襴白的善篸䇥
雙鳳夜伴江南栖
十洲人聽玉樓曉
空向千山桃杏枝

○○○○○●○
●●●●●○○
○○●●○○●
●●○○●●○

段成式

南山披時寒夜中
一角不動昆嵐風
何人見此生慚媿
斷續猶應護得龍

●○●○●●○
●●○●○○○
○○○●●○●
●●○○○●○

司馬禮

故人北遊久不回
塞雁南渡聲何哀
相思聞雁更惆悵
卻向單于臺下來

●○○●●●●
○●●○○●○
●○●●●○●
○●●○○●○

陸龜蒙

憶山搖膝石上曉
懷古掉頭溪畔涼
有時得句一聲發
驚起鷺鷥和夕陽

○○●●○○●
●○○○○●○
●○○○●○●
●●●○○●○

同

招靈閣上霓旌絕
柏梁台中珠翠稠
一身三十六宮夜
露滴玉盤青桂秋

○○●●○●●
●●●○○●○
○○●●○○●
●●○○○●○

同
峨眉道士風骨峻
手把玉皇書一通
東遊借得琴高鯉
騎入蓬萊清淺中

○○●●●○○
●●●●○○○
●○○●●○●
○●●○○●○

同
青絲作笮桂爲船
白兔擣藥蝦蟆丸
便浮天漢泊星渚
回首笑君承露盤

○○●●○○○
●○○●○○○
●○●●●○●
●●●○○●○

崔塗
煙愁雨細雲冥冥
桂蘭香老三湘清
故山望斷不知處
鶗鴂隔花時一聲

●●●●●○●
○○●○○●○
○○○●●○●
●●○○●●○

吳融

一曲兩曲澗邊㘗
千枝萬枝村落花
携筇深去不知處
幾嘆山阿隔酒家

○○●○○●●
○○●●○○○
●○●●○○●
●●○○○●○

韓偓

濃煙隔簾香漏泄
燈斜映竹光參差
繞廊倚柱堪惆悵
細雨輕寒花落時

●○●●○●○
○●●○○●○
○○●●○○●
○●○○●●○

同

鯷魚苦筍香味新
楊柳酒旗三月春
風光百計牽人老
争奈多情是病身

○○○○●○○
●○○●○○○
○○●●○○●
●●○○●●○

同
流雲溶溶水悠悠
故鄉千里空回頭
三更獨凭闌干月
淚滿關山故驛樓

●○●●●●●
●●●○○●○
○○○●●○●
●●●○○●○

周賀
一生愛竹自未有
每到此房歸不能
高人留宿話禪後
寂莫雨堂空夜燈

●○●○○●●
●○●○○●○
○○○●●○●
●●●○○●○

殷堯藩
柳花撲簾春欲盡
緑陰障林鶯亂啼
衹愁明日送春去
落日滿園啼竹鷄

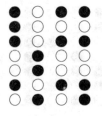

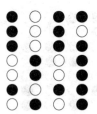

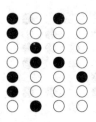

殷圭文

紫殿兩頭月欲斜
●●●○●●○
曾艸臨淮上相麻
○●○○●●○
潤筆已曾經奏謝
●●●○○●●
更飛章句問張華
●○○●●○○

黄滔

莫道顏色如渥丹
●●○●○●○
莫道馨香過茝蘭
●●○○○●○
東風吹綻還吹落
○○○●○○●
明日誰爲今日看
○●○○○●○

吕嵓

艸鋪橫野六七里
●○○●●●●
笛弄晚風三四聲
●●●○○●○
歸來飽飯黄昏後
○○●●○○●
不脱蓑衣卧月明
●●○○●●○

●●○●○○○
●○●●○○○
○○○○●○●
○●●○●●○

釋貫休

赤棕櫚笠眉毫垂
拄栗杖行遲遲
時人祇施盂中飯
心似白蓮那得知

○○●○○●●
○○○●●○○
●●○○●○●
●○○●●○○

同

崆峒老人專一一
黄梅真叟卻無無
獨坐松根石頭上
四溟無限月輪孤

○○○●○○○
●○●●○●○
○○●●●○●
●●○○●●○

釋皎然

佳人俱莫吹參差
正憐月色生酒卮
山公取醉不關我
爲愛尊前白鷺鷀

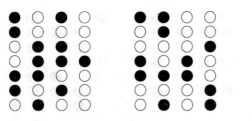

同

●○○●○○○ 翠樓春酒蝦蟆陵

○○●○○●○ 長安少年皆共矜

○○●●●○● 紛紛半醉綠槐道

●●○○○●○ 躞蹀花驄驕不勝

右八十四圖，皆上半變格，而下半歸正格者，與七言律上半變格者同法，宋人以來無標此義者，覽者審諸。

下半拗格

權德輿

○○●●○○● 燕城陌上春風別

○●○○●●○ 干越亭邊歲暮逢

●○●●○●● 驅車又愴南北路

●●○○○●○ 返照寒江千萬峰

○●○○○●○
○○○●●○○
○○○○●○●
○○○●●○○

劉禹錫

江上朱樓新雨晴
瀼西春水縠文生
橋東橋西好楊柳
人來人去唱歌行

●●○○○●○
●○○●●○○
○○●○○●●
●○●●●○○

同

白帝城頭春艸生
白鹽山下蜀江清
南人上來歌一闋
北人陌上動鄉情

●●○○●●○
○○○●●○○
○○○○○●●
●○○●●○○

同

雨岸山花似雪開
家家春酒滿銀杯
昭君坊中多女伴
永安宮外蹈青來

右四圖上半正格，而下半蹈變格者也，如七言律，亦僅二首已，其他篇什蓋有之矣，我未之見也。

全唐聲律論卷二十四

七言絶句

變格

○○○●●○○
○○○●●○○
○●○○○●●
●●○○●●○

王勃

歸舟歸騎儼成行
江南江北互相望
誰謂波瀾纔一水
已覺山川是兩鄉

○○○●○○●
○○●●●○○
●●○●○○●
●○○○●●○

駱賓王

東西吳蜀關山道
魚來雁去兩難聞
莫怪常有千行淚
只爲陽臺一片雲

邵大震

九月九日望遥空
●●●●●○○

秋水秋天生夕風
○●○○○●○

寒雁一向南去遠
○●●●○●●

遊人幾度菊花叢
○○●●●○○

張説

西京上相出扶陽
○○●●●○○

東郊別業好池塘
○○●●●○○

自非仁智符天賞
●○○●○○●

安能日月共回光
○○●●●○○

李白

燕南壯士吴門豪
○○●●○○○

筑中置鉛魚隱刀
●○●○○●○

感君恩重許君命
●○○●●○●

太山一擲輕鴻毛
●○●●○○○

●○○●○●○
●○●●○●○
○○○●●○●
●●○●○○○

同

問余何意棲碧山
笑而不答心自閑
桃花流水窅然去
別有天地非人間

○○●○●●○
○○○○●●○
●●○○●○●
○●●●○●○

同

西王母桃種我家
三千陽春始一花
結實芳遲爲人笑
攀折唧唧長咨嗟

○○○○●●○
○○●●○○○
●○●●●●●
○○●●○○○

同

廬山東南五老峰
青天削出金芙蓉
九江秀色可攬結
吾將此地巢雲松

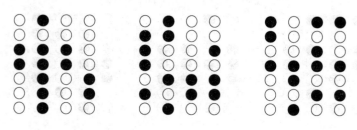

同

去年別我向何處
●○●●●○●
有人傳道游江東
●○○●○○○
謂言挂席度滄海
●○●●●○●
卻來應是無春風
●○○●○○○

杜甫

二月六夜春水生
●●●●○●○
門前小灘渾欲平
○○●○○●○
鸕鷀鸂鶒莫漫喜
○○○●●●●
吾與汝骨俱眼明
○●●●○●○

同

手種桃李非無主
●●○●○○●
野老墻低還是家
●●○○○●○
恰似春風相欺得
●●○○○○●
夜來吹折數枝花
●○○●●○○

●○○○●●○
○●●●●○○
○○●○○●●
●●○○○●○

同
舍西柔桑葉可拈
江上細麥復纖纖
人生幾何春已夏
不放香醪如蜜甜

●○○●○○○
●●●●○○○
○●●○●●●
●●○●○○○

同
殿前兵馬雖驍雄
縱暴略與羌渾同
聞説殺人漢水上
婦女多在官軍中

●○○○●●○
○●●●○○○
○○●●●○●
○●○●○○○

同
武侯祠堂不可忘
中有柏樹參天長
干戈滿地客愁破
雲日如火炎天涼

王維

漢家君臣歡宴終
●○○○○●○

高議雲臺論戰功
○●○○○●○

天子臨軒賜侯印
○●○○●○●

將軍佩出明光宮
○○●●○○○

王昌齡

錢塘江畔是誰家
○○○●●○○

江上女兒全勝花
○●●○○●○

吳王在時不得出
○○●○●●●

今日公然來浣紗
○●○○○●○

同

秋在水清山暮蟬
○●●○○●○

洛陽樹色鳴皋煙
●○●●○○○

送君歸去愁不盡
●○○●○●●

又惜空度涼風天
●●○●○○○

○○○●●●○
○●●●○○○
●●○○●○●
●○○●○○○

○●○●○●○
●○●○●●○
○○●●●●●
○○●○●○○

○○●●●○○
●●○○●●○
●○●●○●●
●●○○○●○

同

深林秋水近日空
歸棹演漾清陰中
夕浦離觴意何已
草根寒露悲鳴蟲

賈至

江畔楓葉初帶霜
渚邊菊花亦已黃
輕舟落日興不盡
三湘五湖意何長

高適

相逢旅館意多違
暮雪初晴候雁飛
主人酒盡君未醉
薄暮途遥歸不歸

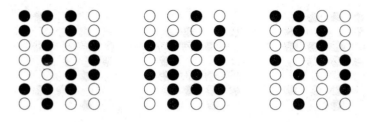

○○●●○○○
●○○○○●○
●○●●○○●
●●●●○○○

岑参

朱唇一點桃花殷
宿妝嬌羞偏髻鬟
細看只似陽臺女
醉著莫許歸巫山

○●●○●●○
○●○○●●○
●○●●○○●
●○○●○○○

常建

湖上老人坐島頭
湖裏桃花水卻流
竹竿嫋嫋波無際
不知何者吞吾鈎

●○●○○●○
●●○○●●○
●○●○●○●
○●●○○○○

獨孤及

洞庭正波蘋葉衰
豈是秦吴遠别時
謝君篋中綺端贈
何以報之長相思

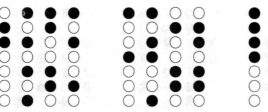

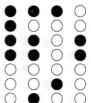

●●○○○○●
○○●●○●○
●○●●●○●
○○●○●●○

韋應物
立馬蓮塘吹橫笛
微風動柳生水波
北人聽罷淚將落
南朝曲中怨更多

●○●●○●○
○●●○●○○
●●○○○●●
○○●●○○○

同
世間荏苒縈此身
長望碧山到無因
白鶴徘徊看不去
遥知下有清都人

○○●●●●○
○○●○○●○
○○○●●○●
●●●●○○○

同
高林滴露夏夜清
南山子規啼一聲
鄰家孀婦抱兒泣
我獨輾轉何爲情

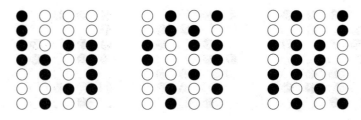

○○○●●○○
●●●○○●○
○○○●○●●
○●●○○●○

盧綸

常逢明月馬塵間
是夜照君歸處山
山中松桂花盡發
頭白屬君如等閑

○●○○○●○
●●○●○○○
●○○●●●●
○●○●○○○

李益

秦築長城城已摧
漢武北上單于臺
古來征戰虜不盡
今日還復天兵來

○○●●○○○
○●○○○●○
●●○○●●●
○○●●○○○

暢當

江齋一入何亭亭
因寄淪漣心杳冥
緑綺琴彈白雪引
烏絲絹勒黃庭經

●●●○●●○
●○○○○●○
○○●○●●●
●●○○○●○

戴叔倫

遠自五陵獨竄身
筑陽山中歸路新
橫流夜長不得渡
駐馬荒亭逢故人

●○○○○●○
○●○●●●○
●○●●○○●
●○○●○○○

楊衡

北風吹霜霜月明
荷葉枯盡越水清
別來幾度龍宮宿
雪山童子應相迎

●●○○●●○
○○●●●○○
○○●●○●●
○○●●○○○

武元衡

玉殿笙歌漢帝愁
鸞龍儼駕望瀛洲
黃金化盡方士死
青天欲上無緣由

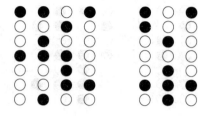

○○○○●●○
●○○●●○○
○○●○●○●
●○○●●○○

劉禹錫

山桃紅花滿上頭
蜀江春水拍山流
花紅易衰似郎意
水流無限似儂愁

○○○○○●○
●○○●○●○
○○●○○●●
●●●○○●○

同

清江悠悠王氣沈
六朝遺事何處尋
宮墻隱嶙圍野澤
鸛鶂夜鳴秋色深

○○●●○○○
●○○●○○○
○○○●●○●
●●○●○○○

柳宗元

寒江夜雨聲潺潺
曉雲遮盡仙人山
遥知玄豹在深處
下笑羈絆泥塗間

●○●●○○○
○●●●○●○
○●●○●○●
○○●●○○○

孟郊
去春會處今春歸
花數不減人數稀
朝笑片時暮成泣
東風一向還西輝

○○●●○○○
○●●○●●○
●○●●○●●
○○●●○○○

同
風巢嬝嬝春鴉鴉
無子老人仰面嗟
柳弓葦箭覷不見
高紅遠緑勞相遮

●●●●●●○
○○●●●○○
○○●●●○●
●●○●○○○

同
昔日齷齪不足誇
今朝放蕩思無涯
春風得意馬蹄疾
一日看盡長安花

○○●●○○○
○●○○○●○
○○●●●●●
●●○○○●○

呂温

銀宮翠島煙霏霏
珠樹玲瓏朝日暉
神仙望見不得到
卻逐迴風何處歸

●○○○●●○
●○○●○○○
○○●○●○●
○○●●○○○

劉叉

棘針生獰義路閑
野泉相弔聲潺潺
哀哉異教溺頹俗
淳源一去何時還

○○○○●○○
○○○●●○○
●○●●●○●
●○●●○○○

張籍

秋山無雲復無風
溪頭看月出深松
艸堂不閉石牀静
葉間墜露聲重重

○○○○●●●
○●○○●●○
●○●●○●●
●○○○●●○

同

山禽毛如白練帶
栖我庭前栗樹枝
獼猴半夜來取栗
一雙中林向月飛

○○○●●○●
○●●●●○○
○○●●○●●
●●○●●○○

同

長江春水緑堪染
蓮葉出水大如錢
江頭橘樹君自種
那不長繫木蘭船下篇張籍詩當次於此篇下。

●○●●○○○
○○●●○●○
○●●○○●●
○○●●○○○

王建

野池水滿連秋堤
菱花結實蒲葉齊
川口雨晴風復止
蜻蜓上下魚東西

鮑溶

○○●●○●○
南塘旅舍秋淺清

●○●○○●○
夜深緑蘋風不生

○○●●●○●
蓮花受露重如睡

○●●●○○○
斜月起動鴛鴦聲

同

○○●●●○●
塘東白日駐紅霧

●○○○●●○
早魚翻光落碧潯

●○○●●●●
畫舟蘭棹欲破浪

●●○●○○○
恐畏驚動蓮花心

同

○○●○○●○
雙飛鷓鴣春影斜

●○○○○●○
美人盤金衣上花

○●●●●○●
身爲父母幾時客

●○○●○○○
一生知向何人家

●●●●●○○
●●●●○○○
●○○●○●●
○○○●○○○

同
道士夜誦蕊珠經
白鶴下繞香煙聽
夜移經盡人上鶴
仙風吹入秋冥冥

○○●●○○○
○○●●○●○
○○●●○○●
○○●●●○○

張碧
勾芒愛弄春風權
開芽發翠無黨偏
句芒少女精神巧
機羅杼綺滿平川

○○●○○●○
○●●●○○○
●○○●●●●
○●●○○●○

殷堯藩
伶兒竹聲愁繞空
秦女淚濕燕支紅
玉桃花片落不住
三十六簧能喚風

施肩吾

古稱天柱連九天　●○○●○●○
峨嵋道士栖其巔　○○●●○○○
近聞教得玄鶴舞　●○○●○●●
試憑驅出青芝田　●○○●○○○

同

攬衣起兮望秋河　●○●○●○○
濛濛遠霧飛輕羅　○○●●○○○
蟠桃樹上日欲出　○○●●●●●
白榆枝畔星無多　●○○●○○○

同

日輪浮動羲和推　●○○●○○○
東方一軋天門開　○○●●○○○
風神爲我掃煙霧　○○●●●○●
四海蕩蕩無塵埃　●●●●○○○

○○●●●●○
●○●●●●○
○○○●●●●
○●●●○○○

同
分明得道謝自然
古來漫説尸解仙
如花年少一女子
身騎白鶴遊青天

○○●○●○●
●○○●○○○
●●●○●○●
●●●●○○○

同
梨洲老人命余宿
杳然高頂浮雲平
下視不知幾千仞
欲曉不曉天鷄聲

●○●○●●●
○○○●●○○
○○●●○●●
●○●○●●○

徐凝
昔時丈人鬢髮白
千年松下鋤茯苓
今來見此松樹死
丈人斬新鬢髮青

●○○○○●○
○○●●○○○
●○●●●●●
○●●○○●○

李商隱

小亭閑眠微醉消
山榴海柏枝相交
水文簟上琥珀枕
傍有墮釵雙翠翹

○○○○●●○
●●○●○○○
○○●○●●●
○●●●●○○

同此篇張籍也，當次於上篇張籍詩下

寒塘沈沈柳葉疎
水暗人語驚栖鳧
舟中少年醉不起
持燭照水射游魚

●●○○○●○
○○●●○●○
○○●●●●●
●●●●○○○

同

日射紗窗風撼扉
香羅拭手春事違
迴廊四合掩寂莫
碧鸚鵡對紅薔薇

●●○○●○●
○○○●●○○
●○○●●●●
●●●●○○○

杜牧

水疊嗚珂樹如帳
長楊春殿九門珂
我來惆悵不自决
欲去欲住終如何

○○○●○○●
●●●○○●○
○○●●●●●
○●○○●●○

同

連環羈玉聲光碎
緑錦蔽泥虬卷高
春風細雨走馬去
珠落璀璀白罽袍

●○○●●○○
○○○●●●○
○○●●●●●
●●○○●●○

文宗皇帝

上元高會集群仙
心齋何事欲祈年
丹誠儻徹玉帝坐
且共吾人慶大田

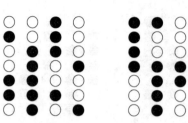

○○○●●○○

●○●●●○○

●●○○○○●

●○●●●○○

同

蓂生三五葉初齊

上元羽客出桃蹊

不愛仙家登真訣

願蒙四海福黔黎

○○●○●○●

○○●○●○○

○○●○●●●

○○●●●○○

陳陶

麻姑井邊一株杏

花開不如古時紅

西鄰蔡家十歲女

年年二月賣春風

●○○○○●○

○○●●○○○

○○●●●●●

○○●●○○○

同

闔閭宮娃能采蓮

明珠作佩龍爲船

三千巧笑不復見

江頭廢苑花年年

●○●○●○○
○●●●○●○
●●○○●○●
●○●●○○○

同

竹齋睡餘柘漿清
麟鳳誘我勞此生
勿憶天台掩書坐
澗雲起盡紅崢嶸

●○●●○○○
○○●●○●○
○○●●●○●
●○○●○○○

同

緑衣宛地紅倡倡
熏風似舞諸女郎
南鄰蕩子婦無賴
錦機春夜成文章

○○●○○●●
○●○○●●○
●○●●●○●
●●●●○○○

同

春山杜鵑來幾日
啼過南家復北家
野人聽此坐惆悵
恐畏踏落東園花

●●○○●○●
○○●●○●○
●○○○●○●
●○●●○○○

同

日夕鯤魚夢南國
苕陽水高迷渡頭
故山秋風憶歸去
白雲又被王孫留

○○●●○●○
●●●●○○○
○○○●●●●
●●●○○●○

同

洪崖嶺上秋月明
野客枕底章江清
蓬壺宮闕不可夢
一一入樓歸雁聲

○○○●○○○
○○●●●●○
●○○●○●●
○●●○○●○

李群玉

思鄉之客空凝顰
天邊欲盡未盡春
獨攀江樹深不語
芳艸落花愁殺人

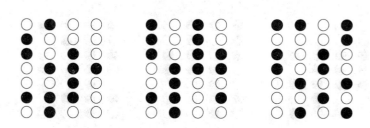

●○○●○○○
●●○○○●○
●○●●●●●
●●●○○●○

○○●●○○○
●●●●○○○
●○○●●●●
●●●○○●○

○○●○●○●
○○●●●●○
○○●●●○●
○○●●●○○

同

洞中春氣蒙籠暄
尚有紅英千樹繁
可憐夾水錦步障
羞數石家金谷園

司馬禮

瑶琴夜久弦秋清
楚客一奏湘煙生
曲中聲盡意不盡
月照竹軒紅葉明

曹鄴

江邊野花不須採
梁頭野燕不用親
西施本是越溪女
承恩不薦越溪人

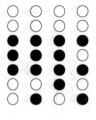

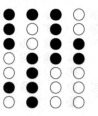

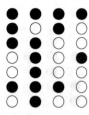

陸龜蒙

濃霜打葉落地聲 ○○●●●●○
南溪石泉細泠泠 ○○●○●○○
洞宮寂莫人不去 ●○●●○●●
坐見月生雲母屏 ●●●○○●○

同

玉林風露寂寥清 ●○●●●○○
仙妃對月閑吹笙 ○○●●○○○
新篁冷澀曲未盡 ○○●●●●●
細拂雲枝栖鳳鷘 ●●○○○●○

同

尋人直到月塢北 ○○●●●●●
覓鶴便過雲峰西 ●●●●○○○
只今猶有疎野調 ●○○●○●●
但繞莓苔風雨畦 ●●○○○●○

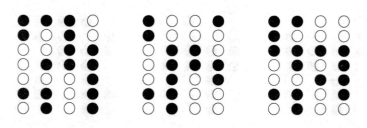

●●○○●●○
●●●●○○○
●○●●●●●
○●●○○●○

崔道融
雪竇峰前一派懸
雪竇五月無炎天
客塵半日洗欲盡
師到白頭林下禪

○○●●○●○
●○●●○○○
○○●●●●●
○○●●○○○

同
回塘雨腳如繅絲
野禽不起沈魚飛
耕蓑釣笠取不暇
秋田有望從淋漓

○●●●○●○
○●●●○○○
○○●●●●●
●●●○○○○

同
正月二日村墅閑
餘糧未乏人心寬
南鄰雨中揭屋笑
酒熟數家來相看

○●●●●●○
●○○●○○○
○○●●○○●
○○●●●○○

吴融

天下有水亦有山
富春山水非人寰
長川不是春來緑
千峰倒影落其間

○○●●●○○
●●○●●○○
●●●○○●●
●●●○●●○

伊用昌

茶陵一道好長街
兩畔栽柳不栽槐
夜後不聞更漏鼓
只聽錘芒織艸鞋

○○○○○○○
●○○●○○○
●○○●●○●
●○○●○○●

王周

船檣相望荆江中
岸蘆汀樹煙濛濛
路間堤缺水如箭
未知何日生南風

同

●○○●○○○
廟前溪水流潺潺

●○○●○○○
廟中修竹聲珊珊

○○●●●○●
襄王一夢杳難問

●○○●○○○
晚晴天氣歸雲間

釋貫休

●○●○●●●
愛陶長官醉兀兀

●●●●○○○
送陸道士行遲遲

●●○○○●●
買酒過溪皆破戒

○○○○○○○
斯何人斯師如斯

右八十有餘圖，全篇變怪，不可端倪。余之獨見獨知，雖極力爲牢籠，必當有遺漏，至其印證之，亦足以徵矣。

全唐聲律論卷二十五

七言絶句

仄韻

●○○●●○○
○○○●○○●
●○●●○○●
●●○○●○●

張説

去年寒食洞庭波
今年寒食襄陽路
不辭著處尋山水
祇畏還家落春暮

○○○●●○●
●○○●○○●
●●●●●○○
●●○○●○●

杜甫

黃河西岸是吾蜀
欲須供給家無粟
願驅衆庶戴君王
混一車書棄金玉

○○○○●●●
○○○○●●●
○●○○●●○
●○●●○○●

同

前年滄州殺刺史
今年開州殺刺史
群盜相隨劇虎狼
食人更肯留妻子

●●●○○●●
○○●○●●●
●●●●●●○
○●●●○○●

同

二十一家同入蜀
唯殘一人出駱谷
自説二女嚙臂時
回首卻向秦雲哭

○○●○●○●
●○●●●●●
○●●○○●○
●●○●○○●

賈至

湘中老人讀黄老
手援紫藟坐碧艸
春至不知湘水深
日暮忘卻巴陵道

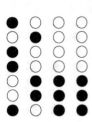

高適

可憐薄暮宦遊子　●○●●●○●
獨卧虛齋思無已　●●○○●○●
去家百家不得歸〔一〕　●○●●●●○
到官數日秋風起　●○●●○○●

同

營州少年厭原野　○○●○●○●
皮裘蒙茸獵城下　○○○●●○●
虜酒千鍾不醉人　●●○○●●○
胡兒十歲能騎馬　○○●●○○●

〔一〕百家：各本均作「百里」。此處疑乃谷斗南欲就其平仄而改。

○○○○●○●
●○○○●●●
○○○●●○○
●○●●○○●

岑参
燕支山西酒泉道
北風吹沙卷白艸
長安遥在日光邊
憶君不見令人老

●○●●○●●
○○●●●●●
○○●●●○○
●●○○●○●

同
酒泉太守能劍舞
高堂置酒夜擊鼓
胡笳一曲斷人腸
坐客相看涙如雨

●○●●○○●
○○●●●○●
○●○○●●○
●○●●○○●

同
火山五月人行少
看君馬去疾如鳥
都使行營太白西
角聲一動胡天曉

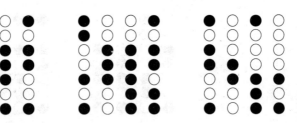

同

秦山數點似青黛　●○●●●○●
渭水一條如白練　●●●○○●●
京師故人不可見　○○●○●●●
寄將兩眼看飛燕　●○●●○○●

韋應物

去年澗水今亦流　●○●●○●○
去年杏花今又折　●○●○○●●
山人歸來問是誰　○○○○●●○
還是去年行春客　○●●○○○●

郎士元

穆陵關上秋雲起　●○○●○○●
安陸城邊遠行子　○●○○●○●
薄暮寒蟬三兩聲　●●○○○●○
回頭故鄉千萬里　○○●○○●●

○○●○●○●
●●○○●○●
○○●●●●○
●●○○●○●

盧綸

前船後船未相及
五兩頭平北風急
飛沙卷地日色昏
一半征帆浪花濕

●●○○●○●
○●○○●○●
○○●●○●●
○●●○○●●

雍裕之

掃卻煙塵寇初勦
深水高林放魚鳥
鷄人唱絶殘漏曉
仙樂拍終天悄悄

○○○○●○●
○○○●○○●
○○●●○●○
●○○●○○●

劉禹錫

南朝詞臣北朝客
歸來唯見秦淮碧
池台竹樹三畝餘
至今人道江家宅

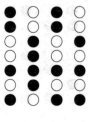

○○○●○○●
●○○●○○●
●●○○○●○
○○●●○○●

楊巨源

雲公蘭若深山裏
月明松殿微風起
試問空門清净心
蓮花不著秋潭水

●○●○○●●
○●○○●○●
●●○○○●○
○○●●○○●

張籍

錦江近西煙水緑
新雨山頭荔枝熟
萬里橋邊多酒家
遊人愛向誰家宿

●○●○●●●
●○●○○●●
●○●●●○○
○○●●○○●

王建

毒蛇在腸瘡滿背
去年別家今別弟
馬頭對哭各東西
天邊柳絮無根蒂

●○○○○●●
○○○●○○●
●○●●●○○
○○●●○○●

○○○○●○●
○○○○●○●
●●○○●●○
●○●●○○●

●●●○○●●
●●○○●●●
●○○●●●○
●●○○●○●

同
未央墻西青草路
宮人斜裏紅妝墓
一邊載出一邊來
更衣不減尋常數

白居易
劉郎劉郎莫先起
蘇台蘇台隔雲水
酒盞來從一百分
馬頭去便三千里

同
一鼠得仙生羽翼
衆鼠相看有羨色
豈知飛上未半空
已作烏鳶口中食

耿湋

石馬雙雙當古樹　●●○○○●●
不知何代公侯墓　●○○●○○●
墓前靡靡春艸深　●○●●○●○
唯有行人看碑路　○●○○○○●

鮑溶

隨雲步入青牛谷　○○●●○○●
青牛道士留我宿　○○●●○●●
可憐夜久月中行　●○●●●○○
惟有壇邊一枝竹　○●○○●○●

徐凝

暖風入煙花漠漠　●○●○○●●
白人梳洗尋常薄　●○○●○○●
泥郎爲插瓏璁釵　○○○●○○○
争教一朵牙雲落　○○●●○○●

○●●○○●○
○●○○●○●
●○○●●○○
○●○○●○●

同

南越嶺頭山鷓鴣
傳是當時守貞女
化爲飛鳥怨何人
猶有啼聲帶蠻語

○○○○●○●
○●○○●○●
○○●○○●○
●●○○●○●

陸暢

來從千山萬山裏
歸向千山萬山去
山中白雲千萬重
卻望人間不知處

●●○○●○●
○○●○●○●
○○●●●●○
●●●○○●●

施肩吾

夜上幽嵓蹈靈艸
松枝已疎桂枝老
新詩幾度惜不吟
此處一聲風月好

同

○●●○○●●
○●●○○●●
○○●●○●○
○●○○●○●

前日滿林紅錦遍
今日繞林看不見
空餘古岸泥土中
零落燕脂兩三片

同

○○○○●●●
○○●○●○●
●○○●●○○
○●○○●○●

扶桑枝邊細皎皎
天鷄一聲四溟曉
偶看仙女上青天
鸞鶴無多采雲少

同

○○●○●○●
○○●○○●●
●○○●●○○
●○○●○○●

團團月光照西壁
嵩陽故人千里隔
不知三十六峰前
定爲何處峰前客

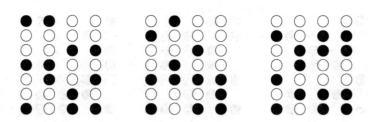

●○○●○●●
○○○○○●●
○●○○●●○
●○●●○○●

同
莫愁新得年十六
如蛾雙眉長帶緑
初學箜篌四五人
莫愁獨自聲前足

○●●●○○●
○●●○○●●
●○●●●●○
●●○○●○●

同
君有絶藝終身寳
方寸巧心通萬造
忽然寫出澗底松
筆下看看一枝老

○●○○○●●
○○●●○○●
○○○●○●○
●○○○●○●

同
身狎吳兒家在蜀
春深屢唱思鄉曲
峨眉風景無主人
錦江悠悠爲誰緑

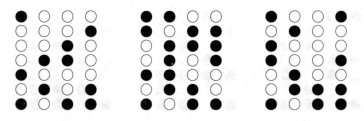

同

風吹榆錢落如雨
○○○○●○●
繞林繞屋來不住
●○●●○●●
知爾不堪還酒家
○●●○○●○
漫教夷甫無行處
●○○●○○●

同

老人今年八十幾
●○○○●●●
口中零落殘牙齒
●○○●○○●
天陰傴僂帶嗽行
○○○○●●○
猶向嵓前種松子
○●○○●○●

陳陶

一宵何期此靈境
●○○○●○●
五粒松香金地冷
●●○○○●●
西僧示我高隱心
○○●●○●○
月在中峰葛洪井
●●○○●○●

●●○○○●●
○○●○○●●
●○●●○●○
○●○○●○●

同
鶗鴂初鳴洲渚滿
龍蛇洗鱗春水暖
病多欲問山寺僧
湖上人傳石橋斷

○○●○●○●
○○○○●○●
○○●●○●○
●●○○●○●

同
何年種芝白雲裏
人傳先生老萊子
消磨世上名利心
澹若嵓間一流水

●○○●○○●
○●○○○●●
●○○●●○○
○○○●○○●

同
十年蓬轉金陵道
長笑青雲身不早
故鄉逢盡白頭人
清江顏色何曾老

同

芙蓉樓中飲君酒
○○○○●○●

驪駒結言春楊柳
○○●○○○●

豫章花落不見歸
●○○●●●○

一望東風堪白首
●●○○○●●

同

九十春光在何處
○○○○●○●

古人今人留不住
●○○○○●●

年年白眼向黔婁
○○●●●○○

唯放蠐螬飛上樹
○●○○○●●

同

青冥結根易傾倒
○○●○●○●

沃洲山中雙樹好
●○○○○●●

瑠璃宮殿無斧聲
○○○●○●○

石上蕭蕭伴僧老
●●○○●○●

○●○○○○●
○○●●○●●
○○●●○●○
●●○○●○●

同

黄鶴春風三千里
山人佳期碧江水
携琴一醉楊柳堤
日暮龍沙白雲起

○○○○○●●
●●○○●○●
●○○○○●○
●●○○●○●

李群玉

金波西傾銀漢落
緑樹含煙倚朱閣
曉華朧聰聞調笙
一點殘燈隔羅幕

○○●●○●●
○○●●○○●
○○●●○●○
●●○○●○●

同

狂吟亂舞雙白鶴
霜翎玉羽紛紛落
空庭向晩春雨微
卻斂寒香抱瑤蕚

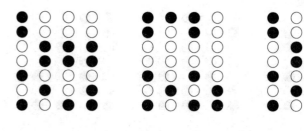

●●○○●○●
●●○○●○●
●○●●●●○
○●●○●○●

同

寂莫幽齋暝煙起
滿徑西風落松子
遠公一去兜率宮
唯有面前虎溪水

○○○○○●●
○○●●○○●
●●○○●●○
●○○●○○●

同

平湖茫茫春日落
危檣獨映沙洲泊
上岸閑尋細艸行
古查飛起黄金鶚

○●○○●○●
○○●●○○●
○○●●●○○
○○○●○○●

同

生在幽崖獨無主
溪蘿澗鳥爲儔侶
行人陌上不留情
愁香空謝深山雨

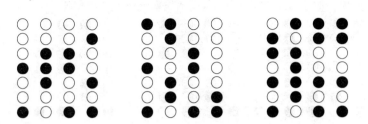

○○●●○○●
●○●●●○●
●●○○●●○
○○●●○○●

左偃
寒雲淡淡天無際
片帆落處沙鷗起
水闊風高日復斜
扁舟獨宿蘆花裏

●○●○○●○
○○●○○○●
○●○○●●○
○○●●○○●

同
一莖兩莖華髮生
千枝萬枝梨花白
春色江南獨未歸
今朝又送還鄉客

●●○○●○●
○●○○○●●
●●○○●●○
●○●●○○●

高駢
蜀地恩留馬嵬哭
煙雨濛濛春艸緑
滿眼由來是舊人
那堪更奏梁州曲

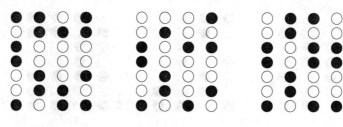

●●○●●●●
●●○○●○●
●○○●●○○
●●○○●○●

羅隱

一二三四五六七
萬木生芽是今日
遠天歸雁拂雲飛
近水遊魚迸冰出

○●○○○●●
●○○●○○●
●●○○●●○
○●○○●○●

李洞

春艸萋萋春水緑
野棠開盡飄香玉
繡嶺宮前鶴髪翁
猶唱開元太平曲

○●●○●●○
●●○○○●●
○○●●●●○
●●●○○●●

張陵

今日漢家探使迴
蟻叠胡兵來未歇
春風渭水不敢流
総作六軍心上血

○○○○●○●
●●○○●○●
●○●●○●○
●○●●○○●

無名氏

青天無雲月如燭
露泣梨花白如玉
子規一夜啼到明
美人獨在空房宿

●●○○○●●
●●○○○○●
●●○○●●○
●●○○●○●

吕嵓

我自忘心神自悦
跨水穿雲來相謁
不問黄芽肘後方
妙道通微怎生説

●○●●●○○
●○○●○○●
○○○●●○○
○○○●○○●

同

峴山一夜玉龍寒
鳳林千樹梨花老
襄陽城裏没人知
襄陽城外江山好

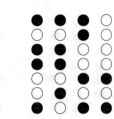

●●○○●●●
○●●○●●●
●●○○●●○
○○○●○○●

同

獨自行來獨自坐
無限世人不識我
惟有城南老樹精
分明知道神仙過

●○○●○●●
○●●○○○●
●○●●●○○
●●○○●○●

釋皎然

玉京真子名太一
因服日華心如日
此心不許世人知
只向仙宮未曾出

●○○●○○●
○○●●○○●
○○●●○●○
○●○○○○●

同

越山千萬雲門絕
西僧貌古還名月
清朝掃石行道歸
林下眠禪看松雪

右五十有餘圖，皆仄韻變格者，此亦起自古漢魏樂府，與五言絶句無異矣。岑參詩首句不押韻，而下三句押韻。雍裕之詩四句用韻，此前篇之所一變也。或曰：「五七絶句押仄韻。至五七言律不敢用之，何也？」曰：五七言絶句，自漢魏始，故往往用仄韻。如五七言律乃太宗皇帝所創制，而賦五言律而曰四韻，又賦七言律仄起平韻之詩以送來濟。沈宋繼起，而專唱之。今閲其五七言律體，絶無押仄韻者，蓋唐氏以押平韻爲律體之楷式矣。故省試之士，執題中平聲字，以爲韻腳，此律體之所以異於絶句也。邵夢弼、梁公濟輩，不知其所自來，猥以杜甫《望岳》仄韻之詩爲五言律，又以高適《九月九日酬顔少府》仄韻之詩爲七言律，而角無用之虚文，欲以取信於世也。如余乃藐孤一醫生，不患人之不己知，特據其徵耳，子欲旅距否。

天保五年甲午正月二十四日搦筆而至四月大醫王誕日畢。

後序

黑谷祐譽上人之知先人也，久矣。天保七年春，上人自盡貲力，授此編於梓。今茲閏四月十二日，剞劂畫成焉。上人之弟子某，自京師賫之，以歸於東都緣山南溪，招予以授之曰：「祐譽丈室之疾病，既見此梓成，僅經八日，而遷化矣。子其序之，以公諸世。」予感泣流涕，受而歸，謹供諸先人之靈。既而嘆曰：「嗟呼！先人詩名，蓋非待此編而顯。雖然，其平生所劬勩之文若詩，小子欲專梓之則不能，言與謀之人則亡與也，終將舉其詩文屬諸白魚。今幸有因上人之貲力而此編於世，豈唯小子之幸，抑先人之樂也。」於是再與叔父癖玉先生校定之，將問世矣。夫世之詩人者讀此編，而賞嘆之乎？將訾毀之乎？未可知。何則？有詩人以來，詩之變風不知幾回，而李杜爲變風之雄矣。何自知之？以其變六朝以來浮華之風，而歸淳厚優美之正也。而其奇致妙用有不可測知者。是以後世學李杜者，不爲枯木朽株，則藜藿蓬蒿，要不足觀也。彼不知者，見枯木朽株藜藿蓬蒿，而歸罪於李杜也，於是乎李杜之風殆熄焉。可勝嘆哉。先人專好杜子美，自奇致妙用以至神幻鬼化之韻度，無不精通，於是論次此編，自稱曰「平仄道人」也。祐譽上人能知先人，又能知杜子美，而後有此舉。不肖立春亦何多言？天保九年十二月廿一日。

末學男谷立春謹識。友人磐梯時鳴書。

好好園詩話

谷斗南

《好好園詩話》二卷，谷斗南撰。據日本金澤市玉川圖書館近世史料館藏刻本校。

好好園詩話小序

世人有言曰：「賦詩者不能論詩，論詩者不能賦詩。」然則嚴滄浪、胡元瑞雖詩中董狐，不能賦詩者乎？其不能賦詩也，不猶愈余輩善詩者乎？余固淺學寡聞，不能賦詩，又不能論詩。然句櫛之，字鏤之，批郤導窾，得其大軱。何也？此非余論古人，古人使余論之。世人一讀此篇，必謂「此老漢亦不能賦詩者」乎？此余所甘也。時天保四年太歲在尚章大荒落十月某日書於好好園之南端，赤穗醫士谷立悳太公撰。

余刀圭之暇，嘗撰《全唐聲律論》，自天保二年十一月至日，至四年正月某日而斷手。迄二月花朝日，又執嵬説，命之筆墨。至十月雷日，成若干卷，題曰《好好園詩話》。此皆愚管之見，而不剿襲古人。故拘泥不無疎鹵，論説不無僭狂。此以我所知，爲人未之知者乎？譬猶偷鐘掩耳也，遂不免爲遼東豕矣。再題。

好好園詩話

乾之卷標目

坤之卷

好好園詩話　乾

赤穗醫士谷立憙太公著

古詩

余十七八時始知聲詩，而不得師友，犆剽竊唐人篇什而已。已而至於台背，故不能闚壼奥。雖然，頗極聲律，因著《全唐聲律論》。夫論聲律則無不及格調，論格調則無不及意旨。如意旨已被嚴滄浪道盡，格調已被胡元瑞道盡，我儕老醫生無所容喙。然論詩如論道，故取其所不取，而論其所不論。夫道者，一立而萬物生矣，是故一之理施四海，一之解際天地。故自唐虞至周孔，無不説盡。遂分裂而後爲老莊，或爲孟荀，或爲楊墨，或爲申韓，或爲程朱。然道即一，而與世變化耳。詩亦如之。自唐虞至《三百篇》亦分裂，而後爲漢魏，或爲晉宋，或爲齊梁，或爲隋唐，或爲宋元，或爲明清。然詩即一，而與世汙隆耳。其聲調雅正上遡《風》《雅》者，漢魏固勿論，至開元、天寶大振斯道矣，可謂與天地相爲終始也。孔子曰「不學詩無以言」也，其所以言者，蓋在温柔敦厚也。如夫《凱風》《旄丘》《何人斯》諸篇，辭氣温柔，不少見憤怒。然而執一而論之，則《相鼠》《巷伯》謂之何？是其所以有《變風》《變雅》也。子夏不謂乎？「言之者無罪，聞之者足以自戒。」故善學詩者，以《風》《雅》爲本。立本有四：性情欲本敦厚，度量欲包宇宙，格調必欲得和調，體裁必欲極雅正。故學詩之法，莫先入開元、天寶之域。入開元、天寶之域，莫如奉温柔敦厚之教。奉温柔敦厚之教，而得其辭氣聲調，則雖宋元明清篇什，即真古詩，而非其古詩必矣。李于鱗曰：「唐無五言古詩，陳子昂以其古詩爲古詩，不取也。」夫唐無五言古詩，則宋元明清亦同然。然于鱗取子昂《薊丘覽古》一首，乃取其合古詩者乎？然則不可謂「唐無五言古詩」也。謝在杭曰：「李于鱗之言過矣。子昂、太白欲復古而不逮也。未達一間耳。惟少陵《玉華宫》《石壕吏》、劉長卿《龍門咏》等作，可謂以其古詩爲古詩。然風會之趨也，君子觀其世可也。」在杭未能達數間，故不得辨少陵、劉長卿作。《玉華宫》《石壕吏》作，用意精細，筆又質樸，比之漢魏，毫無侵容。如夫《龍門咏》，乃天冠地履，不可同口而論之。然在杭以《玉華宫》等三首爲其古詩，則其他古詩，皆非其古詩者乎？此種蠡測，豈知其達與不達得也哉。胡元瑞曰：「樊少南《初唐詩序》曰：『《詩》自删後，漢魏爲近。漢魏後六朝滋盛，然風斯靡矣。至唐初無古詩，而律詩興。律詩興，古詩不得不廢。精梓匠則粗輪輿，巧陶冶則拙函矢，何况達玄機神變化者哉？』」觀此，則李于鱗前，唐古已有斯論。按少南所謂「唐初無古詩」者，蓋唐初承陳隋之敝，古詩已廢而律詩興，於是子昂崛起，一世始振雅正，上激貞觀之頽波，下起開元之正流。然未及七言律，此乃子昂未唱古詩之時也。故曰「唐初無古詩」，而非謂唐無古詩之謂也。元瑞謂之何。今棄三家所論，而枕籍子昂，死生李杜，瀸濇其心，則無所儗作矣。

格言

余嘗閱四唐聲律，而後讀宋人篇什。正格勿論，往往涉變格。雖則多縱横，皆祖唐人矣。黄山谷曰：「寧律不諧，而不使句弱。用字不工，而不使語俗。」此庾開府之所長也。此非深極聲律者，豈得表若格言矣哉？張文潛曰：「以聲律作詩，其末流也。而唐至今詩人謹守之。獨山谷一掃古今，出於胸臆，破棄聲律，作五七言。如金石未作，鐘磬聲和，渾然有律吕外意。近來作詩者頗有此體，然自山谷始也。」文潛未嘗辨四唐聲律而論之。夫四唐之際確守正格者，劉長卿、李商隱、徐夤、劉兼、薛能數人耳。其涉變格者，沈佺期、張九齡、李白、杜甫之外，二千二百餘人篇什往往有之。余具列于《全唐聲律論》中。文潛謂「此體自山谷始」，何所見之狹也？且至明李夢陽最能極變格，徐文長亦然。且夫四唐諸公，至人名、地名、府名、歲月、時日、筭數、禽獸等名，乃有不顧聲律而役使之者。如宋之問詩「靈跡才辭周柱下，祥氛已入函關中」，劉憲詩「蒼龍闕下天泉池，軒駕來遊簫鼓吹」，李白詩「杜陵賢人清且廉，東溪卜築歲將淹」，杜甫詩「黄草峽西船不歸，赤甲山下行人稀」，李頎詩「遠公遁跡廬山岑，開士幽居祇樹林」，王維詩「故舊相望在三事，願君莫厭承明廬」，李山甫詩「黄祖不憐鸚鵡客，志公偏愛麒麟兒」，趙嘏詩「一百五日家未歸，新豐鷄聲獨依依」，李商隱詩「二月二日江上行，東風日暖聞笙吹」，李郢詩「桐廬縣前洲渚平，桐廬江上晚潮生」，温庭筠詩「春秋注罷直銅龍〔一〕，舊宅嘉蓮照水紅」，韓偓詩「辛夷才謝小桃發，踏青過後寒食前」，譚用之詩「三皇上人春夢醒，東侯老大麒麟生」，白居易詩「上陽宫裏曉鐘後，天津橋頭殘月前」，李白絶句「五陵年少金市東」，王維「新豐美酒斗十千」，岑參「酒泉太守能劍舞」，杜甫「中巴之東巴東山」，劉長卿「始知更有扶桑東」，李益「汴河東流無限春」，張籍「銀江近西煙水緑」，劉禹錫「瞿塘嘈嘈十二灘」是也。其他篇什不可勝數也。宋元以來無標斯義者。末世窮年，若有知聲律者，必當不更余言矣。

變體

夫人之爲體也，耳目鼻口四支具，而後曰體也。其于詩亦如是。五七言律，八句具而後可謂體也，豈得以一二句爲體哉？方虚谷曰：「杜甫詩『日兼春有暮，愁與醉無醒』。日且暮，春亦且暮，景也。愁不醒，醉亦不醒，情也。以輕對重爲變體。何以謂之變體？豈賈島『秋風吹渭水，落葉滿長安』爲壯乎？曰：不然。此即唐人『春還上林苑，花滿洛陽城』也。其變處乃是『此處聚會夕，當時雷雨寒』，人所不敢下者。或曰：『以雷雨對聚會，不偏枯乎？』曰：『兩輕兩重自相對，乃更有力。但謂之變體，則不可常爾』。杜甫詩『老去詩篇渾漫興，春來花鳥莫深愁』，以『詩篇』對『花

〔一〕直：底本訛作「真」，據《温飛卿詩集箋注》卷九改。

鳥』，此爲變體，後來者又善於推廣云。」方氏所謂變體者，蓋非其變體也。杜甫詩「日兼春有暮，愁與醉無醒」，可謂景情互换錯綜，而不可謂之變體也。如「此處聚會夕，當時雷雨寒」，則以古行律，不拘對偶，蓋情勝於詞者。如李白詩「余亦能高咏，斯人不可聞」，孟浩然詩「問我今何去，天臺訪石橋」是也。李白、浩然天才超邁，絶出煙火，以興寄爲主，而不屑於排偶。賈島亦學其體裁，作爲一篇，豈可謂之變體哉？且夫杜甫以詩篇對花鳥，乃斤兩有差，此亦不屑于排偶，不可謂之變體也。方氏以爲變體不可常，而後謂善于推廣，何也？輓近蒿目之徒，專舉拗體一二句以論説正體，或以正體一二句以比擬變體，此固謑髁無任，而欲艾正唐人之聲律也，豈可不謂結繩竄句者哉？夫五言律正體起句，有四仄者，又有五仄者。第二句，有三平者，又有五平者。第三句，有一平者，又有五仄者。第四句，有三平者。第五句，有四仄者，又有五仄者。第六句，有三平者。第七句，有一平者，又有五仄者。第八句，有三平者。此皆一句之變，而不可與全篇拗體混同。如七言律亦然。至全篇拗體，乃千變萬紾，不可端倪。變體之謂變體，豈啻一字一句哉？世之君子，一讀《全唐聲律論》，乃可知前言之不謬也。

首句

唐太宗皇帝創製五七言近體，而賦五七言律仄起第五字第七字履仄之詩，乃雖押韻，不敢充其數，總曰之四韻。沈宋繼起，而專唱之，至晚唐猶守之。然則如其首句押韻，固非正格。故間有爲出韻者，然必於通韻中借之。如冬韻詩起句入東，支韻詩起句入微，豪韻詩起句入蕭、肴。李白詩「犬吠水聲中，桃花帶露濃」是也。王世懋曰：「首句出韻，晚唐作俑，宋人濫觴。尤不可學。」王氏未知盛唐所兆，故謂「晚唐作俑」。夫盛唐所兆，而中晚焉依，則學之可也。如夫詩體，乃有可學不可學之别。至聲律，乃唐人所創製，其所爲皆可學，豈得明人而容喙於其間也哉？不知宏識以爲如何。

開士

王世懋曰：「李頎七言律最響亮整肅。忽於『遠公遯跡』詩第二句下一拗體，余七句皆正平，一不合也。『開山』二字最不古，二不合也。『開山幽居』，文理不接，三不合也。重出一『山』字，四不合也。余謂必有誤。苦思得之，曰必『開士』也。易一字而對便流轉，盡祛四失矣。余兄大喜，遂以書《藝苑卮言》。余後觀郎士元詩云『高僧本姓竺，開士舊名林』，乃元襲用頎詩，益以自信。」今按，「遠公遯跡廬山岑」乃用三平，此即變格，不可謂平正。所不解一也。郝天挺注《唐詩鼓吹》曰：「『開山』，疑『開士』。」高廷禮《唐詩正聲》作「開士」以列之，世懋不讀二書，而苦思得之。元美喜以書之。所不解二也。士元特用「開士」二字耳，而謂「襲用」頎詩。所不解三也。今以余所不解，置諸所解者，則當得其解矣。

遥和

沈佺期詩題曰《遥同杜員外審言過嶺》，張説詩題曰《遥同蔡起居偃松篇》，遥同，即遥和也。駱賓王詩題曰《同淄州毛司馬九咏》，盧照鄰詩題曰《同紀明孤雁》，同，與遥同不同，謂與其人同賦也。後讀毛奇齡集，以「同」爲「同和」，非也。

追和

蘇東坡云：「古人之詩有擬古之作矣，未有追和古人者也。追和古人，則始於東坡。吾於詩人，無所甚好，獨好淵明之詩。淵明作詩不多，然其詩質而實綺，癯而實腴。自曹、劉、鮑、謝、李、杜諸人皆莫及也。吾前後和其詩凡百有九篇，至其得意，自謂不甚愧淵明。然吾之於淵明，豈獨好其詩也哉？如其爲人，實有感焉。淵明臨終，疏告儼等：『吾少而窮苦，每以家敝，東西遊走〔一〕，性剛才拙，與物多忤。自量爲己，必貽俗患。僶俛辭世，使汝等幼而饑寒。』淵明此語，蓋實録也。吾真有此病，而不蚤自知。半世出仕，以犯大患，此所以深愧淵明。欲以晚節師範其萬一也。」東坡所論亦實録也。至追和之事，未得其徵也。杜審言《送崔融》詩曰：「君王行出將，書記遠

〔一〕走：底本訛作「去」，據《東坡全集》卷三十一改。

從征。祖帳連河闕，軍麾動洛城。旌旗朝朔氣，笳吹夜邊聲。坐覺煙塵掃，秋風古北平。」審言神龍初，坐交通張易之流峰州，入爲修文館直學士。與李嶠、蘇味道、崔融爲文學四友，戴叔倫亦有《送崔融》詩曰：「王者應無敵，天兵動遠征。建牙連朔漠，飛騎入胡城。夜月邊塵影，秋風隴水聲。陳琳能草檄，含笑出長平。」叔倫師事蕭穎士爲門人，貞元中及第，與崔融不同時，即追和審言詩者也。

生硬

或問余曰：「李于鱗詩云『開簾署有青山色，對酒人如白雪枝』。上句幽致，下句生硬，豈莫受揶揄哉？」對曰：不然。此于鱗之所陶練也。朱慶餘詩曰「無賢不是朱門客，有子皆如白雪枝」，此其所熟修，不可謂之生硬也。且全篇流麗整秀，置之盛唐毫無愧色。謝茂榛與于鱗同賦曰：「坐有三吴客，天寒重所思。梅花何處發，春信隔江遲。雪月摇疎影，山村出幾枝。羅浮遥入夢，鄰笛不須吹。」頷聯閒麗流暢，落句正如水中鹽，淡靚可味。如「出」字乃似生硬。胡元瑞曰：「李于鱗七言律所以能奔走一代者，實源流《早朝》《秋興》、李頎、祖咏詩。大率句法得之老杜，篇法得之李頎。屬對多偏枯，屬詞多重犯，是其小疵，未妨大雅。」胡氏所論，雖則導大窾，未經肯綮。何者？于鱗歷覽四唐篇什，而舍其所短，之其所長，故句法篇法不必祖李杜。如「山勢西臨三晋險，地形東控兩河遥」，即崔顥「河山北枕秦關險，驛路西連漢畤平」句法也；「春來鴻雁書千里，夜色樓臺雪萬家」，即杜牧「月夜書千卷，花時酒一瓢」句法也。如此句法，李杜無之。「五月五日榴花杯，故園故人北渚來」，即王勃「九月九日望鄉臺，他席他鄉送客杯」也；「吴姬搗藥楚姬丸，獨夜深閨玉兔寒」，即漢無名氏「玉兔長跪搗藥蝦蟆丸」、陸龜蒙「青絲作笮桂爲船，白兔搗藥蝦蟆丸」也。如此等類，不可勝數。且如「春來」二字，在我輩乃作「春聲」，然作春來，即偏枯之一斑乎？余未嘗學詩文於人，而妄評論生硬句法，此亦愚管之一斑也。

偏枯

胡元瑞曰：「獻吉章法多縱横，才大不欲受篇縛也。于鱗對屬多偏倚，才高不欲受句縛也。」今按于鱗之有偏枯也，必非不知而爲之者，蓋有所自也。唐人篇什，前後對句斤兩不差，乃比比皆然，此人之所知。然有强爲偏格，或爲二句一串，而到于妙境者。沈佺期詩「九月寒砧催木葉，十年征戍憶遼陽」，此偏枯之鼻祖，而于鱗之所尸祝乎？後世不知其句法，猥以「木葉」不對「遼陽」，强作地名看之，此最孟浪之甚者也。如其章法多縱横，乃不關才大，全踐四唐之變體，故似不欲受篇縛者也。其對屬多偏枯，亦不關才高，蓋涉四唐之正體，故雖不欲受句縛，得哉？今遍讀二氏全集，而後可知也。元瑞論漢魏六朝唐宋也，眼中無全牛，最經肯綮之未嘗。及其國朝，譬猶私田引水也。

韋柳

李于鱗《與俞憲書》曰：「不佞讀公所貽《遼海集》者，今且三年矣。每至臨大閱諸篇，未嘗不爽然自失也。遼海與醫無間越在塞上。而公以守臣開幕府其間，時時治軍吏張旗鼓，耳目所習，即安得無令神氣悲壯乎？『千峰當鏡出，萬壑入杯平』，斯已五言之佳境。至如『五路雲霞連海氣，千家砧杵奪邊聲』『孤劍長懸萬里心』『陰風一望盡胡天』，今之作者安得多見此句哉？即『漢省春風知視艸，庾家明月想登樓』，其俊逸亦與韋柳相伯仲。王允寧所論，豈於《遼西曲》《巡方》諸絶句有指耶？若然，固自有縹緲《竹枝》之響，正無害乎総統之才龍蛇之德矣。」按「萬壑入杯平」句，佳則佳矣，然壑即谷也，不可謂「入杯平」。因閱《古今詩删》，「壑」作「岳」，始覺其妙。然「千峰」與「萬岳」合掌，即是於此，則非於彼，此余所不解。如「五路」「千家」二句，祖述錢起「四野山河通遠色，千家砧杵動秋聲」，然自有唐明之别。此中風味，口不能言。且以「漢省」「庾家」二句較之於韋柳，是亦所未解。韋應物、柳宗元同學陶淵明而窺其堂奥，故曰韋柳體。其於二句，絶無韋柳體。于鱗若聞余言，乃當乾笑。

柏梁

郎仁寶曰：「《清波雜誌》載，東坡《留題南康寺重湖軒》詩曰：『八月渡重湖，蕭條萬象疎。秋風片帆急，暮靄一山孤。許國心猶在，康時術已虚。岷峨千萬里，投老得歸無。」蘇自以律詩可用兩韻，引李誠之《送唐子方》兩押『山』『難』字爲證。今人遂爲口實。予以坡詩必信手塗抹，而僧特實之，故言如此，未必當時有跋也。如僧言只漏無字，庶幾可耳。况此文非古韻，若李詩既是律矣，豈可押兩韻耶？　若曹植《七哀詩》有『徊泥諧依』四韻，王粲有『攀原安』三韻，子美《夔府咏懷》排律重用『纏船弦』字，退之《咏筍》重用『根』字皆有之。若律則不然。」郎氏所論，未得其徵。夫東坡詩非必信手而塗抹，乃得之陶練者也。其押韻也，進而押虞韻，又退而押魚韻，又進而押虞韻，又退而押魚韻，又進而押虞韻也。此所謂進退韻，自漢武帝《柏梁詩》始也。故李建勳《效柏梁隔句韻詩》曰：「不喜長亭柳，枝枝擬送君。惟憐北囱日，樹樹解留人。圓缺都如月，東西只似雲。愁看離席散，歸蓋動行塵。」如隔句體，始自《詩・小雅・采薇》篇。且李誠之詩曰：「孤忠自許衆不與，獨立敢言人所難。去國一身輕似葉，高名千古重于山。並游英俊顔何厚，未死奸諛骨已寒。天爲我皇扶社稷，肯教夫子不生還。」韓子倉詩曰：「盜賊猶如此，蒼生困未蘇。今年起安石，不用哭包胥。子去朝行在，人應問老夫。髭鬚衰白盡，瘦地日携鉏。」是乃進退體，已祖柏梁體，故東坡引證之，豈得謂「律則不然」哉？　郎氏所論，可謂進退是谷也。

地獄

釋貫休《觀地獄圖》詩云：「峨峨非劍閣，有樹不堪攀。佛手遮不得，人心似等閒。周王應未雪，白起作何顏。盡日空彈指，茫茫塵世間。」余亦效顰而賦一詩曰：「欲知樂國路，卻入閻浮心。鬼火風聲急，業雲山色陰。紝婆身外落，形影鏡中沈。便誦蓮經罷，澄潭微月深。」嘗示之于清人江芸閣而請評，其評曰：「不必有此事。」夫事之有無固無論也，然下若評以論之，此不知貫休詩，故之以也。紝婆，佛經苦樹名。其子根枝俱苦，喻衆生惡。客問余曰：「世俗信浮屠誑誘，凡有喪事，無不供佛飯僧，云爲死者滅罪資福，使生天堂受諸快樂，必不入地獄受剉燒舂磨之諸苦楚。殊不知死者形已朽滅，神亦飄散。雖有剉燒舂磨無所施，且況佛法未入中國之前，固有死而復生者，何故都無一人誤入地獄，見所謂十王者邪？此不足信也明矣。」答曰：其然。豈其然哉？《易》所謂「積善餘慶，積惡餘殃」，豈非休咎耶？今積善則善人應，而天堂在頂；積惡則惡人應，而地獄無間。回復轉輪，如響之應聲也。所謂生天堂與入地獄，不可以若是其幾也。雖然，孝子之爲道，固無疑惑。鬼神有無之别，故爲之宗廟，以鬼享之。春秋祭祀，以時思之。夫然，故及聞其生天堂入地獄之説，則供佛飯僧，無不以求其福矣。此孝子之所以盡哀戚也。墨子曰：「今潔爲酒醴粢盛，以敬慎祭祀，内者宗族，外者鄉里，皆得同俱飲食之。」與夫供佛飯僧之意，其致一也。此佛法未入中國之前猶且如之，况於後世乎？昔者周宣王殺其臣杜伯而不辜，杜伯曰：「吾君殺我而不辜，若以死者爲無知則止矣。若死而有知，不出三年，必使我君知之。」其三年，宣王合諸侯而田於圃。日中，杜伯乘白馬素車，執朱弓朱矢，追宣王射入車中，中心折脊而死。齊景公畋於梧丘，夜猶早，公姑坐睡。而夢有五丈夫，北面韋〔一〕盧，稱無罪焉。公覺，召晏子而問之，曰：「昔者先君靈公畋，五丈夫罟而駭獸，故殺之。此其地耶？」公令人掘而求之，則五頭同穴而存焉。令吏葬之。燕簡公殺其臣莊子儀而不辜，子儀曰：「我君殺我而不辜，死人毋知亦已。死人有知，不出三年，必使吾君知之。」期年，簡公方將馳于祖塗，子儀荷朱杖而擊之，殪之車上。如此數具，布在方策，此皆形已朽滅，神亦飄散，而復生報怨者也。其見報者與報人之氣日夜擾亂，而爲交鬨號泣乎，剉燒舂磨且有所施乎，此亦不可以若是其幾也。雖然，佛法未入中國之前，人已朽滅而復生報怨者猶且如之，然則剉燒舂磨之有所施，可概而知也。是積惡餘殃一氣凝結之所致也。今縣官之所以尊崇佛法者，欲使億兆民安于所安之一助也。此乃天下之憲法也。故不可信此以謗彼，執彼以攻此矣。夫道不同不相爲謀，然而至其攻之，所謂居下流而訕上者也。子不見夫淫暴奸宄寇亂盜賊者乎？忽謁所謂十王者，而人頭向下，豈待死而後入地獄矣哉？雖然，敢謂死者形已朽滅神亦飄散，則不春秋祭祀以時思之乎？客愕然而退。

蒼生

《晋書》曰：「謝安傳曰：『公若不起，如蒼生何？』」蒼生，猶蒼頭也。故李商隱詩「可憐夜半虚

〔一〕韋：底本訛作「幃」，據《晏子春秋》卷六改。

前席，不問蒼生問鬼神」。唐宋以還，使用蒼生者皆是也。然蒼生出《虞書》，曰：「禹曰：『俞哉！帝光之天下，至海隅蒼生。』」孔安國曰：「蒼蒼然生中木。」今謂之蒼頭，別有據案耶？

涼年

夫年有涼，又有沈，又有俗，又有官。春有俗，又有惡。皆眼前之事也。梁武帝詩云「妙會非綺節，佳期即涼年」，杜甫詩曰「酷見凍餒不足耻，多病沈年苦無健」，耿湋詩「俗年人見少，禪地自知高」。年有官者，增減己年，而記於仕籍，曰之官年。本邦往往有之。元稹詩「枝葉迎僧夏，楊花度俗春」，白居易詩「畏老偏驚節，防愁預惡春」是也。

厥角

嚴有翼曰：「昔人文章中，多以兄弟爲友于，以日月爲居諸，以黎民爲周餘，以子孫爲貽厥，以新昏爲燕爾，類皆不成文理。雖杜子美、韓退之亦有此病，豈狥俗之過耶？子美詩云『山鳥山花吾友于』，又『友于皆挺拔』〔一〕。退之云『豈謂貽厥無基趾』，又云『爲汝惜居諸』。《後漢·史弼傳》云『陛下隆于友于，不忍恩絶』。曹植《求通親表》云『今之否隔，友于同憂』。《晉史》贊論中此類尤

〔一〕皆：底本脱，據《杜詩詳註》卷三補。

多。洪駒父云：『此歇後語也。韓杜亦未免俗，何也？』」胡元任曰：「友于之語，自陶彭澤已承襲用之，詩云『一欣侍温顔，再喜見友于』。則少陵承之也，詩云『六月曠摶扶』。按《莊子》『摶扶摇』云云，疏云『摶，鬬也。扶摇，旋風也』。今摶扶亦是歇後語耳。蘇黄亦有之。蘇云『伯時有道真吏隱，飲啄不羡山梁雌』。黄云『斷送一生惟送，破除萬事無過』。然黄集此句對偶甚工，後山以爲妍而嗜之，不以爲病也。又遯齋云：東坡在豐城，有老人生子求詩。坡問翁年幾何，曰七十。妻之年幾何，曰三十。戲作八句，警聯曰：『聖善方當而立歲，乃翁已及古稀年』。」今閲嚴、胡二氏論，似曲得所論者，然未解其意。何則？自范曄、淵明至杜韓蘇黄皆用之，豈得謂不成文理哉？所謂狗俗者，狗何等流俗以成之？此非流俗之所企及也。且夫歇後語起自前漢，而非自後漢始。《前漢書》曰「諸侯厥角稽首」。應劭曰：「厥者，頓也。角，額角也。」晋灼曰：「厥，猶豎也。叩頭則額角豎〔一〕。」顔師古曰：「應説是也。」三氏皆失其解。《尚書》曰「如崩厥角」是也。嚴、胡二氏又謂之何？

煙海

百川異流，皆歸於海，即百谷王也。故《漢書》曰：「鄠杜竹林，南山檀柘，號陸海。」言其地高陸

〔一〕叩：底本訛作「角」，據《漢書》卷十四《諸侯王表第二》改。

而饒物産，如海之無所不出，故曰陸海。唐宋以來，用海字者甚多矣。劉禕之詩「舜海詞波發，空驚遊聖難」，顔真卿遇道士曰「子骨可度世，不宜沉名宧海〔一〕」，劉灣詩「九陌成泥海，千山盡濕雲」。佛家有「四海」，云「有漏苦海願超越，樂海願常遊，福海願恒盈，智海願圓滿」。蘇子瞻詩「遥知二月王城外，玉仙洪福花如海」，陸游詩「邦人莫訝心情嫩，新出鶯花海裏來」，張養浩詩「雲山自笑頭將鶴，人海誰知我亦鷗」。除佛家之外，如陸海、舜海等，已兆于《荀子》，曰「飛鳥鳧雁若煙海」是也。

岳王

陶九成曰：「岳武穆王飛墓，在杭棲霞嶺下，王之子雲祔焉〔二〕。自國初以來，壙漸傾圮〔三〕。江州岳氏諱士迪者，於王爲六世孫，與宜興州岳氏通譜。合力以起廢，廟與寺復完美矣。王之諸孫有爲僧者，居壙之西，爲其廢壞，廟與寺靡有孑遺。天台僧可觀以訴於官。時何君頤貞爲湖州

〔一〕宧：底本訛作「官」，據《類説》卷七改。
〔二〕子：底本脱，據《輟耕録》卷三補。
〔三〕傾：底本訛作「頎」，據《輟耕録》卷三改。

推官，柯君敬仲以書白其事〔一〕。田之没於人者復歸，然廟與寺無寸椽片瓦。會李君全初爲杭總官府經歷，慨然以興廢爲己任。而鄭君明德爲作疏語曰：『西湖北山褒忠演福禪寺，竊見故宋贈太師武穆岳鄂王忠孝絶人，功名蓋世。方略如霍驃姚，不逢漢武，徒結志于亡家；意氣如祖豫州，乃遇晋元，空誓言於擊楫。賜墓田棲霞嶺下，建祀祠秋水觀西。落日鼓鐘，長爲聲冤於中木；空山香花，猶將薦爽於淵泉。豈期破蕩子孫，盡壞久長矩制。典祊田，隳佛宇，春秋無所烝嘗；塞墓道，毁神棲，風雨遂頹廟貌。休留夜啼拱木，躑躅春開斷垣。淚落路人，事關世教。蓋忠臣烈士，每詔條有致祭之文；豈狂子野僧，攙國典出募緣之疏。望明有司，告之臺省。冀聖天子，錫之圭璋。褒忠義在天之靈，激生死爲臣之勸。周武封比干墓，事著遺經；唐宋建白起祠，恩覃異代。』疏成，郡人王華父一力興建，於是寺與廟又復完美。且杭州申明浙省，轉咨中書〔二〕，以求褒贈。適趙公子期在禮部，倡議奏聞，降命敕封並如宋，止加『保義』二字。自我元統一函夏以來，名人佳士多有詩弔之，不下數十百篇。其最膾炙人口者，如葉靖逸紹翁云：『萬古知心只老天，英雄堪恨亦堪憐。如公少緩須臾死，此虜安能八十年。漠漠凝塵空偃月，堂堂遺像在淩煙。早知埋骨西湖路，悔不鴟夷理釣船。』趙魏公孟頫云：『岳王墳上草離離，秋日荒凉石獸危。南渡君臣輕社稷，中原父母望旌

〔一〕柯：底本訛作「何」，據《輟耕録》卷三改。
〔二〕中書：底本錯作「書中」，據《輟耕録》卷三改。

旗。英雄已死嗟何及，天下中分遂不支。莫向西湖歌此曲，水光山色不勝悲。』高則誠明云：『莫向中州嘆黍離，英雄生死係安危。内廷不下班師詔，絶漠全收大將旗。父子一門甘伏節，山河萬里竟分支。孤臣尚有埋身地，二帝遊魂更可悲。』潘子素純云：『海門寒日淡無輝，偃月堂深晝漏遲。萬竈貔貅江上老，兩宫環珮夢中歸。内園羯鼓催花發，小殿珠簾看雪飛。不道帳前胡旋舞，有人行酒著青衣。』林清源泉云：『誰收將骨葬西湖，已卜他年必沼吴。孤冢有人來下馬，六陵無樹可棲烏。廟堂短計慚嫠婦，宇宙唯公是丈夫。往事重觀如敗局，一龕燈火屬浮屠。』讀此數詩而不墮淚者幾希。然賊檜欺君賣國，雖擢髮不足以數其罪，翻四海之波不足以湔其惡。而武穆之精忠靄然，與天地相終始，死猶生也。彼思陵者信任姦邪，竟無父兄之念，亦獨何心哉。故余亦有詩云：『精忠祠廟西湖上，再拜荒墳感昔遊。斷碣草深蒙贔屭，空山日落叫鉤輈。運移宋祚難恢復，帝幸燕雲困虜囚。逆檜陰圖傾大業，思陵無意問神州。偷安甫遂邦家志，痛飲甘忘父母讎。信使北和憐屈膝，策文南駐忍含羞。兩宫五國瞻征幟，丹詔班師下節樓。萬里長城真自壞，中興武績遂云休。嗚呼竟死姦邪手，顛沛誰爲社稷憂。黯黯冤魂有狴犴，紛紛雨淚灑貔貅。唯餘滿地萇弘血，不見中流祖逖舟。氛堇已塵金匼匝，冕旒終换鐵兜鍪。姓名竹帛書千載，父子英雄土一丘。老樹尚知朝禹穴，遺黎總解説王猷。復田起廢憐僧寺，移檄褒嘉賴省侯。聖世即今崇祠典，佇看寵渥到松楸。』『精忠』，宋所賜廟額。此詩在未曾加封前作，故云時至正己丑也。」今閲五首，就中傑出者趙孟頫，其次高明也。明高啓《吊岳王墓》詩云：「大樹無枝向北風，十年遺恨泣英雄。班師詔已來三殿，射虜書猶説兩宮。每憶上方誰請劍，空嗟高廟自藏弓。棲霞嶺上今回首，不見諸陵白露中。」沈歸愚曰：「鳳洲作英氣勃發，讀此和平温厚之篇，又爽然自失矣。」黄澤《岳王廟》詩云：「水落蘇堤見斷橋，棲霞嶺下駐蘭橈。東西兩樹悲風起，南北諸陵王氣消。遺廟殘碑春寂寂，卧麟芳草雨蕭蕭。古今多少登臨恨，半付江雲半海潮。」全篇流暢，中唐妙境，可不減高啓。岳武穆《龍居寺》詩云：「巍石山前寺，林泉勝境幽。紫金諸佛相，白雪老僧頭。潭水寒生月，松風夜帶秋。我來屬龍語，爲雨濟民憂。」落句乃忠憤之餘意。較之於李于鱗《龍集寺》詩「聞説群龍集，明珠自可求」，已進一層。胡元瑞曰，岳忠武詩，世唯傳其《送張紫微北伐》及《滿江紅》一詞而已。余讀趙與時《賓退録》，得一絶云：「雄氣堂堂貫斗牛，誓將直節報君仇。斬除元惡還車駕，不問登壇萬户侯。」且楊用修摘其「潭水、松風」一聯，以爲唐名家不能過。信佳句也，實獲我心。

相於

漢孔融《與韋甫休書》曰：「間僻疾動，不得與足下岸幘廣坐舉杯相於，以爲邑邑。」曹植詩「廣情故，心相於」，杜甫詩「良友幸相於」，劉得仁詩「便欲去隨爲弟子，片雲孤鶴可相於」。相於，猶言歡樂也。

於焉

王勉夫曰：「《左傳》『晉鄭焉依』，焉，今讀爲延字，非嫣字也。然觀庾信有『晉鄭靡依』之語，是讀爲嫣字矣。考《顏氏家訓·諸子書》，焉字，鳥名。或云語詞皆音嫣，自葛洪用《字苑》，分焉字音。訓若，訓何，訓安當音嫣，如『於焉喜客』『於焉逍遥』『焉用佞』『焉得仁』之類是也。如送句及助語當音延，如『有民人焉』『晉鄭焉依』之類是也。江南至今分爲二音，江北混爲一音。然則『晉鄭焉依』者，謂晉鄭相依耳。焉，語助。而庾信謂靡依則失其義。」然唐人詩中用「於焉」字者甚鮮矣。朱慶餘詩云「於焉已是忘機地，何用將金別買山」是也。

老枕

劉禹錫詩「老枕知將雨，高囱報欲明」，李建勳詩「囱陰連竹枕，藥氣染茶甌」，釋齊己詩「豆枕欹涼冷，蓮峰入夢魂」，又云「湖光秋枕上，岳翠夏囱中」，蘇子瞻詩「水枕能令山俯仰，風船解與月徘徊」。「老枕」二字最奇。

撮囊

張鼎思曰：「《卮言》云：《莊子》曰：『人而不學，謂之視肉。學而不行，謂之撮囊。』視肉、撮囊，四字甚奇。余讀《山海經》，狄山有獸名視肉。注，聚肉，形如牛，有兩目，食之無盡，尋復更生。《莊子》所謂視肉者，蓋指此也，言其徒有塊肉而無知也。撮囊似亦一物，未詳。《莊子》亦無此文，恐出別書。」甚哉張氏之爲鑿説也。視肉，言見人之不學者，如唯視其肉也。撮囊，猶言括囊也。《拾遺記》曰「任末年十四時，學無常師。負笈不遠險岨，或依林木之下，編茅爲庵，削荆爲筆，尅樹汁爲墨。夜則映星望月，暗則縛麻蒿以自照觀書。有合意者，題其衣裳，以記其事。門徒悦其勤學，更以浄衣易之。臨終誡曰：『夫人好學，雖死若存。不學者雖存，謂之行屍走肉耳』」是也。然以視肉爲獸名，而又索撮囊之獸名，誠爲可笑。撮囊二字，可以入詩材。

青白

青黄赤白黑中，白字奇語最多，至赤黑字甚鮮矣。《春秋緯》云：「伐殷者姬昌，日衣青衣。」衣之爲言被也，如人著衣。《文選》詩「繁星衣青衣」，劉臻妻獻春頌曰「玄陸降坎，青逵升震」，王勃詩「杏閣披青磴，琱台控紫岑」，李端詩「緑氣千檣暮，青風萬里春」，王初詩「東君珂佩響珊珊，青馭多時下九關」，陳陶《竹》詩「一峰曉似朝仙處，青節森森倚絳雲」，杜荀鶴詩「蒲生岸腳青刀利，柳拂波心緑帶長」，裴説詩「岳面懸青雨，河心走濁冰」，許棠詩「素業滄江遠，青時白髪垂〔一〕」，宋釋覺範

〔一〕青：《文苑英華》卷二百六十四作「清」。

《竹》詩「但見蒼官遭寵錫，那知青士亦超遷」是也。《詩》曰「緑衣黄裏」，杜甫詩「黄獨無苗山雪盛」，黄獨者，芋魁小者，又曰土卵。蘇子瞻詩「苦厭黄公聒醉眠」，黄公，黄鶯是也。《道書》「天有赤霄、碧霄、玄霄、青霄、絳霄、黅霄、紫霄、缙霄、練霄」。《容齋隨筆》曰：「赤春，即赤貧也。漢以前赤、尺通，故有『赤牘』字是也。」管子曰「白徒三十人奉車兩」。白徒又見《墨子》暨《史記·鄒陽傳》，猶言白丁，即白身。李頻詩「故國人芳草，滄江終白身」。宋敏求《退朝録》曰：「唐租庸使元載，召豪吏分宰吴越列邑〔一〕。科率之例，不約户品之上下，家有粟帛者，以人徒圍襲，如捕寇盜，簿録其産中分之。時人謂之白著，言厚斂無名，其所著者皆明白無所嫌避。」《唐書》曰德宗「以宦者主宫市〔二〕，嘗置數十百人，閲物廛左，謂之白望。無詔文驗核，但稱宫中市，則莫敢誰何。與直十不償一。」何平叔《景福殿賦》曰「皎皎白間，微微列錢」，注云「白間，囱也。」杜甫詩「白間剥畫蟲」〔三〕，李白詩「百里望花光，往來成白道」，白居易詩「欲識往來頻，青苔成白路」。又有白室、白社、白法、白打、白學、白杜、白却、白業等字面。白室，即莊子所謂「虚室生白」也。《逸士傳》曰「董威隱居白社，以殘絮縷帛爲衣，號百結衣」，王維「一從歸白社，不復到青門」，與陳無己白社不同，

〔一〕豪：底本訛作「稾」，據《春明退朝録》卷下改。
〔二〕宦：底本訛作「官」，據《新唐書》卷一百五十八改。
〔三〕畫：底本訛作「晝」，據《杜詩詳注》卷十六改。

其詩曰「白社雙林去，高軒二妙來」，即用釋惠遠白蓮社而省「蓮」字也。白法，佛學也。王建詩「寒食内人嘗白打，庫中先散與金錢」，韋莊詩「内官初賜清明火，上相閑分白打錢」，兩人對蹴曰「白打」。唐釋慧琳著論，以儒學爲白學。白杜之白即白酒之白，杜即杜康之杜。明吴鼎芳詩「村估惟白杜，野坐只青苔」。釋覺範詩「白却人頭忙日月，緇飄山衲亂風埃」，又「青山自在人情外，白業空消坏土中」。又有黑月、黑暗、黑學、黑簾、黑甜等字面。《瑜伽論》曰：「月輪稍欹，便見半月。」若白月，白面漸現于下方；若黑月，白面漸返仰上方。現虧盈。夫月盈至滿，謂之白分；月虧至晦，謂之黑分。白前黑合爲一月。《楞嚴經》曰「阿難見覺無知，因色空有。如汝今日在祇陀林，朝明夕暗。設居中宵，白月則光，黑月便暗，則明暗等，因見分折。」《西域記》曰：「月生至滿，謂之白月。月虧至晦，謂之黑月。」釋慧琳以佛學爲黑學。杜甫詩「黑暗通蠻貨」。《酉陽雜俎》曰「象牙爲白暗，犀角爲黑暗」。王建詩「避雨拾黄葉，遮風下黑簾」。蘇子瞻詩「三杯軟飽罷，一枕黑甜餘」，謂飲酒爲軟飽，睡美爲黑甜。余之寡學，不能盡臆。聊記一二，而俟宏識。

鬼廷

《續博物志》曰：「秦穆公時，有人掘地得物若羊，將獻之。道逢二童子，謂『此名爲媪，常在地中，食死人腦。若欲殺之，以柏東南枝撫其首則死』。由是墓皆植柏，故柏爲鬼廷。」此最附會之説也。《春秋含文嘉》曰：「天子墳高三仞，樹以松。諸侯半之，樹以柏。大夫八尺，樹以欒。士四尺，樹以槐。庶人墳樹以楊柳」。《漢書》曰：「柏者，鬼之廷。」顏師古曰：「言鬼神尚幽暗，故以松柏之樹爲廷府。」其樹欒槐楊柳，亦尚幽暗也，豈仍蝠蟲也哉？ 鬼廷字，可爲詩材。

塵飯

《韓非子》曰：「夫嬰兒相與戲也，以塵爲飯，以塗爲羹，以木爲胾。然至日晚必歸饟者，塵飯土羹，可以戲而不可食也。」《北堂書抄》曰：「東方朔與公孫弘書曰：『同類之遊，不以遠近爲故。士大夫相知，何必以撫塵而遊，垂髪齊年，偃伏以日數哉？』」《法華經》曰：「童子聚沙」。皆童子之戲也。孟浩然詩曰「累刼從初地，爲童憶聚沙」是也。

荆叔

郎仁寶曰：「《唐詩正聲》載荆叔《題慈恩寺塔》詩云『漢國山河在，秦陵草樹深』云云，予嘗以此詩於塔無相涉。後聞終南有小石處刻一詩，足有唐風，乃晋體，深五七分。惜無名也。傳其句又是前詩。及讀《唐詩紀事》，而此詩亦曰『題塔』又係于無名之下，但又注曰『不知何人，題名荆叔』。予復疑之。因考姓氏諸書，並無荆叔之名。而《紀事》可謂收唐人能詩者盡矣。所以復注如此，特好事者僞名，偶寫此詩於塔。高棅不考，而遂入於《正聲》。必矣。昨會史乾用，云『親見此於慈恩塔，果小白石刻，如前所聞，在塔之頂，並無人名』。然後方知前詩必題終南者，好事者鑿移於塔，如孟東野《咏薔》之石於史給事家也。」今按，唐人之失姓氏者不可勝數，豈獨荊叔哉？唐人得及第者到慈恩寺而題姓名於塔，至其題姓名，或有題詩者，故有不關涉於塔者。如其題名，乃一時之盛事也。劉禹錫《九日登高》詩云「世路山河在，君門雲霧深。年年上高處，未省不傷心。」此荊叔陶鑄禹錫乎？禹錫陶鑄荊叔乎？又僞名以題詩乎？未可知也。如其僞不僞姑不論，荊叔詩悲壯感慨勝於禹錫，豈啻天淵哉？杜甫詩「國破山河在，城春草木深」，此亦異曲同工，千載競爽。此高棅之所以選其詩，而不問其姓名也。

股泉

王鳴盛曰：「《新唐書》曰：『朱坡樊川，頗治亭觀林芿，鑿山股泉』。舊但云城南樊川有佳林亭，卉木幽致，仍其語可也。必改而入以芿字。説文云『艿，中也。從草乃聲』。如乘切無芿字，此字實屬杜撰。《新書》好用芿字。如《盧簡求傳》亦云『治園沿林艿，置酒自娱』是也。而忽加人旁則非。又考《瀛奎律髓》載宋子京《春宴行樂家園》七言律，首句云『園芿初乾小雨泥』，自注云『芿入去聲』。竊謂即以芿代艿，亦宜依《説文》讀平聲，乃讀去聲，則不知何據。子京每好妄作，董衡於《簡求傳》音如乘切，於《佑傳》則云而證切，草不剪，一若分而爲二者。如董衡本無知識，以盲證盲，所謂謬種流傳也。股泉字，亦琱巧無理。」固哉鳴盛！妄證《説文》而不知《列子》，那也？《列子》曰：「趙襄子率徒十萬，狩於中山。藉芿燔林，扇赫百里。」殷敬順曰：「在下曰藉，草不剪曰芿。

葯，而證反。」子京據敬順音義，而讀去聲以用之，何不可之有？且股泉，謂分泉如股也。二字甚奇，乃琱巧有理，豈得謂「琱巧而無理」哉？嗚盛所證，可謂以盲傳盲也。

靖節

《夢蕉詩話》曰：「靖節先生以義熙元秋爲彭澤令，冬遂解綬去。後十六年晉禪宋，又七年卒。《晉史》謂名潛字元亮，《南史》謂名潛字淵明，胥失之。今按，先生義熙中作《孟嘉傳》及《祭程氏妹文》，俱稱淵明。元嘉中對檀道濟，乃稱亡潛。是與年譜所載『在晉名淵明，在宋改名潛，其字元亮則未嘗易』者爲相合矣。元鄧善之題其像曰『詩中甲子春秋筆，籬下黄花雨露枝。便向斜川頻載酒，風光不似義熙時』，貢泰甫題曰『竹枝芒鞋白鹿裘，山中甲子幾春秋。呼童點檢門前柳，莫放飛花過石頭』。二詩皆能道靖節心事。其自作詩曰『撫己有深懷，履遇增慨然』，是可以想見也。夫二首優劣，不問上官昭容。鄧氏詩意盡語中，貢氏詩説盡癡情，卻有不盡之意。古來題靖節圖者甚多矣，今以此篇爲絶唱。」沈歸愚《明詩别裁》作袁敬所詩，誤也。

孤山

元明以來咏梅花者，率用林和靖孤山事。顧起元詩「孤山有新咏，千里臨高臺」，潘之恒詩「影向孤山結，情從九畹移」，謝宗可詩「回首孤山斜照外，尋真誤入杏花村」，王冕詩「斷雲流水孤山路,看得春風幾樹花」,蕭文贇詩「孤山山下逋仙宅,萬里繽紛雪後開」,謝肇淛詩「望湖亭上大堤斜,夜到孤山處士家」,羅倫詩「玉山不讓孤山趣,雪骨冰魂對紫微」,劉世儒詩「惟有孤山梅共月,不分今古自縱横」,又「幾回携酒訪逋仙,正值孤山雪後天」,又「西湖處士費吟哦,賸有孤山滿樹花」,又「孤山夜半無人處,藜杖行吟煙水深」,又「還將去日孤山興,寫寄皇華居士家」,黄縮詩「那知寂漠孤山畔,雪暗西湖獨看梅」,祝瑾詩「玉破孤山雪霽時,幾人贏得雪邊詩」,閔道楊詩「須知鼎鼐調羹味,不落孤山處士家」,林尚賢詩「朗吟疎影暗香句,春滿孤山處士家」,他不可覼縷,實陳熟腐談可厭也。白居易《憶杭州梅花》詩曰「伍相廟邊繁似雪,孤山園裏麗如妝」,因知前代既有其名勝,恐林氏據樂天詩唱之乎? 未可知也。元明以來,專唱林氏之孤山,不知白氏之孤山,何也?

詩本

王建詩題曰《酬從侄再看詩本》,其詩曰:「眼暗没功夫,慵來剪刻麤。自看花樣古,稱得少年無。」陸游詩曰:「半生篷艇弄煙波,最愛三湘欸乃歌。擬作此行公勿怪,胸中詩本漸無多。」陸氏以爲胸中詩本,最妙。

美疢

《左氏》曰:「臧孫曰:『季孫之愛我,美疢也。孟孫之惡我,藥石也。美疢不如惡石。夫石猶生我，疢之美其毒滋多。孟孫死，吾亡無日矣。』」美疢二字甚奇。偶閲《梁書》曰，王僧孺多識古事。侍郎金元起欲注《素問》，訪以砭石。僧孺答曰：「古人以石爲針，必不用鐵。《説文》云『以石刺病也』。《東山經》『高氏之山多針石』。郭璞曰『可以爲砭針』。《春秋傳》『美針不如惡石〔一〕』。服子慎曰『石，砭石也』。季世無復佳石，故以針代之耳。」據此，乃本文三「疢」字皆當作「針」，蓋仍音而訛乎？言美針之療疾也，無痛於體而不利於病。如惡石，乃痛於體而利於病。故曰「美針不如惡石」。夫針雖美，不利於病，故其毒滋多也。因作一聯云「誰執美針知美疢，空將良相憶良醫」。

劍水

《越絶書》曰：「薛燭説劍云『揚其華如芙蓉始出，觀其鈲如列星之行』。」故盧照鄰詩「相邀俠客芙蓉劍，共宿娼家桃李蹊」，虞世南詩「夏蓮開劍水，春桃發綬花」，用字入化。梁庾信詩「方垂蓮葉劍，未用竹根丹」，蓮葉劍、劍水等字面尤奇，唐宋以來無用者。

〔一〕針：《南史》卷五十九《王僧孺傳》作「疢」，《梁書》卷三十三《王僧孺傳》不載此事。各本十餘種均作「疢」，無一作「針」者。此乃谷斗南考訂當作「針」。

跳魚

張鼎思曰：「何遜詩『躍魚如擁劍』，孟浩然詩『游魚擁劍來』，姚令威曰：『擁劍，彭蜞之類，一螯偏大。故名非魚也。』」此孟浪之説也。躍魚，撥剌貌，如擁劍然。其擁彭蜞，於理無之。且閲孟浩然集，劍作鈎。因盲傳盲，可爲一笑。

醉帆

陸龜蒙詩「芙蓉湖上吟船倚，翡翠岩頭醉馬分」，又《江行》詩「酒旗菰葉外，樓影浪花中。醉帆張數幅，唯待鯉魚風」。人唯知醉馬，而不知醉帆。鯉魚風，暮春風也。

三竿

「一竿日」暨「日三竿」，詩人套語。出《齊書・天文志》。然不知竿爲幾尺。竿長七尺。蓋距地二丈有餘，曰之三竿。唯知三竿之爲初日，而不知用諸於夕日。唐李茂復詩「落日青山近一竿」是也。

放鳩

張睿父曰：「《風俗通》曰：『高祖與項羽戰于京索，遁于叢薄中。羽追求，時鳩止鳴其上，追之者以爲必無人，遂得脱。及即位，異此鳩，故作鳩杖以扶老。』殷芸云：『漢朝每正旦，輒放雙鳩，爲此。』」此亦孟浪之説也。《續漢書》曰：「仲秋之月，縣道皆按户比民，年始七十者授之以玉杖〔一〕，餔之糜粥。八十九十，禮有加賜。玉杖長九尺，端以鳩爲飾。鳩者，不噎之鳥也。欲老人不噎。」所以愛民也，此其所自也。且我邦鎌倉源公，起兵於豆州討平氏也，戰于石橋山而敗績，遽逃於枕木間。梶原與諸將同追求之，時鳩飛去。梶原氏曰：「今鳩飛去，必無人矣。」源公遂以身脱。蓋記者借高祖事以緣飾之，可知也。元日放鳩事，非始于漢朝。《列子》曰「邯鄲之民，以正月正旦，獻鳩于簡子。簡子大説，厚賞之。客問其故，簡子曰：『正旦放鳩，示有恩也。』」是也。余嘗次韻弟立言元日之作曰：「鷄唱朱門開曙輝，微官獻壽望風威。屠蘇寒徹新恩酒，熨斗春回舊賜衣。雲散青山身尚在，冰消緑水意初肥。誰言君放鳴鳩去，忽逐歸途藜杖飛。」

〔一〕以玉杖：底本脱，據《後漢書》卷十五補。

正日

唐太宗皇帝《正日臨朝》詩曰：「條風開獻節，灰律動初陽。百蠻奉遐貢，萬國朝未央。雖無舜禹跡，幸欣天地康。車軌同八表，書文混四方。赫奕儼冠蓋，紛綸盛服章。羽旄飛馳道，鐘鼓震嵓廊。組練輝霞色，霜戟曜朝光。晨宵懷至理，終愧撫遐荒。」全篇典雅莊麗，非晚唐手所及也。徐鉉《正初》詩曰：「高齋遲景雪初晴，風拂喬枝待早鶯。南省郎官名籍籍，東鄰妓女字英英。流年倏忽成陳事，春物依稀有舊情。新歲相思自過訪，不煩虛左遠相迎。」司空圖《新節》詩曰：「轉悲新歲重於山，不似輕鷗肯復還。朱紱縱教金印損，青雲未勝白頭閑。」元稹《第三歲日咏春風憑楊員外寄長安柳》詩曰：「三日春風已有情，拂人頭面稍輕盈。殷勤爲報長安柳，莫惜枝條動軟聲。」正日，元日也。正初，正月初日也。新節，新歲也。第三歲日，正月初三日也。四題皆奇，可作詩家故事。以詩寄柳亦奇。

首春

唐太宗《首春》詩曰：「初風飄帶柳，晚雪開花梅。碧林青舊竹，緑沼翠新苔。」陳叔達《春首》詩曰：「雪花聯玉樹，冰彩散瑶池。翔禽遥出没，積翠遠參差。」杜甫絶句多用此體。首春，與春首義同，正如立春言春立也。薛能詩曰「春立窮冬後，陽生舊物初」是也。和歌者流，多用春立字。

三素

《修真訣》曰：「立春日，北望有紫緑白雲者，爲三元君三素飛雲也。三元君以是日上詣天帝，天子候見，再拜，自陳『乞得侍給』。輪轂三過，見元君之輩者白日升天。」李商隱詩曰「九枝燈下朝金殿，三素雲中侍玉樓」。唐人以《立春日曉望三素雲》詩題，試進士李應，其詩曰：「玄鳥初來日，靈仙望裏分。冰容朝上界，玉輦擁朝雲。碧落流輕艷，紅霓間彩文。帶煙時縹緲，向斗更氛氳。彷彿隨風馭，迢遥出曉雰。兹辰三見後，希得從元君。」凡省試之士，皆以題中平聲之字爲韻脚，而賦五言律、排律，絶無賦七言絶律者。至本邦崇工巨儒，乃得「江春入舊年」「春寒花較遲」等句，而有賦七言絶律者，此最稽古之疎鹵者也。且霓，雌虹也。《禮記》曰「季春之月虹始見，孟冬之月虹藏不見」。然有「紅霓間彩文」句，何也？蘇子瞻詩曰「萬年枝上看春色，三素雲中望玉宸」，許沖元詩曰「三素雲飛依北極，九農星正見南方」，蘇君不及李許二君遠矣。今人無用三素事者。余嘗賦一詩曰：「南北人家生暮氛，儺聲盡處舊年分。即今預欲成春服，乞取天邊三素雲。」

人日

晉李充《登安仁峰銘》曰〔一〕：「正月七日，厥日惟人。策我良駟，陟彼安仁。」隋陽休之《人日登高侍宴》詩曰：「廣殿麗年輝，上林起春色。風生拂雕輦，雲回浮綺翼。」石偉《鄴中記》曰：「正月十五日亦有登高之戲。」《隋書》曰：「文帝嘗於正月十五日與近臣登高，時元冑不在。上令馳召之。冑見上，謂曰：『公與外人登高，未若就朕也。』賜宴盡歡。」登高之爲事，豈啻九月九日也哉？

上巳

沈約《宋書》曰：「魏已後但用三日，不復用巳也。」梁庾肩吾《三日侍宴》詩曰：「策星依夜動，鑾駕忽朝遊。旌門臨苑樹，相風生鳳樓。春生露泥泥，天覆雲油油。桃花舒玉洞，柳葉暗金溝。禊川分曲洛，帳殿掩芳洲。踴躍賴魚出，參差絳棗浮。百戲俱臨水，千鍾共逐流。」全篇端嚴精工，上巳絶唱。「絳棗」字見後漢杜篤《祓禊賦》，曰「浮棗絳水，酬酒醲川」。王維《三月三日龍池春禊應制》曰：「故事修春禊，新宮展豫遊。明君移鳳輦，太子出龍樓。賦掩陳王作，杯如洛水流。金人來捧劍，畫鷁去回舟。花樹浮宮闕，天池照冕旒。宸章在雲漢，垂象滿皇州。」秀麗莊嚴，千載競爽，

〔一〕仁：底本脱，據《藝文類聚》卷四補。

至落句乃肩吾當退舍。何景明詩曰「西風入上苑，楊柳落金溝」。景明得之百練，而穠麗精彩遂無毫釐。

蘭亭

王勉夫曰：「《遯齋閒覽》云：『季父虚中謂王右軍《蘭亭序》以天朗氣清自是秋景，以此不入《選》。余亦謂絲竹管絃亦重複。』僕謂不然。絲竹管絃，本出《前漢·張禹傳》。而『三春之季，天氣肅清』，見蔡邕《終南山賦》〔一〕。『熙春寒往，微雨新晴，六合清朗』，見潘安仁《閒居賦》。『仲春令月，時和氣清』，見張平子《歸田賦》。安可謂春間無天朗氣清之時？右軍此筆，蓋直述一時真率之會趣耳。然則斯文之不入《選》，良由搜羅之不及，非故遺之也。吴曾《漫録》亦引《張禹傳》爲證，正與此合。」今按此序秀逸雋麗，能記其所記，亦足以暢舒幽情。其不入《選》，蓋非搜羅之不及，乃記體而非序體者乎？且恨不道花鳥耳。逸少若聞余言，乃求筆益之。夫文之於序、記等體，正如詩之有古今體格也。學者不可不知也。

〔一〕蔡邕：當作「班固」，各本《終南山賦》作者均作班固，賦中有此二句。

水心

《續齊諧記》曰：「晉武帝問摯虞『三日曲水』之義，虞曰：『漢章帝時，平原徐肇以三月初生三女，至三日俱亡。村人以爲怪，乃招携之水濱洗祓，遂因水泛觴。其義起此。』帝曰：『必如所談，便非好事。』束晳進曰：『虞生不足以知，臣請言之。昔周公成洛邑，因流水以泛酒，故《逸詩》曰羽觴隨波浪。又秦昭王以三日置酒河曲，見金人奉水心之劍，曰令君制有西夏。乃霸諸侯。因此立爲曲水。二漢相沿，皆爲盛集。』帝大悦。」沈佺期《三月三日侍宴》詩曰：「寶馬香車清渭濱，紅桃碧柳禊堂春。皇情尚憶垂竿佐，天祚先承捧劍人。」閻朝隱詩曰：「三月重三日，千金續萬春。聖澤如東海，天文似北辰。荷葉珠盤浄，蓮花寶蓋新。陛下制萬國，臣作水心人。」王維詩曰「金人來捧劍，畫鷁去回舟」，萬齊融詩曰「禽浮似挹羽觴杯，鱗躍疑投水心劍」，閻王二公正用典故而妙，如萬氏則變化其事，而覺萎腇。

閑花

殷堯藩詩「笙歌只解鬧花天，誰是敲冰掉小船」，釋皎然詩「蓮花天晝浮雲盡，貝葉宫春好月停」，釋齊己《雁》詩「影斷楓天月，聲孤荻岸鷗」。楊慎曰：「《花木譜》云，越中牡丹開時，賞者不問疎親，謂之看花局。澤國此月多有輕陰微雨，謂之養花天。」宋耿仙芝詩曰「野水短蕪調馬地，淡雲微雨養花天」。「蓮花天」「楓天」字尤妙。

落花

皮日休曰：「余爲童在鄉校時，簡上抄杜舍人牧之集，見有與進士嚴惲詩。後至吴，一日有客曰嚴某，余志其名久矣。遽懷文見造，於是樂得禮而觀之。其所爲工於七字，往往有清便柔媚，時可軼駭於常軌。其佳者《落花》詩曰：『春光冉冉歸何處，更向花前把一杯。盡日問花花不語，爲誰零落爲誰開。』余美之，諷而未嘗怠。生舉進士，亦十餘計偕。余方冤之謂乎，竟有得于時也。未幾歸吴興。後兩月，霅人至，云生以疾亡于所居矣。噫！生徒以詞聞于士大夫，竟不名而逝，豈止此而湮滅耶？江湖間多美材，士君子苟樂退，而有文者死，無不時惜，可勝言耶〔一〕？」今按羅隱《蜂》詩曰：「不論平地與山尖，無限風光盡被占。采得百花成蜜後，爲誰辛苦爲誰甜。」歐陽澥《燕》詩曰〔二〕：「翩翩雙燕畫堂開，送古迎今幾萬回。長向春秋社前後，爲誰歸去爲誰來。」王周《問春》詩曰：「遊絲垂幕雨依依，枝上紅香片片飛。把酒問春因底意，爲誰來後爲誰來。」皆尸祝嚴氏，遂爲千古詩人張本。蘇子瞻《吉祥寺花》詩曰：「仙衣不用剪刀裁，國色初酣卯酒來。太守問花花

〔一〕言：底本脱，據《松陵集》卷八補。

〔二〕澥：底本訛作「解」，據《全唐詩》卷六百七改。

有語，爲誰零落爲誰開。」尤延之《梅》詩曰：「别來望遠憑誰寄，老去尋春只恐遲。把酒問花花解語，定應催促要新詩。」延之得之陶練而有情致，如子瞻乃模擬剽竊，全見醜態。

寒食

唐詩有當時以爲絶唱，而後世不傳者。大曆中詩人郭鄖〔一〕曾賦寒食詩贈吏部先兄曰：「蘭陵士女滿晴川，郊野紛紛拜古埏。萬井人家初禁火，九原松柏自生煙。人間後事非前事，鏡裏今年老去年。介子終知禄不及，王孫誰復更相憐。」頷聯精巧，落句悲壯，當時以爲絶唱，不亦宜乎？李紳嘗在童兒，即聞此詩曰：「非欲繼和，蓋紀事。」因書其詩曰：「江城物候傷心地，遠寺經過禁火辰。芳草壟邊回首客，野花叢裏斷腸人。紫荆繁艷空山晝，紅藥深開古殿春。嘆息光陰催白髮，莫悲風月獨沾巾。」不及前詩遠矣。

晚唐

羅隱詩曰「杯酒有時有，亂罹無處無」，張喬詩曰「叠浪有時有，閑雲無處無」周朴詩曰「客淚有時有，猿聲無處無」。余亦學步而賦《貧居》詩曰：「都城雖不遠，官舍即平蕪。啼鳥有時有，飛花無

〔一〕鄖：底本訛作「雲」，據《唐詩紀事》卷三十一改。

處無。詩頎天地盡〔一〕，貧壓古今孤。己得窮通理，新吾笑故吾。」

菜花

晋張翰《雜詩》曰：「暮春和氣應，白日照園林。青條若總翠，黄花如散金。嘉卉亮有觀，顧此難久耽。延頸無良塗，頓足托幽深。榮與壯俱去，賤與老相尋。歡樂不照顔，慘愴發謳吟。謳吟何嗟及，古人可慰心。」青條黄花，謂菜花也。「總」字最妙。至全篇，應與陶潛爲頡頏。梁鍾嶸《詩品》曰：「張翰黄花之唱，正叔緑繁之章。雖不具美而文彩高麗，並得虬龍之片甲，鳳凰之一毛。事同駁聖〔二〕，宜居中品。」鍾氏欲執張翰、陶潛篇什以居於中品，余今居之上品。李白《送張十一遊東溪》詩曰：「張翰黄花句，風流五百年。誰人今繼作，夫子世稱賢。再動游吴棹，還浮入海船。春光白門柳，霞色赤城天。去國難爲别，思歸各未旋。空餘賈生淚，相顧共凄然。」「春光、霞色」語流麗。起用張翰，而結以賈生，余所未解也。通篇意調不及張翰遠矣。清商寶意《詠菜花》曰〔三〕「小朵最宜村婦鬟，細香貼簇牧童衣」，劉鳴玉詩曰「半畝只邀名士賞，一生不上美人頭」，二聯工于形

〔一〕頎：似當作「傾」。
〔二〕聖：底本脱，據《詩品》卷二補。
〔三〕寶：底本訛作「實」，據《隨園詩話》卷七改。

容，然風格可想。名士，即張翰也。

改作

杜甫詩曰「新詩改罷且長吟」，余遍閱其篇什，皆沈實雅練，而無浮華詞氣，蓋長吟改作之所致也。又云「晚節漸於詩律細」，此亦長吟改作之際，勉强思索，當復改其不協，故詩律愈細。豈翅詩句哉？李白詩曰：「吾愛孟夫子，風流天下聞。紅顔棄軒冕，白首卧松雲。醉月頻中聖，迷花不事君。高山安可仰，徒此揖清芬。」迷花不事君，即紅顔棄軒冕也。孟浩然詩曰：「寂寂竟何待，朝朝空自歸。欲尋芳中去，惜與故人違。當路誰相假，知音世所稀。只應守寂漠，還掩故園扉。」寂寂，即寂漠也。王維詩曰：「獨坐悲雙鬢，空堂欲二更。雨中山果落，燈下中蟲鳴。白髮終難變，黄金不可成。欲知除老病，惟有學無生。」白髮終難變，即獨坐悲雙鬢也。又曰：「楚塞三湘接，荆門九派通。江流天地外，山色有無中。郡邑浮前浦，波瀾動遠空。襄陽好風日，留醉與山翁。」波瀾動遠空，即江流天地外也。此皆改作之未嘗者乎？至杜甫篇什絶無之，此改作之所致也。學者當以杜甫篇什聲律爲龜鼎也。

删去

孟浩然《晚泊潯陽望廬山》詩曰：「挂席幾千里，名山都未逢。泊舟潯陽郭，始見香爐峰。嘗讀遠公傳，永懷塵外蹤。東林精舍近，日暮空聞鐘。」余鑽此篇，後四句殆蛇足，删去則妙。然蠡管測窺，不可公然而唱之。後讀《韻語陽秋》曰：「余在毘陵，見孫潤夫家有王維畫孟浩然像，絹素敗爛，丹青已渝。維常見孟公，吟曰『日暮鳥行急，城荒人住稀』，又吟曰『挂席幾千里，名山都未逢。泊舟潯陽外，始見香爐峰』。余因美其風調，至所舍，圖於素軸。」於是始知前言之不謬也。沈歸愚以此篇列於《唐詩别裁》古詩中，曰：「此天籟也。已近遠公精舍，而但聞鐘聲。寫望字意悠然神遠。」又列於五言律中，曰：「所謂『篇法之妙不見句法』者。」夫自有選家以來，未嘗見以一首爲古詩又爲近體，列之於一書中者。所謂老耄者乎？然沈歸愚詩話乃清朝第一，其次《漁詳詩話》，其次《甌北詩話》。如《隨園詩話》，最下劣者也。

無可

許彦周曰：「晦堂心禪師，初退黄龍院，作詩曰：『不住唐朝寺，閑爲宋地僧。生涯三事衲，舊故一枝藤。乞食隨緣去，逢山任意登。相逢莫相笑，不是嶺南能。』此詩深静平實，道眼所了，非世間文士詩僧所能仿佛也。」許氏未知其所祖，猥加褒賞。唐釋無可送僧詩曰：「四海無拘繫，行心興自濃。百年三事衲，萬里一枝笻。夜減當晴影，春消過雪蹤。白雲深處去，知宿在何峰。」突然起得而妙，頷聯與王維「五湖三畝宅，萬里一歸人」，戴叔倫「一年將盡夜，萬里未歸人」異曲而同工。晦堂改作「生涯、舊故」，大減連城。如頸聯乃幽致高絶，落句全結起句。此道眼所了，非晦堂所及也。不知許氏頷否？

到江

謝茂秦曰：「釋處默詩曰『到江吳地盡，隔岸越山多』，陳後山成一句曰『吳越到江分』或謂簡妙勝默作。此『到』字未穩，若更易『到』字作『一』字，天然之句也。」夫詩旨有以虛爲實、以實爲虛者，又有以静爲動、以動爲静者，此詩家三昧。如「吳越到江分」，乃吳越形勢，天造地設，固勿論。而謂「到江分」，此用「到」字活動「吳越」字。至「吳越一江分」，唯形容其形勢而無意味。若以「到」字爲未穩，乃杜甫「碑到百蠻開」、王維「連山到海隅」、明陳璉「山到海門稀」、王元美「山到一江分」皆不穩乎？何其論詩之陋也。謝君一世袖領猶且如之，况於我輩乎？

啼猿

謝茂秦曰：「作詩先以一聯爲主，更思一聯配之，俾其相稱，縱不佳，姑存以爲筌句。筌者，意在得魚也。然佳句多從庸句中來，能用取魚棄筌之法，辭意兩美，久則渾成，造名家不難矣。釋皎然《賦得啼猿送客》詩曰：『萬里巴江外，三聲月峽深。何年有此路，幾客共沾襟。斷壁分垂影，流泉入苦吟。淒凉離别後，聞此更傷心。』予觀其前聯平澹意長，餘皆筌句。予削疵强半，稍變氣格。髡翁復起，可能心服否乎？迺附於後曰：『聽爾巴江夕，愁人巫峽深。何年有此路，幾客共沾襟。

倒影迴清澗，哀聲出遠林。東西無定處，偏感宦遊心。』此所謂假古人之作爲己稿是也。」甚矣哉，謝氏改詩也。夫詩旨之妙正如藕絲，斷而不斷也。「三聲月峽深」一句即藕絲也。猿聲與月峽同深，何年開路於斯，不開而可。然旅人往來其路，聽此哀之。及其哀之，仰而望，即「斷壁分垂影」，月已深也。俯而看，即「流泉入苦吟」，峽自深也。夫如是，則離别後莫更傷心哉。「更」字最深最切，此藕絲之所紐也。謝氏不知其旨，而改作曰「聽爾巴江夕」，即聽爾哀聲也。「愁人巫峽深」，即宦遊人不堪其哀也。起、接已説盡下句，然則「哀聲出遠林」「偏感宦遊心」二句可謂添蛇足也。余不顧固陋而狂言，坐於斯。雖然，髡翁復作，豈莫導余於安養，而墮謝于泥黎哉？

四勿

孔子曰：「非禮勿視，非禮勿聽，非禮勿言，非禮勿動。」夫不謂「非禮勿嗅」者何？其爲形也，獨居獨立，居若死，動若械，亦不知所以居，亦不知所以動，亦不以衆人之觀易其容態，亦不謂衆人之不觀恣其利欲，犆受香臭矣而已。此聖人所以啓教於言外也。今使心如之而死生詩書，俯仰今古，則天倫師友，一室惟馨，晝也與之遊，夜也與之息，有其餘力，效唐泝漢，茹吐精華，薰蒸性情，乃不知不識，順帝之則，極流動，極變化，心所欲無底滯，而温柔敦厚已溢於言外，至夫垔漫其端之候，其樂如何？

八米

元稹詩曰「八米詩章未伏盧」，張祜詩曰「多聞八米詩」，羅隱詩曰「地推八米源流盛」。《北史·盧思道傳》曰：「文宣崩，當朝文士各作挽詩十首，擇其善者而用之。魏收、揚休之、祖孝徵等不過一二首，惟思道獨得八篇，故時人稱爲『八米盧郎』。」《西溪叢話》曰：「關中語歲以六米、七米、八米分上中下，言在穀取八米，取數之多也。」方蜜之曰：「八米當是八采。按吳虎臣以孔毅父《續世說》載北盧思道此事作八采，又以五木戲，其八爲琨采，王采之中有采曰白，因謂之白八。近時姚寬蓋臆說也。而今之《古詩紀》仍刻《西溪叢話》。」方氏說非也。博戲，惡業也。故哀公問孔子曰：「吾聞君子不博，有諸？」孔子曰：「有之。爲其兼行惡道也。」今用惡道，而謂源流盛邪？「米」不可作「采」。豈有以天子挽歌，比惡道之理矣哉？然方氏改米以采，必有以也。《潛確類書》曰：「博局戲以五木爲子，有梟盧雉犢，爲勝負之采。」蓋因盧姓，以附盧采，可以嘔噱也。

宮斜

《春明退朝録》曰：「唐内人墓謂宮人斜。」無功曰：「唐以前已有之。廣陵玉鈎斜，隋煬帝葬宮人處。」咸陽舊墻内有内人斜。方蜜之曰：「青藤《路史》曰：『宮人葬處名野狐落。蓋地之偏斜者皆呼斜，如褒谷、斜谷以斜名。樂府有狹斜。宮人葬處，其地名斜，故因謂之。』」方氏說非也。班固

《西都賦》曰「右界褒斜」，注云「二水名。泝漢七里有褒谷。南口曰褒，北口曰斜，長四百七十里」。謂之偏斜可乎？又作狹斜之斜以看之，已欠允當，而無落著。「斜」與「窩」通，藏也，窟也。隋帝諱其在宫墻内，而謂玉鈎斜，蓋華飾之辭也。唐又因循其名，可知也。

拗體

凡天下之事，有正則有權。權也者，變也。故孔子曰：「可與適道，未可以立也。可以立，未可與權也。」夫權者，聖人之所獨見，故先忤而後合者謂之知權。先合而後舛者，謂之不知權。不知權者，善反醜矣。詩律之於正變亦如之。虞世南詩曰：「萬瓦宵光曙，重簷夕霧收。玉花停夜燭，金壺送曉籌。日暉青瑣殿，霞生結綺樓。重門應啓路，通籍引王侯。」沈佺期詩曰：「南渡輕冰解渭橋，東方樹色起招摇。天子迎春取今夜，王公獻壽用明朝。殿上燈人争烈火，宫中偵子亂驅妖。宜將歲酒調神藥，聖祚千春萬國朝。」二首變體，四唐中僅是已。其他篇什，千變萬紾，自正蹠變，自變蹠正，緩急中度，抑揚應節。無結一迹之塗凝滯而不化矣。謝在杭曰：「拗體始自少陵，第可偶爲之耳。太素之色，朱絃之聲，時一浩歌，足清俗耳，然終非其至也。既已謂律矣，可不謹嚴乎？後人效颦，徒增其醜。藏拙者什五，取便者什三。」謝氏未知拗體之起于初唐，而曰拗體始自少陵，第可偶爲之耳。此所謂未可與權者也。如其正體，則千人亦言，百人亦言。至夫拗體，乃變怪百般，鬼出電入，無有津涯。此非藏拙取便者所企及也，豈論三五於其間哉？雖然，學步正體與效顰變體，皆排比其平仄而已。其知正變者之于四唐也，所謂指其掌者乎？斯之謂知權也。

石闕

古詩曰「石闕口中生，銜悲不得語」，闕一作闊。石闕謂碑。碑，悲也。楊用修《寒夕》詩曰：「東北垂老別，前後苦寒行。旅鬢年年秃，羈魂夜夜驚。春鉏匈内貯，石闕口中生。讀書有今日，曷不早供耕。」春鉏，鷺也。鷺，即道也。對得而巧。

鄭牛

《三齊記》曰：「鄭康成山下生中，如大韮，一葉尺餘〔一〕。土人名爲康成書帶中。」唐揚衡詩曰〔二〕「鄭牛識字吾常嘆，丁鶴能歌爾亦知」，諺曰「鄭玄家牛觸墻成八字」。今人唯知書帶中，而無知鄭牛者。

〔一〕尺：底本訛作「赤」，據《類説》卷四十引《三齊記》改。

〔二〕揚衡：當作「白居易」。句見《白氏張慶集》卷二十六《雙鸚鵡》。

方言

王勉夫曰：「唐人有以俗字入詩中用者。如張祜詩『銀注紫衣擎』，曰『酒引嬌娃活牡丹』，曰『歸來不把一文錢』。許渾詩『橘邊沽酒半壚空』。元稹詩『櫓窸動摇妨客夢』。杜甫詩『遮莫鄰鷄下五更』。杜荀鶴詩『子細尋思底模樣』，曰『帝鄉吾土一般般』，曰『萬般莫染耳邊風』。戴叔倫詩『秋風裏許杏花開，李樹旁邊辟客來』。王建詩『楊柳宫前忽地春』，曰『萬事風吹過耳輪』，曰『朝回不向諸餘處』。此類甚多。遮莫，猶言盡教也。干寶《搜神記》：『張華以獵犬試狐，狐曰：遮莫千試萬慮，其能爲患乎？』旁邊二字見徐陵雜曲。」今又記其一二。元稹詩「試問酒旗歌舞地，今朝誰是拗花人」。折花謂拗花。古樂府有《拗楊柳枝》。又「天子下簾親考試，宫人手裏過茶湯」。方蜜之曰：「辰州人謂以物予人曰過。」王建詩「只恐他時身到此，乞求自在得還家」。陶九成曰：「乞求，蓋謂正欲若是也。然唐已有此言。」花蕊夫人詩「種得海柑才結子，乞求自過與君王」。又王建詩「大儀前日暖房來」，又「新晴中色暖温暾」。陶九成曰：「今之入宅與遷居者，鄰家醵金治具過主人飲，謂之暖屋。暖屋之禮其來尚矣。」南人方言曰温暾，乃懷暖也。孟浩然詩「更道明朝不當作，相期共鬪管絃來」。杜甫詩「主人送客何所作」。權德輿詩「少婦無所佐」。蔡寬夫曰：「吴人以作爲佐音，不知當時所呼通爾。」杜甫詩「長年三老歌聲裏，白晝攤錢高浪中」。陶九成曰：「吾鄉稱舟人之老者曰長老。《古今詩話》謂川峽以篙手爲三老，海舶中以司柁曰大翁，是亦長老三老之意。」白居易詩「如今格是頭成雪，彈到天明亦任君」。元稹詩「隔是身如夢，頻來不爲名」。洪邁曰：「格與隔二字義同。格是，猶言已如是也。」劉禹錫詩「花面丫頭十二三，春來綽約向人時」。陶九成曰：「吳中呼女子之賤者爲丫頭。」陸龜蒙詩「方頭不會王門事，塵土空緇白紵衣」。陶九成曰：「俗謂不通時宜者爲方頭。」杜牧之詩「至竟薛亡爲底事」。至竟又作止竟，又作畢竟，義同。釋皎然詩「疊花新雨浄，帆葉好風輕」。自注云：「海人以木葉爲帆。」又「寒園掃綻葉，秋浪拾乾薪」。自注：「楚人呼養柴爲秋浪。」秋浪二字最妙。

字法

王勉夫曰：「杜牧詩曰『几席延堯舜，軒墀立禹湯。一千年際會，三萬里農桑』，又曰『四百年炎漢，三十代宗周』，又曰『二三里遺堵，八九所高丘』。孟郊詩曰『見説祝融峰，擎天勢似騰。藏千尋布水，出十八高僧』。唐詩多有此體，雖若齟齬，其實協律。不但七言爲然。元稹詩曰『庚公樓悵望，巴子國生涯』。賈島詩曰『一千尋樹直，三十六峰寒』。」今按杜牧、孟郊諸公詩，皆字法變化，而不可謂協律也。律也者，即音律之律也。平仄穩順，謂之協律可也。如五言句乃以上二字屬下三字，七言句以上四字屬下三字，爲之正格。今以上三字屬下二字，此乃字法變化，豈得謂之協律哉？釋皎然詩「茶影中殘月，松聲裏落泉」，釋齊己詩「五七言中苦，百千年後清」，廖融詩「紅躑躅繁金殿暗，碧芙蓉笑水宮秋」，宋丁謂詩「九萬里鵬重出海，一千年鶴再歸巢」等字法是也。然初、盛之際無此字法，如杜審言詩「暫將弓並曲，翻與扇俱圓」，杜甫詩「日兼春有暮，愁與醉無醒」等字法間有之。

微禹

王勉夫曰：「語有不當文理，而承襲用之，不以爲異者。如宋氏詔曰『謝元勳參微管』，陳蕭沆表曰『功深微禹』是也。取『微管仲，吾其被髮』『微禹其魚』之謂。而曰勳參微管、功深微禹，似不當文理。前此潘安仁詩嘗曰『豈陋微管』，謝玄暉詩『微管寄明牧』。後此如《劉義康傳》『臣以頑昧，獨獻微管』，《傅亮碑》『道亞黄中，功參微管』。似此用『微管』甚多。前輩謂東坡詩曰『不向如皋問射雉，歸來何以得卿卿』。按《左傳》賈大夫娶妻美，御而以如皋。『如』訓『往』，非地名曰如皋。坡誤用之耳。古樂府，張正見、毛處約、江總等《雉子班》詩，皆以如皋爲地名用之。此誤非始於坡。余得此詩，後檢諸家詩注，見趙次公亦引其間一詩，乃知暗合孫吴。又觀《宋書》，明帝射雉無所得，謂侍臣曰：『吾且來如皋，空行可笑。』陳蕭有《射雉詩》『今日如皋路，能將巧笑回』。」夫古語文字，不可省而省以用之者，謂之歇後語。歇後語甚多。如微如二字，乃可省而不省，以用之者。古來此二事而已，然前賢皆用之。此亦一種之典故，我輩用之可也。

雁花

杜甫詩「燈前細雨簷花落」，謂簷前雨映燈如花也。皮日休用「皀花」二字。皀花，酒名。出梁簡文帝集，今忘失其詩。薛逢詩「夜雨暗江漁火出，夕陽沈浦雁花收」。雁花，蘆花也。「雁花」字奇。

雙字

詩下雙字極難。是七言五言之間，除去五字三字外，精神興致全見於兩言。又有一句疊三字者，如吴融《秋樹》詩曰「一聲南雁已先紅，摵摵淒淒葉葉同」是也。又有一句連三字者，如劉駕曰「樹樹樹梢啼曉鶯」，又「夜夜夜深聞子規」是也。又有三聯疊字者，如古詩曰「青青河畔中，鬱鬱園中柳。盈盈樓上女，皎皎當囱牖。娥娥紅粉妝，纖纖出素手」是也。又有七聯疊字者，韓愈《南山》詩曰「延延離又屬，夬夬叛還遘。喁喁魚闖萍，落落月經宿。誾誾樹墻垣，巘巘架庫廄。參參削劍戟，煥煥銜瑩琇。敷敷花披蕚，鬫鬫屋摧霤。悠悠舒而安，兀兀狂以狃。超超出猶奔，蠢蠢駭不懋」是也。至其極工緻也，無過杜甫者。其詩曰「戚戚去故里，悠悠赴交河」，又「颼颼林交響，慘慘石狀變」，又「水清石礧礧，沙白灘漫漫」，又「汲井歲榾榾，出車日連連」，又「洄洄山中水，冉冉松上雨」，又「衝衝去絶境，杳杳更遠適」，又「竿濕煙漠漠，江永風蕭蕭」，又「野日荒荒白，江流泯泯清」，又「山市戎戎暗，江雲浛浛寒」，又「沈沈春色静，慘慘暮寒多」，又「無邊落木蕭蕭下，不盡長江衮衮來」，又「江天漠漠鳥雙下，風雨時時龍一吟」，又「娟娟戲蝶過閒幔，片片輕鷗下急湍」，又「客子入門月皎皎，誰家搗練風淒淒」，又「風含翠篠娟娟浄，雨裛紅蕖冉冉香」，又「小院迴廊春寂寂，浴鳧飛鷺晚悠悠」，其他雙字不可勝校，皆極工而不覺巧。如王安石「新霜浦漵綿綿白，薄晚林巒往往青」，蘇子瞻「浥浥爐香初泛夜，離離花影欲摇春」，陳鑒之「彎彎竹徑霏霏雪，小小溪橋淡淡雲」，白玉蟾「淡淡著煙濃著月，深深籠水淺籠沙」，李夢陽「層崖客到蕭蕭雨，絶頂人居浛浛寒」，高啓「寒依疎影蕭蕭竹，春掩殘香漠漠苔」，王元美「插天衡岳層層碧，繞郭湘江細細流」，張助父「楮葉熒熒遥入宋，楊花冉冉獨游梁」，又「蕭蕭哀鴻參斷吹，戎戎寒霧挾寒濤」諸句，皆可以追配杜甫，然不能出其範圍。讀者當深染指矣。

王維

王維《輞川閒居》詩曰：「一從歸白社，不復到青門。時倚簷前樹，遠看原上村。青菰臨水映，白鳥向山翻。寂漠於陵子，桔槔方灌園。」頷聯無言之妙境，自然之俊味，一唱三嘆，欲罷不能。王元美曰：「王維才勝孟浩然。由工入微，不犯痕跡，所以爲佳。間有失點檢者，如五言律『一從歸白社，不復到青門』，青白重出。其他往往有之，雖不妨白璧，能無少損連城？觀者須略玄黄取其神駿。」元美未嘗知分隸之法，故妄以爲失點檢。最是由工入微之處，學者必可借以自文也，其故那也？盧照鄰詩「梅嶺花初發，天山雪未開。雪處疑花滿，花邊似雪迴」，乃以花、雪二字分隸於頷聯。王維詩「萬壑樹參天，千山響杜鵑。山中一夜雨，樹杪百重泉」，又以山、樹二字分録於頷聯。若白社、青門，雖分隸於頸聯乎，於其法乃一也。且如沈佺期《龍池篇》、崔顥《黄鶴樓》、杜甫《吹笛》《野望》等諸篇，皆以起首字分隸於頷聯，此乃分隸之法也，謂之失點檢可乎？元美唯論王維詩，而不知沈佺期諸公詩，那也？然及晚年始知分隸之法，故其詩曰：「覓句驚徒得，呼杯幸勿空。句堪今日老，杯借片時雄。」此亦以句、杯二字分隸於頷聯，豈莫「尤人效尤」之呰哉？謝茂秦《衛水》詩曰：「城外河流白練長，城中萬户正秋光。秋來偏作還家夢，河水東流到故鄉。」全效沈佺期《邙山》詩，可謂能得其法者也。冷朝陽《游華嚴寺》詩曰：「同遊雲外寺，渡水入禪關。立掃囱前石，坐看池上山。有僧飛錫到，留客話松間。不是緣名利，好來長伴閑。」頷聯與王維同機軸。然掃石而看山，意盡語中，其不及也。豈啻頷聯，其盛晚之爲别，可概見矣。

花鷁

今人以艦爲戰舟，非戰舟專有艦名也。上下重牀曰艦，即舟之通稱也。李紳詩曰「橋轉彩虹當綺殿，艦浮花鷁近蓬萊」是也。

笑青

韓琮詩曰：「緑暗紅稀出鳳城，暮雲宫闕古今情。行人莫聽宫前水，流盡年光是此聲。」韋莊詩曰：「緑映紅藏江上村，一聲鷄犬似仙源。閉門盡日無人到，翠羽春禽滿樹喧。」起句同機軸，至全篇乃韓氏奪梭。孫鮑詩曰「輟棹南湖首重迴，笑青吟翠向崔嵬。天應不許人全見，長把雲藏一半來。」「笑青吟翠」四字最奇。

梅雨

梅熟之時多久雨，故曰黄梅雨，或曰梅雨天，或曰梅天雨。然梅之爲言，黴也。《説文》曰：「黴者，物中久雨青黑也。」温庭筠詩曰「三秋梅雨愁楓葉，一夜蓬舟宿葦花」。然則凡四時之久雨皆謂梅雨可也。

端五

《容齋隨筆》曰：「唐玄宗以八月五日爲千秋節。張説上《大衍曆序》曰：『謹以開元十六年八月端午獻之。』《唐類表》有宋璟《請八月五日爲千秋節表》云〔一〕：『月惟仲秋〔二〕，日在端午。』然則凡月之五日，皆可稱端午也。」今按端午本作端五。周處《風土記》曰：「仲夏端五，烹鶩角黍。」元袁易《重午客中》詩曰：「往恨湘纍遠，他鄉楚俗同。流傳存弔祭，汩没見英雄。竹葉於人緑，榴花今日紅。未須嗟旅泊，吾道豈終窮。」頗有老杜之門風。高啓《端陽寫懷》詩曰：「去歲端陽直禁闈，新題帖子進彤扉。大官供饌分蒲醑，中使傳宣賜葛衣。黄皺迴廊朝旭澹，玉爐當殿午薰微。今朝寂漠江邊卧，閑看遊船競渡歸。」中唐之佳境。

玄石

徐仁中《荊楚歲時記注》曰：「邯鄲曹碑曰：『五月五日，時迎伍君。逆濤而上，爲水所淹。』斯又東吴之俗事，子胥不關屈平。」今按《後漢書》曰：「梁竦濟沅湘，感悼子胥、屈原以非辜沈身，乃作《悼騷賦》，繫玄石而沈之。」據此乃有吊子胥者，或有吊屈平者，豈得謂不關屈平哉？「玄石」字甚奇，唐宋以來絶無用之者。

〔一〕底本《唐類表》下衍「曰」，據《容齋隨筆》卷一删。云：底本脱，據《容齋隨筆》卷一補。
〔二〕月：底本訛作「曰」，據《容齋隨筆》卷一改。

七夕

梁庾肩吾詩曰：「玉匣卷懸衣，鍼樓開夜扉。姮娥隨月落，織女逐星移。離前忿促夜，别後對空機。倩語雕陵鵲，填河未可飛。」「忿」字甚强而似丈夫。「雕陵鵲」見《莊子》，然不關鵲橋之事，故曰「倩語」。隋王昚詩曰：「天河横欲曉，鳳駕儼應飛。落月移妝鏡，浮雲動别衣。歡逐今宵盡，愁隨還路歸。猶將宿昔淚，更上去年機。」已開盛唐之妙境。唐太宗詩曰：「霓裳轉雲路，鳳駕儼天潢。虧星凋夜靨，殘月落朝璜。促歡今夕促，長離别後長。輕梭聊駐織，掩淚獨悲傷。」許敬宗詩曰：「牛閨臨淺漢，鸞駟涉秋河。兩懷縈别緒，一宿度停梭。星模鉛裏靨，月寫黛中娥。奈許今宵度，長嬰離恨多。」二首置之齊梁，何可辨别？許氏頸聯最是工緻。

中秋

唐宋以來，賦中秋者不可勝數，至其傑出甚鮮矣。韓偓《中秋禁直》詩曰：「星斗疎明禁漏殘，紫泥封後獨憑攔。露和玉屑金盤冷，月射珠光貝闕寒。天襯樓臺歸苑外，風吹歌管下雲端。長卿只爲長門賦，未識君王際會難。」中秋傑作，古今第一。南唐廖凝《咏中秋月》與《聞蟬》，此亦爲絶唱。《中秋》詩曰：「九十日秋色，今宵已半分。孤光吞列宿，四面絶微雲。衆木排疎影，寒流叠細紋。遥遥望丹桂，心緒正紛紛。」《聞蟬》曰：「一聲初應節，萬木已西風。偏感異鄉客，先於離寒鴻。

日斜金谷静，雨過石城空。此處不堪聽，蕭蕭千古同。」宋秦觀詩曰：「雲山簷楯接低空，公宴初開氣鬱葱。照海旗旛秋色裏，激天鼓吹月明中。香槽旋滴珠千顆，歌扇驚圍玉一叢。二十四橋人望處，台星正在廣寒宫。」頷聯全是唐人，然至頸聯見本色。可惜。

菊日

隋賀凱《奉和九月九日》詩曰：「商飆凝素籥，玄覽賁黄圖。曉霜驚斷雁，晨吹結棲烏。寒花低岸菊，涼葉下庭梧。澤宫申舊典，相圃叶前模。玉砌分雕戟，金溝轉鏤戳。帶星飛夏箭，映月上軒弧。慶展簪裙洽，恩融風露濡。天文發丹篆，寶思掩玄珠。承歡徒聳抃，負弛竊忘軀。」雖沈宋不過也。王安石《九日登東山》詩曰：「城上啼烏破寂寥，思君何處坐岧嶤〔一〕。應須緑酒醻黄菊，何必紅裙弄紫簫。落木雲連秋水渡，亂山煙入夕陽橋。淵明久負東籬醉，猶分低心事折腰。」全篇清雅，不減劉長卿。薩天錫《登石頭城》曰：「九日吟鞭聚石頭，翠微高處倚清秋。西風不定雁初度，落日無邊江自流。兩眼欲窮天地觀，一杯深護古今愁。烏台賓主黄花宴，未必龍山是勝遊。」當與安石詩爲頡頏也。張養浩詩曰：「一行作吏廢歡遊，九日登臨擬盡酬。詩有少陵難著語，菊無元亮不成秋。雲山自笑頭將鶴，人海誰知我亦鷗。幸遇佳辰莫厭醉，浮雲今古劇悠悠。」如杜甫《九日

〔一〕岧嶤：底本訛作「崔嵬」，據《臨川文集》卷二十四改。

藍田崔氏莊》《九日登高》二篇，乃古今絶唱。故曰「詩有少陵難著語，菊無元亮不成秋」，翻用唐人「不迎歌妓不成春」句。「雲山」二字輕窕，而不切於鶴髮。今人皆取此等作，而不問賀凱、杜甫篇什，是余所不解也。九日謂「菊日」，見李空同集。

静荆

唐宋以來，用篳門、柴門、柴關、柴荆、閑扉、山扉、岩扉、柴户、茅茨等字者，不可勝數也。然篳門出《左氏傳》曰「篳門圭竇」，柴門出《晉書》曰「清真守道，抗志柴門」。李端詩曰「向日開柴户，驚秋問敝袍」。茅茨出《墨子》曰「茅茨不剪」。然有「蓬茨」字，絶無知者。《前漢書・王褒傳》曰「生於窮巷之中，長於蓬茨之下」是也。暢當詩曰「孤柴泄煙處，此中山叟居」，杜荀鶴詩曰「直待中興後，方應出隱扉」，釋齊己詩曰「暫憩臨流水，時來叩静荆」，如静荆、隱扉、孤柴等字尤奇，然無用之者。

絶句

楊用修曰：「晉釋帛道猷《陵峰采藥》詩曰：『連峰數千里，修林帶平津。雲過遠山翳，風至梗荒榛。茅茨隱不見，鷄鳴知有人。閒步踐其徑，處處見遺薪。始知百代下，故有上皇民。』上四句古今絶唱也〔一〕，有石刻在沃州嵓。按《弘明集》亦載此詩。本八句，其後四句不稱，獨刻此四句。道猷自删之耶〔二〕？別有高人定之耶？宋秦少游詩曰『菰蒲深處疑無地，忽有人家笑語聲』，道潛詩曰『隔林仿佛聞機杼，知有人家在翠微』，雖祖道猷意而不及。庚溪作《詩話》，謂『少游、道潛比道猷尤爲精練』。所謂蘇糞壤以充幃〔三〕。」楊氏所論極爲中肯。明劉球《山居》詩曰：「水抱孤村遠，山通一徑斜。不知深樹裏，還住幾人家。」此亦祖道猷。然訪山居之詩，而非山居之詩。何則？今居其處，而不可謂不知其家也。高璧《雲林書屋》詩曰：「漠漠山中雲，藹藹雲中樹。不聞絃誦聲，那知有人住。」雲林，蓋倪雲林也。此亦雖祖前詩，下「不聞、那知」四字，而意盡語中，可謂述者不及作者也。

魚梵

嚴維詩曰「魚梵空山静，紗燈古殿深」。《太平御覽》曰：「《異苑》曰：陳思王嘗登魚山臨東阿，

〔一〕上四句：指「連峰數千里，修林帶平津。茅茨隱不見，鷄鳴知有人」四句。按《升菴集》原文僅引此四句，下文作「此四句古今絶唱也」。
〔二〕自：底本訛作「日」，據《升菴集》卷五十五改。
〔三〕充：底本訛作「克」，據《升菴集》卷五十五改。

忽聞嵒岀裏有誦經聲。清通深亮，遠谷流響，肅然有靈氣。不覺斂衿祗敬，便有終焉之志。即效而則之，今梵唱皆植依擬所造。」《廣弘明集》及《梁高僧傳》亦載梵唄起于陳思王曹植。周庾信詩曰「魚山將鶴嶺，清梵兩邊來」，故梵唄曰魚梵。王阮亭曰：「東阿魚山，是陳思聞梵處，冢墓在焉。即《瓠子歌》之吾山是也。」袁中郎詩曰「幽囱漁梵冷，童子印香終」，中郎誤魚作漁。或曰「漁梵即漁山之梵唄也」，誠爲可笑。司空圖詩曰「松日明金像，苔龕響木魚」。劉斧《摭言》曰：「木魚者，魚晝夜不合目，修行者忘寐修道，魚可化龍，凡可入聖也。」釋尚顔詩曰「魚燈延臘火，獸炭化春灰」。魚燈非魚油，即木魚之魚，謂傳燈無白日也。

孱顔

《亢倉子》曰「亢倉子居羽山之顔」。注曰「顔，巔也」。司馬相如賦曰「放散畔岸，驤以孱顔」。注曰「山高貌」。一云「孱與巉通，顔與嵒通」。釋覺範詩曰「歸晚斷橋逢野水，更能揎手弄潺顔」。義與孱顔異，謂潺湲水面也。馬臻詩曰「投老尚餘詩强項，遣愁翻被酒孱顔」。義又與相如所謂孱顔異。孱，弱也。

乘籃

曹植詩曰「我有柳癭樽」，謝鮑詩曰「花蔓引藤輪」，杜甫詩曰「長歌敲柳癭，小睡憑藤輪」，聯合二句而作一聯，造化可見。白居易詩曰「驛吏引藤轝，家童引竹扉」。藤輪即藤轝也。《南史》曰：「陶潛有腳疾，使一門生二兒舉籃轝。」戴叔倫詩曰「乘籃高士去，繼組鄙夫留」，司空圖詩曰「乘籃若有暇，精舍在林間」，所謂歇後語。今人使用者絶無之。蓋有之也，我未之見矣。

茶樽

釋皎然詩曰「書院常無客，茶樽獨對余」。樽者，盛酒器，千萬人所知。若茶樽乃貯茶之樽，而非謂茶與酒也。蓋以茶當酒故也。

叢杯

梁劉孝威詩曰「丹杯水澂，絳采葩榮」，王績詩曰「春釀煎松葉，秋杯浸菊花」，王勃詩曰「風筵調桂軫，月徑引藤杯」，方干詩曰「春物誘才歸健筆，夜歌牽醉入叢杯」。皆奇字也。

偏舟

扁舟二字，唐宋以還詩人套語。小舟曰扁舟。至偏舟字，絶無用者。《後漢書》曰「乘偏舟於五湖」，注云「偏舟，特舟也」。王績詩曰「范蠡何智哉，單舟戒輕裝」。扁舟、偏舟、單舟，義皆同。

傍字

李白詩「雲傍馬頭生」，杜甫詩「月傍關山幾處明」，王維詩「香煙欲傍袞龍浮」，皆作仄聲，其他餘不可爬梳。徐夤詩「旗傍緑樹遥分影，馬蹋浮雲不見蹤」，其爲之平聲者，徐夤一人耳。記而問宏識。

去韻

《竹坡詩話》曰：「余讀東坡《和梵天僧守詮小詩》，所謂『但聞煙外鐘，不見煙中寺。幽人行未已，中露濕芒屨。唯應山頭月，夜夜照來去』。未嘗不喜其清絶過人遠甚。晚遊錢塘，始得詮詩，曰：『落日寒蟬鳴，獨歸林下寺。松扉竟未掩，片月隨行屨〔一〕。時聞犬吠聲，更入青蘿去。』乃知其幽深清遠，自有林下一種風流。東坡老人雖欲回三峽倒流之瀾與溪壑争流，終不近也。」今按唐宋以來小詩，壓「去」字韻者，無不極其幽邃清絶。沈頌《早發西山》詩曰：「繚繞松篠中，蒼茫猶未曙。遥聞孤村犬，暗指人家去。」即古詩中四句，此守詮所祖。明唐順之《竹徑》詩曰：「面面隔深竹，茅齋在何處。遥聞犬吠聲，試從此路去。」姜克誠《湖堂早起》詩曰：「江月曉欲沈，宿雲寒未去。但聞

〔一〕屨：底本訛作「履」，據《竹坡詩話》改。

柔櫓聲，不見舟行處。」詮詩全祖沈頌〔一〕，然不可軒輊。至唐氏乃下「此路」二字，而大減神韻。如姜氏則幽遠超逸，雖東坡不能過也。

天聲

石曼卿詩曰「無私乃時雨，不殺是天聲」。天聲，雷聲也。見《後漢書》。又揚雄《甘泉賦》「天聲起兮勇士厲」，班固《燕然銘》「振大漢之天聲」，韓休詩「定功彰武事，陳頌紀天聲」，崔日用詩「暫勞期永逸，赫矣振天聲」。天聲一曰雲聲，見佛家書可尋。天聲、雲聲，四字尤奇。

大夫

唐人以來賦松者，動則用封大夫事。李嶠詩曰「鶴棲君子樹，風拂大夫枝」，晋左九嬪《松柏賦》曰「雖凝霜而挺幹，近青春而秀榮。若君子之順時，似真人之抗貞」。故曰君子樹，可謂的對也。王維詩曰「桃源迷漢姓，松徑有秦官」，變化典故，最得其妙。然今人以大夫事爲出《史記》，《史記》無之。曰：「秦始皇上泰山立石，封祠祀下。風雨暴至，休於樹下。因封其樹爲五大夫。」《漢官儀》曰「秦始皇封太山，逢疾風暴雨。賴得松樹，因覆其下。封爲五大夫」是也。

〔一〕頌：底本訛作「碩」，據《全唐詩》卷二百二改。

雷同

唐人詩句不厭雷同，絶句尤多。杜牧詩曰：「何處胡笳薄暮天，塞垣高鳥没狼煙。遊人一聽頭堪白，蘇武争禁十九年。」胡曾詩曰[一]：「漠漠黄沙際碧天，問人云此是居延。停驂一顧遊魂斷，蘇武曾消十九年。」王元美詩曰：「禿節漁陽去不還，當時無夢更朝天。莫驚客鬢如蘇武，若個能禁十九年。」林春元七歲能詩，適有牧羊者指爲題，即應聲曰：「三百群中獨步先，有時高叫白雲天。曾從北海風霜裏，伴過蘇卿十九年。」謝在杭詩曰：「沙滿旃裘雪滿天，節旄零落海雲邊。上林飛雁來何晚，空牧羝羊十九年。」各有風味，然杜牧爲最。其他雷同，不可僂指。故記其一二。

述者

詩有偶襲古人者，亦有襲而愈工者。句有偶述古人者，亦有述而愈拙者。蓋思索愈精則語愈深也。庾信《宇文盛墓誌》曰：「受圖黄石，不無師表之心；學劍白猿，遂得風雲之志。」李白則曰「白猿慚劍術，黄石借兵符」，作者不及述者。杜牧詩曰「授符黄石老，學劍白猿翁」，其爲卻步豈翅三舍？韓偓《早玩雪梅》詩曰：「北陸候纔變，南枝花已開。無人同悵望，把酒獨徘徊。凍白雪爲伴，

〔一〕曾：底本訛作「僧」。按此條出自《升菴詩話》，據改。

寒香風是媒。何因逢驛使，腸斷謫仙才。」宋晁端友《早梅》詩曰：「嶺梅何處早，雪裏看芳菲。北陸寒猶在，南枝春已歸。曉妝初見妒，殘角未成飛。引我江頭夢，清香憶滿衣。」端友取韓偓起、接，以用之於頷聯，全見醜態。何則？「雪裏看芳菲」，即寒威太甚之意。既已露出，不可又言「北陸寒猶在」。此述者不及作者。後周蘇子卿《梅》詩曰：「庭前一樹梅，寒多葉未開。秖言花似雪〔一〕，不悟有香來。」王安石《梅》詩曰：「墻角數枝梅，淩寒獨自開。遥知不是雪，爲有暗香來。」方虚谷曰：「『花是雪』與『花似雪』，一字之間大有徑庭。知花之似雪，而云不悟香來，則拙矣。不知其爲花，而視以爲雪，所以香來而不知悟也。荆公詩似更高妙。」虚谷徒論子卿落句，未知接句之妙。又稱安石落句，未知接句之拙。何者？梅花淩寒獨開，便已有知其不雪之意，又何待香來耶？句格盡與此同，大有徑庭。如子卿惟知寒多而未覺花開，故不知其爲花，而視以爲雪。且不曰「不覺香來」而曰「不悟」者，即雖有香來，然心辟於花與雪之間，故曰「不悟」。妙在言外。此亦述者不及作者。不知虚谷以爲如何。

團扇

虞世南《咏蟬》詩曰「居高聲自遠，非是藉秋風」，李百藥《宫怨》詩曰「今日持團扇，非是爲春

〔一〕似：底本訛作「是」，據《瀛奎律髓》卷二十改。

風」，崔道融《班婕妤》詩曰「自題秋扇後，不敢怨春風」，曹鄴《題庭中》詩曰「低回一寸心，不敢怨春風」，元陳自堂《題春風》曰「著柳成新緑，吹桃作故紅。衰顔與花發，不敢怨春風」，明許宗魯《班婕妤》詩曰「妾命由來薄，君恩豈異同。自憐團扇冷，不敢怨秋風」。世南、道融詩婉轉含蓄，説到不怨處；如百藥、曹鄴乃異曲而同工；至許、陳全是剽竊而無新意。

用力

《詩益嘉言》曰：「唐人詩喜以兩句道一事，曾茶山詩中多用此體。如『又從江北路，重到竹西亭』『若無三日雨，那得一年秋』『似知重九日，故放兩三花』『又得清新句，如聞謦咳音』『如何萬家縣，不見一枝梅』，此格亦甚省力也。」此乃用力而非省力。如王勃《送杜少府之任蜀州》詩「與君離別意，同是宦遊人」，宋之問《寒食》詩曰「可憐江浦望，不見洛陽人」，玄宗《送賀知章》詩「豈無惜賢達，其如高尚心」，李白《送友人》詩「此地一爲别，孤蓬萬里征」，孟浩然《宿立公房》詩「何如石岩趣，自入户庭間」，又《梅道士亭》詩「隱居不可見，高論莫能酬」，杜甫《題山水圖》詩「人間長見畫，老去恨空聞」，釋齊己《早梅》詩「前村深雪裏，昨夜一枝開」等語，一意貫穿，一氣呵成。如其起、接既已的對，錙銖斤兩毫髮不差。故至前聯用一貫，後世謂之偷春格，正如梅花偷春色而先開也。此茶山之所以用力也。若笨腳蹈此，立見跌僵，讀者莫忽也。

矗苴

《荀子》曰「藍苴路作，似智而非；懦弱易奪，似仁而非」，楊倞曰「藍苴，未詳其義。苴讀爲姐，慢也。趙蕤注《長短經・知人篇》曰：『姐者，類智而非智。或讀爲姐，伺也。』今按，藍當作矗。《晏子春秋》曰「縵密不能，矗苴學者詘」，謂不能緻密而疏慢學問者，詘於人也。《堅瓠集》云：「今人作事不中道理者，曰蠢苴。《黄山谷集》曰『中州人謂蜀人放誕不循軌轍者曰川蠢苴』。」蠢當作矗，蓋字形之訛也。余屢用之詩中。

依隈

晩唐人屢用偎字。吴融詩曰「誰與詩人偎檻看，好於箋墨併分題」，譚用之詩曰「半簾緑透偎寒竹，一榻紅侵墜晩桃」。偎，近也。《列子》曰「神人心如淵泉，形如處女，不偎不愛」。又與隈通。徐鉉詩曰「憶共庭欄倚砌栽，柔條輕吹獨依隈」是也。

云云

《漢書·汲黯傳》曰：「上方招文學儒者，上曰吾欲云云〔一〕。」注曰：「所言欲施仁義也。」孟郊詩曰「潛怪何幽幽，魄説徒云云」，又曰「古詈舌不死，至今書云云」，李商隱詩曰「煙波遺汲汲，繒繳任云云」，施肩吾詩曰「何如一被風塵染，到老云云相是非」，蘇拯《頌魯》詩曰「傷哉絶糧議，千載誤云云」。又《史記·封禪書》曰「管仲曰『惜無懷氏封泰山禪云云」注曰「云云，山名，在梁父東」，又《莊子》曰「萬物云云，各復其根」是也。然異其義，故姑記之。

白練

唐徐鉉詩曰「積雨暗封青蘚徑，好風輕透白練衣」，自注曰「練，所於切」。蘇子瞻《尼童》詩曰「應將白練作仙衣，不許紅膏汙天質」，乃作仄聲用之。據此，乃平仄兩用可也。唐則天長壽二年詔書曰「天下尼當用白練爲衣」。我邦僧家皆以白練爲常服者，蓋其遺制也乎？

〔一〕曰：底本訛作「已」，據《漢書》卷五十改。

庚申

《避暑録》曰「道家言人身中有三尸，亦曰三彭。記人過失，庚申日乘人睡，告之上帝。學道者是日不睡，謂守庚申。唐末朝士會終南太極觀守庚申，程紫霄笑曰：『此吾師托是以懼爲惡者爾。』據牀求枕，作詩示衆，投筆，鼻息如雷。」其詩曰：「不守庚申亦不疑，此心常與道相依。玉皇已自知行止，示汝三彭説是非。」我邦俗間守庚申者，比屋可封，然此篇足以解其弊矣。《石林詩話》曰：「詩之用事不可牽强，必至於不得不用而後用之，則事辭爲一，莫見其安排鬭湊之跡。蘇子瞻嘗代人挽詩曰『豈意日斜庚子日，忽驚歳在巳辰年』，此乃天生作對，不假人力。温庭筠詩亦有甲子相對者，曰『風卷蓬根屯戊己，月移松影守庚申』，兩句本不相類，其題曰《與道士守庚申時聞西方有警事》。解後適然，固不可知。然以其用意附會觀之，疑若得此句而就之爲題者。此弊於用事之弊也。」苕溪曰「予嘗有一聯曰『雨天逢甲子，夜坐守庚申』」。按，唐宋以來用庚申字者，不一而足矣。許渾詩「年長每勞推甲子，夜寒初共守庚申」，周賀詩曰「自算天年窮甲子，誰同夜雨守庚申」，就中顔行者周賀、子瞻，至於苕溪陳腐可厭。如陸放翁詩「雖無隱士子午谷，寧愧詩人丁卯橋」，王豐夫詩曰「白髪衰天癸，丹砂養地丁」，明藩王詩「九關甲士圖功日，三輔丁男習戰年」，新奇可味。

行李

《左傳·僖三十年》「燭之武曰：『行李之往來』」，杜預曰：「行李，使人也。」《襄八年》「晉責鄭曰『亦不使一個行李』」，注曰「獨使也。」按李與理通，行李即行理也。《通雅》曰：「行李，行使也，即裝任也。李東陽曰『岑，爲古使字。改行李爲行使。』馬永卿、彭乘曰：『《左傳注》皆解行李爲使，今人以行裝爲行李，非。』永卿又載亳州祈家孫奭書尺有云：『行李鼎來，蓋行使也。古李從山下人、人下子，作岑。後人轉作李。』智按：岑又與東陽説異。不知行李本義爲行理，使人行必有裝。鄭當時之『治行』、孟子之『治任』是也。則相沿以行李爲隨行之物，亦何不可？甚矣馬、彭之拘也。」此衆人所知也。然本邦行旅之人所賫之柳箱謂之行李，又謂柳行李，不知何代名之，蓋自宋人始。楊萬里《曬衣》詩曰「亭午曬衣晡褶衣，柳箱布襆自携歸」。《道山詩話》曰：「張文潛嘗言，近時印書盛行，而鬻書者往皆士人躬自負擔。有一士人盡掊其家所有約百餘千，買書入京。至中途遇一士人，愛其書而貧不能得，家有古銅器，將以貨之。而鬻書者雅有好古之癖，一見喜甚，乃相與估其値而兩易之，亟返其家。其妻方訝夫之回疾，視其行李磊磈然，鏗鏗有聲，問得其實，罵曰：『易此歸，饑如何食得？』其人曰：『他換我書去，饑時也如何食得？』因言人之惑也如此。坐皆絶倒。」此我邦所謂行李之所自也。

好好園詩話　坤

雙關

方干詩題曰：「袁明府以家醞寄余，余以山梅答贈。非唯四韻，兼亦雙關。」其詩曰：「封匏寄酒提携遠，織籠盛梅答贈遲。九度攪和誰用法，四邊窺摘自攀枝。樽壘泛蟻堪嘗日，童稚驅禽欲熟時。畢卓醉狂潘氏少，傾來擲去恰相宜。」每句互用醞梅事，故曰雙關。此又一種之體裁也。

醜態

陸凱詩曰「折梅逢驛使，寄與隴頭人」，張祜詩「折梅當驛路，寄與隴頭人」，「逢、使」作「當、路」，全見醜態。羊士諤詩「越女含情已無限，莫教長袖倚闌干」，李涉詩「關門不鎖寒溪水，一夜潺湲送客愁」，何景明詩「關門鎖寒水，日夜送潺湲」，夫關門雖嚴，溪水不可鎖。今關門鎖寒水，乃潺湲不可送。又曰「最愛高樓好明月，莫教長笛倚闌干」，乃改一字，醜態可見。謝茂秦曰：「賦牡丹詩『花神默默殿春殘，京洛名家見面難。國色從來有人妒，莫教長袖倚闌干』。及讀羊氏詩，因與暗合，遂删余作。」然則景明詩亦暗合者乎？雖則謂暗合，其於醜態即一也。

祖述

《復齋漫録》曰：「唐李敬方詩曰：『不向花前醉，花應解笑人。只因連夜雨，又過一年春。日日無窮事，區區有限身。若非杯酒裏，何以寄天真。』杜甫詩曰：『二月已破三月來，漸老逢春能幾回。莫思身外無窮事，且盡生前有限杯。』雖相緣，而杜則尤其上者也。世所傳『相逢不飲空歸去，洞口桃花也笑人』句，蓋出於敬方。」今按，敬方長慶年間進士，然則祖述杜甫必矣。如「相逢不飲空歸去，洞口桃花也笑人」句，乃祖王勃詩「相逢今不醉，物色自輕人」之句。王涯詩「爲報遼陽客，流光不待人」，亦祖陶淵明「及時當勉勵，歲月不待人」之句。然自有晋唐之别，讀者鑽味之。

湖目

唐人有偶假其字音以爲對屬者。睿宗詩云「地首地肺何曾擬，天目天台倍覺慚」，上官昭容詩云「懶步天台路，惟登地肺山」，以台對肺，蓋台、胎聲同也。岑參詩云「鷄鳴紫陌曙光寒，鶯囀皇州春色闌」，皇、黄聲同也。張喬詩云「根非生下土，葉不墜秋風」，下、夏聲同也。皮日休詩云「天台畫得千迴看，湖目芳來百度遊」，《唐詩鼓吹》湖目作湖月，非也。湖目，蓮子也。此亦以台對目，可謂珊巧也。

點化

曹松《送方干遊上元》詩曰：「天高淮泗白，料子趣修程。汲水疑山動，揚帆覺岸行。雲離京口樹，雁入石頭城。後夜分遥念，諸峰霧露生。」方虚谷曰：「中四句有位置處分。」明劉基《送謝恭》詩曰：「涼風起江海，萬樹盡秋聲。摇落豈堪别，躊躕空復情。帆過京口渡，砧響石頭城。爲客歸應早，高堂白髮生。」後聯暗合乎點化乎姑不論也，全篇秀逸閒雅，應與王孟高岑争顔行，曹松瞠若於其後焉。

市句

王維詩「水國舟中市，山橋樹杪行」，張喬詩「夜犬山頭市，春江樹杪船」，陸放翁詩「賣藥雲邊市，尋僧雨外山」，又「煙中賣藥市，月下採蓮舟」，明鄺露詩「晚虹橋外市，秋水月中槎」，諸句皆入妙境，放翁兩聯置於盛唐毫無愧色。又「湖平天鏡曉，山峭石帆秋」，宛然太白。

格同

裴交泰詩曰「一種娥眉明月夜，南宫歌吹北宫愁」，童孝標詩曰「長安一夜千家月，幾處笙歌幾處愁」，意不同而格俱一也。宋楊廷秀詩曰「一花卻有兩花影，東卧斜陽西卧波」，方子雲詩曰「西下夕陽東上月，一般花影有寒温」，格不同而意俱一也。

長松

宋張表臣《珊瑚鉤詩話》曰：「長松之名前世未有。晁以道居嵩少，叔易作詩求之云〔一〕：『松下花兮松下根，食之年貌與松鄰。君今既是松間客，采送衰翁亦可人。』以道答曰：『長松不經黄帝手，小劚漫翻嵩室雲。縱有何堪寄夫子，鼎頭竇氣日氤氲。』予亦和之云：『暫隱嵩高六六峰，未乘雲氣御飛龍。自餐白石求黄石，更采長松寄赤松。』」三首同調，表臣進跬步。杜甫詩曰「凍泉依細石，晴雪落長松」，顧况詩曰「庭前有個長松樹，半夜子規來上啼」，其不知之，何也？

樂府

《許彦周詩話》曰：「楊華既奔梁，元魏胡武靈后作《楊白華歌》，令宫人連臂蹈之，聲甚淒斷。柳子厚樂府曰：『楊白花，風吹渡江水。坐令宫樹無顔色，摇蕩春光千萬里。茫茫曉月下長秋，哀歌未斷城鴉起。』言婉而情深，古今絶唱也。魏舊歌曰：『陽春二三月，楊柳齊作花。春風一夜入閨闥，楊花飄落入南家。含情出户腳無力，拾得楊花淚沾臆。春去春來雙燕子，願銜楊花入窠裏。』」

〔一〕易：底本訛作「亦」，據《宋詩紀事》卷三十七補。

此辭亦自奇麗。録之以存古。出《樂府廣題》云〔一〕。」彥周「光」作「心」，「茫茫曉月下長秋」作「回看落日下長秋」，非也。舊歌末二句殆爲蛇足，删去則妙。

險諢

許彥周曰：「詩終篇有操縱，不可拘用一律。蘇子瞻『林行婆家初閉户，翟夫子宅尚留關』。始讀殆未測其意，蓋下有『娟娟缺月黄昏後，嫋嫋新居紫翠間』。繫懣豈無羅帶水，割愁還有劍鋩山』四句，則入頭不怕放行，寧傷於拙也。然繫懣羅帶、割愁劍鋩之語，大是險諢。亦何可屢打？」按此篇起、接，全祖杜甫詩「大家東征逐子回，風生洲渚錦帆開」體裁，故不怕放行。如其險諢，豈啻子瞻？其所自來尚矣。柳宗元《與浩初上人看山》詩曰：「海畔尖山似劍鋩，秋來處處割愁腸。若爲化得身千億，散上峰頭望故鄉。」施肩吾詩曰「三更風作切夢刀，萬轉愁成繫腸線」，此子瞻所祖也。若得險諢如此，則屢打亦可矣。

界路

《芥隱筆記》曰：「《天臺山賦》曰『瀑布飛流而界路』，所以徐凝有『萬古常疑白練飛，一條界破

〔一〕云：底本訛作「曰」。按《彥周詩話》末句作「録之以存古樂府題云」。此條轉引自《説郛》卷八十二下，據改。

青山色』。孰謂其惡而無所自耶？」宋之問詩曰「香岫懸金刹〔一〕，飛泉界石門」，已標其妙。

東西

黄山谷詩曰「佳人斗南北，美酒玉東西」，秦少游詩「病來拍飲東西玉，老去漸陪大小山」，范成大詩「剩周花甲子，多醉玉東西」，楊萬里詩「呼酒東西玉，探梅南北枝」，又「老夫笑把東西玉〔二〕，豎子難藏上下肓」。《齊書》曰：「預章王嶷謂上曰：『南山萬歲，殆似貌言。以臣所懷，願陛下極壽百年。』上曰：『百年亦何可得？止得東西一百，於事亦濟。』」則謂物曰「東西」是也。

同工

謝靈運詩曰「雲中辨煙樹，天際識歸舟」，王僧孺詩「岸際樹難辨，雲中鳥易識」，梁元帝詩「遠村雲裏出，遥船天際歸」，陰鏗詩「天際晚帆孤，天邊看遠樹」，陳子昂詩「古木生雲際，歸帆出霧中」，陳子良詩「嶺雲朝合陣，山月夜臨營」，盧照鄰詩「隴雲朝結陣，江月夜臨空」，杜審言詩「飛霜遥度海，殘月迴臨邊」，異曲同工，優劣自見，讀者當鑽味之。

〔一〕刹：底本訛作「香利」，據《全唐詩》卷五十二改。

〔二〕夫：底本訛作「太」，據《誠齋集》卷四十二改。

江南

王維詩「江南江北送君情」，嚴維詩「日晚江南望江北」，劉禹錫詩「江南江北望煙波」，其他餘不可勝數。然無曰「河南河北」者。《芥隱筆記》曰：「南方之人謂水皆曰『江』，北方之人謂水皆曰『河』，隨方言之便。而淮、濟之名不顯。司馬遷作《河渠書》，並四瀆言之。《子虛賦》曰『下屬江河』，事已相亂。後人宜不能分別言之也。」其曰江南、江北，亦仍其便乎？

古歌

楊用修曰：「宋之問《天門山歌》曰：『登天門兮坐磐之嶙峋。前淙淙兮未半，下漠漠兮無垠。紛窈窕兮岩倚，被以鵬翅；洞膠葛兮峰稜，層以龍鱗。松移岫轉，左變而右易；風生雲起，出鬼而入神。吾不知其若此靈怪，願遊杳冥兮見羽人。重曰：天門兮穹崇，回合兮攢峰。松萬仞兮拄日，石千階兮倚空。晚陰兮足風，夕陽兮艶紅。試一望兮致魄，况衆妙之無窮。下嵩山兮多所思，携佳人兮步遲遲。松間明月長如此，君再遊兮復何時。』此詩本集不收，嵩山有石刻，今但傳後四句耳。」用修不辨其詩體，妄合《嵩山歌》《下山歌》二首以作一首，非也。王無競《和宋之問〈下山歌〉》曰：「日雲暮兮下嵩山，路連綿兮松石間。出谷口兮見明月，心徘徊兮不能還。」今讀此篇，而後本篇之爲四句，可概而知也。

錢起

錢起《江行無題》百首，一作錢珝詩。王元美曰：「貶竄劉長卿、錢起。」今考其百首，率繫遷謫途中雜咏。因閱《唐書·錢起傳》曰：「起，吴興人。天寶中舉進士，終考功郎中。」絶無謫官事。《錢徽傳》曰：「徽，字蔚章。父起，附《盧倫傳》。子可復、方儀。可復死。鄭注時，方儀終太子賓客。子珝，字瑞文，善文辭。宰相王摶薦知制誥，進中書舍人。摶得罪，珝貶撫州司馬。」《紀事》又曰：「珝，吏部尚書徽之子。善文詞。第進士，至中書舍人。後貶撫州司馬。」有《舟中録》二十卷。其《舟中集序》云：「秋八月，從襄陽浮江而行。」詩中峴山、沔、武昌、匡廬諸地，經途所歷，一一吻合。而詩云「憔悴異靈均，非讒作逐臣」尤爲左契，珝之爲詩無疑矣。元美謾讀其詩以爲貶竄，可知矣。

除夜

戴叔倫《除夜宿石頭驛》詩曰：「旅館誰相問，寒燈獨可親。一年將盡夜，萬里未歸人。寥落悲前事，支離笑此身。愁顔與衰鬢，明日又逢春。」謝茂秦曰：「此篇體輕氣薄如葉子金，非錠子金也。凡五言律兩聯，若綱目四條。辭不必詳，意不必貫。此皆上句生下句之意，八句意相聯屬，中無罅隙，何以含蓄？頷聯雖曲盡旅况，然兩句一意，合則味長，離則味短。晚唐人多此句，故改云：『燈火石頭驛，風煙楊子津。一年將盡夜，萬里未歸人。萍梗南遊越，功名西向秦。明朝對清鏡，衰鬢又逢春。』」固矣哉茂秦論詩也。「燈火石頭驛，風煙楊子津」，佳則佳矣，然非除夜之光景，移之於他詩亦可也。高適《除夜》詩「旅館寒燈獨不眠，客心何事轉淒然」。下「獨」字以生「轉」字。戴氏乃下「誰」字以生「獨」字。二公各以「獨」字説盡除夜，最深最切。如頷聯，乃祖梁武帝「一年漏將盡，萬里人未歸」句〔一〕，得之陶練，最覺其超上。至頸聯乃一氣呵成，一氣貫串，合而有味，亦足以吟咏。豈有敢離句以味之哉？王勃頸聯「心事同漂泊，生涯共苦辛」，宋之問「天路何其遠，人間此會稀」，李白「余亦能高咏，斯人不可聞」，孟浩然「問人今何去，天臺訪石橋」，又「酒伴來相命，開樽共解醒」等句，一氣呵成，一意貫串，謂之晚唐人多此句法，何也？且夫南遊越乎？北向秦乎？不可以如是其幾也。何其誣人之甚也。如「衰鬢又逢春」，乃不待「明朝對清鏡」，然則「明朝對清鏡」句全是冗語。不待餘恔恔，戴氏乃雖轉悲爲笑，至愁顏衰鬢，終不可變。而「明日又逢春」妙在言外，此乃高適「雙鬢明朝又一年」之意也。茂秦不解此旨，空欲篡詩天子以下號令也，僭妄可見矣。謝茂秦又曰：「子美《居夔州》上句曰『春知催柳别』，『農事聞人説』，别、説同韻。王維《温泉》上句曰『新豐樹裏行人度』，『聞説甘泉能獻賦』，度、賦同韻。此非詩家正法。」因閲茂秦集，《元夜道院》詩上句曰「夜火分千樹」，『乘閑來紫府』，樹、府同韻。「朔風吹萬里」，『門發星前騎』，里、

〔一〕未：底本訛作「將」，據《古詩紀》卷七十四改。

騎同韻。其他不可勝數。此以隻眼，而心有睫故也。梁公濟勦襲謝説，載於《冰川詩式》曰：「戴叔倫《除夜》詩『問、夜、事、鬢』四字俱去聲，杜甫詩曰『主家陰洞細煙霧，留客夏簟青琅玕。春酒杯濃琥珀薄，冰盤碗碧瑪瑙寒。誤疑茅堂過江麓，已入風磴霾雲端。自是秦樓壓鄭谷，時聞雜佩聲珊珊』，薄、麓、谷三字同入聲，麓、谷二字又同韻。王維詩曰『明到衡山與洞庭，若爲秋月聽猿聲。愁看北渚三湘遠，惡説南風五兩輕。青山瘴時過夏口，白頭浪裏出溢城。長沙不久留才子，賈誼何須吊屈平』，遠、口、子俱上聲，皆失律，非以爲格。詩貴知病，此亦詩中一病，但不甚忌。」公濟未辨律體。夫律體者，唐太宗帝所創制。然後奉其律令者凡二千二百有餘人。其所作爲者，皆千古不易之法也。然則應以唐人三尺，詰問宋明之詩病失律。豈得有主張宋明，而窮鞫唐人矣哉？謝梁二氏何帋以正聲律、指謫王杜之爲？蓋將横誦其詩乎？有害於同韻。若縱讀其詩乎？乃用同韻何害！梁武帝詩曰「後牖有朽柳」，沈約詩曰「偏眠船舷邊」，沈約忌八病，猶且如之，而况于唐人廢沈法乎？錢起詩「房房占山色」，『詩思竹間得』，色、得同韻。劉禹錫詩「梧葉先風落」，『簟涼扇恩薄」，落、薄同韻。岑參詩「節使横行西出師，鳴弓擐甲羽林兒。臺上霜威凌草木，軍中殺氣傍旌旗。預知漢將宣威日，正是胡塵欲滅時。爲報使君多泛菊，更將絲管醉東籬」，木、日、菊三字同入聲，木、菊又同韻。劉長卿詩「南客懷歸鄉夢頻，東門悵别柳條新。殷勤斗酒城陰暮，蕩漾孤舟楚水春。湘竹舊斑思帝子，江籬初緑怨騷人。憐君此去未得意，陌上愁看淚滿巾」，子、意同韻。如此等聲律，其可勝既乎？長卿即二千二百有餘人中之一人，而恪守正律，不敢涉變格，其拗一字者僅二篇而已，已而不忌同韻。然則唐人不忌，可概而知也。然至公濟等專忌之，何也？要之，不辨律體始于唐人，故極責讓掊擊。或以爲失律，或以爲聲病，不啻狂妄而無忌憚。戾理害事，孰莫大焉。譬猶臣子而搞君父也。韓退之詩曰「李杜文章在，光焰萬丈長。不知群兒愚，那用故謗傷」。「群兒愚」者，蓋千載之下斥公濟等乎？

人名

冷朝陽《送紅線》詩曰：「採菱歌怨木蘭舟，送客魂消百尺樓。還似宓妃乘霧去，碧天無際水空流。」楊用修曰：「紅線，薛嵩之青衣也。有劍術，夜飛入橫海軍解圍。嵩留之不得，幕下詩人送之，冷朝陽此詩爲冠。酒酣，托以更衣，倏忽不見。亦異哉。」後朝光《越溪怨》詩曰：「越王宫裏如花人，越水溪頭採白蘋。白蘋未盡人先盡，誰見江南春復春。」楊用修曰：「朝光詩僅此一首，亦奇作也。」今按冷朝陽詩，與後朝光意調彷彿。冷朝陽大曆進士，爲薛嵩從事潞州節度使。如後朝光，無世次。後與冷聲相近，陽與光同音，一人轉爲二人可知矣。後漢袁安字邵公，汝南汝陽人也。時大雪積地丈餘。洛陽令身出按行，至安門，無有行路。令人入户，見安僵卧。問何以不出，安曰：「大雪人皆餓。不宜於人。」《汝南先賢傳》曰：「潁川胡定字元安。夜雪覆其室，縣令遣户曹排雪問定，定已絶穀。令遣掾以乾糒。」今人唯知袁安，未嘗知元安。然元與袁同音，此亦一人轉爲二人可知矣。後閲《野客叢書》，已論袁安事。與余所論少異，故不删也。

八腰

陳子昂《春夜别友人》詩曰：「銀燭吐青煙，金樽對綺筵。離堂思琴瑟，别路繞山川。明月隱高樹，長河没曉天。悠悠洛陽去，此會在何年。」田子藝云：「此篇八腰字皆仄，不覺其病。然亦當戒。」所謂戒也者，何人垂之？所謂病也者，何人病之？夫律體者，自唐人始，其所爲皆可法也。杜甫《避地》詩曰：「避地歲時晚，竄身筋骨勞。詩書遂墻壁，奴僕且旌旄。行在僅聞信，此生隨所遭。神堯舊天下，會見出腥臊。」此亦七句皆仄，杜氏所不忌，千古不易之法也。豈得明人而責讓唐人哉？明蘇正《春夜别友人》詩曰：「綺席管絃清，春宵絳燭明。山川縈去騎，尊俎對離情。月迴藏銀漢，天迴轉玉衡。鷄鳴催曉發，迢遞洛陽城。」全篇流麗，可謂能踐跡也。如頸聯，全祖王維「月迴藏珠斗，雲消出絳河」，置之初盛，何可風别？

睎驥

韓愈詩曰「蒼黄忘遐睎，所矚纔左右」，蒼黄，謂馬也。睎與希通，慕也。方密之曰：「钦𡗗即冀幸。希驥即希覬。《説文》：『覬，钦𡗗也。』『钦，𡗗也。』居氣切，與冀同。而冀爲地名，故立钦字。因《左氏》用覬覦，又收覬字。而不知其合。《文王世子》注：『大夫勤于朝。州里驥於邑。』按是《爰神契》語。穎達曰：『希驥慕之。即希覬也。』《集韻》驥亦作驥。因韓敕碑，故人用希冀，與希驥同。

其用冀幸，則常語也。」今按驥與驥同，而希覬與希驥不同。楊子《法言》曰「晞驥之馬，亦驥之乘也。晞顔之人，亦顔之徒也。不欲晞則已，如欲晞，孰禦焉」是也。豈得希驥同於希覬矣哉。

押韻

宋陸士規來自湘楚，謁秦檜。檜以小嫌，不與接見。因誦其《過黄陵廟》詩。其詩曰：「春風吹草緑離離，路出黄陵古廟西。帝子不知春又過，亂山無主鷓鴣啼。」意調流暢，佳則佳矣。然執岑參「芳樹不知人去盡，春來猶發舊時花」、李華「芳樹無人花自落，春山一路鳥空啼」二詩以論之，則「無主」二字。頗覺澀滯。謝在杭曰：「宋人絶句，以陸士規《黄陵廟》壓卷。雖不敢當昌齡、太白，置之中晚不可識别矣。此篇與嚴儀卿《聞笛》詩『江上誰家吹笛聲，月明霜白不堪聽。孤舟萬里瀟湘客，一夜歸心滿洞庭』皆絶似唐，而起句皆出韻，故選家不之及。然張籍《秋思》詩曰『洛陽城裏見秋風，欲作家書意萬重。復恐匆匆説不盡，行人臨發又開封』，何害其佳？」謝氏味「無主」二字否？且未辨聲律。夫五七言律起句，以仄起第五字、第七字履仄爲正格。如其押韻，乃非正格。故雖押韻，不敢充其數，總曰之「四韻」。是以間有用旁韻者，如絶句亦同然，又曰之「二韻」。權德輿詩題曰《埇橋達奚四、于十九、陳大侍御宴，各賦一韻》，其詩曰：「滿樹鐵冠瓊樹枝，樽前燭下心相知。明朝又與白雲遠，自古河梁多别離。」據是觀之，起句之押韻不敢充其數，故用旁韻亦可，不用亦可也。此唐人所不忌也。高棅撰張籍詩，列於《唐詩正聲》。周弼又列之《三體詩》。然謂「選者不之及」，何其所見之淺也。宋元以來，無標此義者，故愚管及之。

本色

謝在杭曰：「方秋崖《柳枝》詩曰：『緑陰深護碧闌干，拂拂春愁不忍看。燕子未歸花落盡，一簾香雨晚風寒。』趙子昂絶句曰：『春寒惻惻掩重門，金鴨香殘火尚温。燕子不來花又落，一庭風雨自黄昏。』滕玉霄絶句曰：『吟人瘦倚玉闌干，酒醒香消午夢殘。燕子不來春社去，一簾疎雨杏花寒。』三詩酷相似。雖才情秀媚，然近詩餘，非唐人本色。具法眼者，當自别之。」今按三詩意調彷彿，未易軒輊。戴叔倫《蘇溪亭》詩曰：「蘇溪亭上艸漫漫，誰倚東風十二闌。燕子不歸春事晚，一汀煙雨杏花寒。」此三君之所剽竊，然謂非唐人本色那也？穆仲裕以此篇爲汪廣洋作，列之《明詩正聲》，可以發一笑。

外夷

謝在杭曰：「外夷詩，惟朝鮮音律諧暢，綽有騷雅遺風。而許氏《塞下曲》一絶最爲擅場。詩曰：『寒塞無春不見梅，邊人吹入笛聲來。夜深驚起思鄉夢，月滿陰山百尺台。』儼然常建語也。噫！中國男子不知詩爲何物，有愧于夷狄之婦人多矣。」謝氏執朝鮮女子詩以激中國男子，極爲中肯。如其篇什，乃非常建語，而儼然釋皎然語也。皎然《塞下曲》曰「寒塞無因見落梅，胡人吹入笛聲來」，是其所自也。至落句，即有李益「金河戍客腸應斷，更在秋風百尺台」之意。許氏又有《次伯氏望高臺》之作，其詩曰：「層台一柱壓嵯峨，西北浮雲接塞多。鐵峽霸圖龍已去，穆陵秋色雁初過。山回大陸吞三郡，水割平原納九河。萬里登臨日將暮，醉憑青嶂獨悲歌。」陳卧子所謂盛唐之風，明七子雖争鋒于中原，未知鹿落孰手。

次回

《隨園詩話》曰：「王次回《疑雨》案香奩絶調，惜其只成此一家數耳。沈歸愚尚書選國朝詩，擯而不録，何所見之狹也。嘗作書難之曰：『《關雎》爲《國風》之首，即言男女之情。孔子删《詩》亦存鄭衛。公何獨不選次回詩？』沈亦無以答也。」隨園未知選詩之意。夫選詩者，虚心平意，無偏無黨，熟修百回，舍其所短，取其所長，而後表見之。夫如是，故歸愚不屑隨園所難而擯斥之。豈得執諓諓次回詩，以比孔子首《關雎》之意哉？何則？《關雎》者，后妃之德，故曰「樂而不淫，哀而不傷」。然至其例之，則次回詩與后妃德均乎？其首《關雎》而後及鄭衛，乃聖删深意之所存矣。然執聖删之意，以論次回之詩，何輕聖經之甚矣！可謂名教罪人也。

一層

隨園曰：「《記》云『學然後知不足』，可見知足者不學之人，無怪其夜郎自大也。鄂公《題甘露寺》曰『到此已窮千里目，誰知才上一層樓』，方子雲《偶成》曰『目中自謂空千古，海外誰知有九州』。」隨園所論鄂公、子雲，皆知不足者乎？抑又知足者乎？然無斷案。蓋知足者也。王之渙詩曰：「白日依山盡，黄河入海流。欲窮千里目，更上一層樓。」注者不知「一層樓」之義。一層樓，即三層樓也。如白日黄河，已在第二層而望之。今又欲窮千里目，故上第一層。三層樓事見《夢溪筆談》。然鄂公剽竊王之涣詩，而不辨三層義，故曰「才上」。已上第一層，則不可謂「才上」也。何稽古之疎矣。隨園以不襲唐人爲性情，此亦謂之性靈乎？如子雲詩，即本《列子·湯問篇》，比之鄂公已進一層。隨園謂之何？可謂知足者也。

糞詩

隨園曰：「少陵云『多師是我師』，非師可師之而師之也。村童牧豎，一言一笑，皆吾之師。善取之，皆成佳句。隨園擔糞者，十月中在梅樹下，喜報曰：『有一身花矣。』余因有句曰：『月映竹成千个字，霜高梅孕一身花。』余二月出門，有野僧送行曰：『可惜園中花盛開，公帶不去。』余因有句曰：『只憐香雪梅千樹，不得隨身帶上船。』」今按少陵詩曰「未及前賢更勿疑，遞相祖述復先誰。别裁僞體親風雅，轉益多師是汝師」，與隨園所證異。又要其所異，少陵師風雅，隨園師糞者，其所懸隔，何啻天壤？然孟子曰：「人皆知糞其田，而莫知糞其心。」隨園又糞詩者乎？且夫月雖照竹如千个字，殆不可辨也。至不得隨身帶上船，最險澀。二句皆得自帶下，可謂一薰一蕕，猶尚有臭也。

字説

隨園曰：「張燕公稱『閻朝隱詩炫裝倩服，不免風雅罪人』。王荆公因之，作《字説》云：詩者，寺言也。寺爲九卿所居，非禮法之事不入，故曰『思無邪』。近有某太史恪守其説，動云『詩可以觀人品』。余戲誦一聯云『哀箏兩行雁，約指一勾銀』，當是何人之作？太史意薄之曰：『不過冬郎、温、李耳。』余笑曰：『此宋朝元老文潞公詩也。』太史大駭。余再誦李文正公昉《贈妓》詩曰『便牽魂夢從今日，再睹嬋娟是幾時』。一往情深，言由衷發。而文正公爲開國名臣，亦何傷於人品乎？《孝經含神霧》曰：『詩者，持也。持其性情，使不暴出也。』其立意比荆公差勝。」隨園以《字説》與人品混同論之，未解其意。《禮記》曰：「國君世子生，詩負之。」鄭玄曰：「詩之言承也。」疏云：「《詩含神霧》曰『詩者，持也』。以手維持，則承奉之義。謂以手承下而抱負之。」《陸龜蒙詩序》曰：「詩者，持也。持其性情，使不暴出也。」又混同《含神霧》文與陸龜蒙《序》以論之，可謂暴出者也。

剽句

錢起《湘靈鼓瑟》詩曰「曲終人不見，江上數峰青」，人以爲有神助。隨園曰：「王夢樓太守精于音律，家中歌姬有柔卿者，兼工吟咏。成嘯厓公子贈以詩曰：『侍兒原是記離容，紅豆拈來意轉慵。

一曲未終人不見，可堪江上對青峰。』柔卿和曰：『生小原無落雁容，秋風偶覺病身慵。挂帆公子金陵去，望斷青青江上峰。』」厓氏全剽竊錢句，此亦謂之「性情」乎？隨園表出其詩，無所取材，何也？

三變

古今詩凡有三變。蓋自《書傳》所載虞夏以來，下及魏晉，自爲一等。自晋宋至陳隋，自爲一等。自唐太宗創制律體，下及宋元明清，自爲一等。宋元明清雖則確守律體，各毁詆前朝，如鄭人爭年也。梁江淹曰：「夫楚謡漢風，既非一骨；魏制晋造，固亦二體。譬藍朱成采，雜錯之變無端；宮角爲音，靡蔓之態匪極。故蛾眉詎同貌，而俱動於魂；芳草寧共氣，而皆悦於魄。不其然與？至於世之諸賢，各滯所迷。莫不論甘則忌辛，好丹則非素。豈所謂通方廣照，恕遠兼愛者哉？」然則彼誹謗我，我毁詆彼，乃百千年一日。其於今日也，取彼碎金，以成我風格。又執彼性情，以爲我風調。或曰「彼主修飾，而不主性情」。或曰「我主性情，而不主修飾」。雖然，皆不知其出於性情，豈得别有其性情哉？要之，欲各到於堂奥耳。故不可執彼以非此，又不可執此以是彼。若有論彼此之餘力，無如顧我之所爲奈何矣。隨園曰：「凡事不能無敝，學詩亦然。學漢魏《文選》者，其敝常流於假。學李杜韓蘇者，其敝常失於粗。學王孟韋柳者，其敝常流於弱。學元白放翁者，其敝常失於淺。學温李冬郎者，其敝常失於纖。人能吸諸家之華而吐糟粕，則諸敝盡捐。大概杜韓以學力勝，學之刻鵠不成猶類鶩也。太白東坡以天分勝，學之畫虎不成反類狗也。佛曰『學我者死』。無佛之聰明而學佛，自然死矣。」今學隨園「性情」者，其敝必失於俚。故曰「有論彼此之餘力，無顧我之所爲奈何矣」。太史公曰：「夏之政忠。忠之敝，小人以野，故殷人承之以敬。敬之敝，小人以鬼，故周人承之以文。文之敝，小人以僿，故救僿莫若以忠。」此言雖大，其於詩政亦可以一貫也。今詩天子興，承敝易變，使人不倦，得天統矣。

風氣

隨園曰：「近今風氣，有不可解者。士人略知寫字，便究心于《説文》《凡將》，而束歐褚鍾王於高閣。略知作文，便致力於康成、穎達，而不識歐蘇韓柳爲何人。間有習字作詩者，詩必讀蘇，字必學米，侈然自足，而不知考詩與字之源流。皆因鄭馬之學多糟粕，省費精神；蘇米之筆多放縱，可免拘束故也。」此事此論，最緊最切。其波及本邦也，天下滔滔皆是。然得見究心于《説文》、致力於康成者斯可矣。今也死生《水滸傳》等書者衆矣。噫！於其詩話，亦復幾何。

字師

詩有富百篇而貧一字者，畢竟在陶練未熟也。鄭谷在袁州，齊己攜詩詣之。有《早梅》詩云「前村深雪裏，昨夜數枝開」。谷曰：「數枝非早也。未若一枝。」齊己不覺下拜。自是士林以谷爲一字師。然此小數家所有，而大家所無也。至宋舒亶，陶練齊已句曰「短笛樓頭三弄夜，前村雪裏一枝開」，最得爐錘之妙。隨園曰：「詩得一字之師，如紅爐點雪，樂不可言。余《祝尹文端公壽》曰『休誇與師同生日，轉恐恩榮佛尚差』。公謙曰：『恩字與佛不切。應改光字。』《咏落花》曰『無言獨自下空山』。丘浩亭曰：『空山是落葉，非落花也。應改春字。』《送黄宫保巡邊》曰『秋色玉門涼』。蔣心餘曰：『門字不響。應改關字。』《贈樂清張合》曰『我慚靈運稱山賊』。劉霞裳曰：『稱字不亮，應改呼字。』凡此類，余從諫如流，不待其詞之畢也。」隨園已發億萬言論宋明篇什，而貧一字。何也？是在陶練未熟耳。然恩作光、稱作呼，頗佳。至空作春，乃小兒之見。誠爲可笑。鄭谷詩曰「雲漫新寨遮秦水，花落空山入閬州」，楊誠齋詩曰「今年春在臘前回，怪底空山見早梅」，陸放翁詩曰「若耶溪頭春意慳，梅花獨秀愁空山」，夫空山有花如此，未嘗聞空山是於落葉，而非於落花也。且門字響與不響姑不論，如涼字乃非性靈家之所吐也。何則？秋色之爲涼，乃平常之候。邊塞朔氣如裂皮膚，然則涼字當改寒字。劉長卿詩曰「幽州白日寒」，所謂性靈之詩乃如是。與隨園性靈不同，豈啻冰炭？今姑熟修唐詩可也。余之於隨園，亦可謂一字師。不覺失笑。

標目

隨園曰：「抱韓杜以淩人，而粗腳笨手者，謂之權門托足。仿王孟以矜高，而半吞半吐者，謂之貧賤驕人。開口言盛唐，及好用古人韻者，謂之木偶演戲。故意走宋人冷徑者，謂之乞兒搬家。

好疊韻次韻，刺刺不休者，謂之村婆絮談。一字一句，自注來歷者，謂之骨董開店。」甚哉隨園論詩也。蓋詆毀抱杜韓效王孟者，欲使人學己詩而充撲滿耳。今世不嘗見學杜韓王孟者，得見開口言盛唐好用古人韻者，斯可矣。至其標「權門托足」「貧賤驕人」等目，乃目隨園者又謂之何？曰「擔糞粗腳」。

古體

古詩有漢魏性情，有晉宋性情，有六朝性情，有隋唐性情，有樂府性情。其地位寬裕，而無平仄排比之法。然有得其事以不得其詞者，有得其詞而不得其意者。此古風之所以難賦也。隨園曰：「作古體詩，極遲不過兩日，可得佳構。作近體詩，或竟十日不成一首。何也？蓋古體地位寬餘，可使才氣卷軸。而近體之妙，須不著一字自得風流。天籟不來，人力亦無。如何今人動輕近體而重古風？蓋於此道未得甘苦者也。」隨園所論未可解也。唐初王楊盧駱擅名，然不脱齊梁之氣習。於是陳子昂始唱雅正，敻然獨立，本漢魏之性情，而爲《感遇》三十八首。至李白遠追嗣宗《咏懷》，近比子昂《感遇》，而賦三十四首，皆風雅之性情，而詩人之冠冕也。若不問古體之性情，猥以無平仄排比之詩爲古體，乃非古體，而新體也。古體，天籟也。近體，人籟也。天籟者雖在人功，然不在人功。自得其性情以發，故吹萬不同，而使其自已也。如人籟則比竹是已，亦須從人功求之。此唐人所以憤激而掃六代之衰弱也。隨園不問陳子昂、李白，猥以無平仄排比之詩爲古體，蓋於此道未得甘苦者也。若不解余言，問之莊周，我忘我者也。

唐人

韋承慶《浮江旅思》詩曰：「天晴上初日，春水送孤舟。山遠疑無樹，潮平似不流。岸花開且落，江鳥没還浮。羈望傷千里，長歌遣四愁。」謝茂秦曰：「江總『平海若不流』，韋承慶『潮平似不流』，杜甫『江平若不流』。三公造句相類，韋句穩而佳。」謝氏所評，最中其肯。褚亮詩「野花開更落，山鳥弄還驚」，李嶠詩「羈眺傷千里，勞歌動四愁」，全與承慶同。然全篇清麗，乃承慶得之。隨園曰：「吴下進士蘇汝勵宰黄坡有句曰『水面星疑落，船頭樹似行』，與宋人『山遠疑無樹，潮平似不流』相似。吾鄉王麟徵有句『鳥翻仍戀樹，波定尚摇人』，與宋人『窺魚光照鶴，洗鉢影摇僧』相似。李鐵君『鬭禽雙墮地〔一〕，交蔓各升籬』，與唐人『驚蟬移别樹，鬥雀墮閒庭』相似。」隨園專注目于宋詩，故以唐人「山遠潮平」一聯作宋人論之。此不視輿薪之類也。

七律

隨園曰：「七律始于盛唐，如國家締造之初，宫室粗備，故不過樹立架子，創建規模，而其中之

〔一〕鬭：底本訛作「聞」，據《隨園詩話》卷六改。

洞房曲室，綢户罘罳，尚未齊備。至中晚而始備，至宋元而愈出愈奇。明七子不知此理，空想挾天子臨諸侯。於是空架雖立，而諸妙盡捐。《淮南子》曰：『鸚鵡能言，而不能得其所以言。』」固矣哉隨園論詩也。七言律兆于陳隋，至唐太宗始賦七言律平韻之詩，沈宋繼起而專唱之。所謂「至中晚而始備」者，備何物也？至已謂「割建規模」，蓋聲律之謂乎？又謂「空架雖立而諸妙盡捐」，乃意調之謂乎？陸放翁曰：「唐自大中後，詩家日趣淺薄。其間傑出者，亦不復有前輩閎妙渾厚之作。」所謂「前輩」者，斥開元天寶諸公也。隨園不知此理，而曰「至中晚而備」，其所以備者何也？且不知七言律始于太宗，而曰始于盛唐，故不知七子所唱，固其所也。鸚鵡雖能言，不離飛鳥。隨園有焉。

妓女

隨園曰：「人問：『妓女始於何時？』余云：三代以上，民衣食足而禮教明，焉有妓女？惟春秋時，衛使婦人飲南宫萬以酒，醉而縛之。此婦人當是妓女之濫觴，不然焉有良家女而肯陪人飲酒乎？若管子之女閭三百，越王使罷女爲士縫衽，固其後焉者矣。戴敬咸進士過邯鄲見店壁題云：『妖姬從古説叢台，一曲琵琶酒一杯。若使桑麻真蔽野，肯行多露夜深來。』用意深厚，惜忘其姓名。」隨園舉妓女之濫觴，未得其所徵。《論語》曰「齊人歸女樂，季桓子受之，三日不朝」，《淮南子》曰「胡王淫女樂之娱而亡上地」是也。豈足徵管子之女閭、越王之罷女哉？且題壁結句，用《詩》

所謂「行畏露多」句，然「行」字險澀，當作「侵」字。如何？

性情

隨園曰：「詩分唐宋，至今人猶恪守。不知詩者，人之性情；唐宋者，帝王之國號。人之性情，豈因國號而轉移哉？亦猶道者，人人共由之路〔一〕。而宋儒必以道統自居，謂宋以前直至孟子，此外無一人知道者。吾誰欺？欺天乎？七子以盛唐自命，謂唐以後無詩，即宋儒習氣語。倘有好事者學其附會，則宋元明三朝，亦何嘗無初盛中晚之可分乎？節外生枝，皆頃刻一波又起。《莊子》曰『辨生於末學』，此之謂也。」隨園所辨，似是而非。何則？唐宋者帝王國號，五尺童子猶且辨之。然詩之體格，不謂唐宋不能分之。今去唐宋二字，總曰之性情而喻乎？殆不可喻也。今有人於此，而不知詩者。問曰：「詩之體何若？」應曰：「性情。」曰：「性情始於何代？」曰：「性情始於性情。」「然則世代即謂性情乎？」於是不獲已，而曰：「詩起自虞舜，而歷漢魏六朝至隋唐明清。」問者霍解。據是，乃詩之性情，豈莫因國號而轉移哉？且《三百篇》中，或曰《周南》《召南》，或曰《鄭風》《衛風》。孔子曰：「鄭聲淫也。」此亦以國號分之。非乎？要之不知《三百篇》故也。且夫道者，衆人之所履。雖然，履其道者鮮矣。是以宋儒必以道統爲我任。謂宋以前直至孟子，

〔一〕人共由：底本訛作「入其山」，據《隨園詩話》卷六改。

此外無一人知道者，此其所也。孔子曰：「文王既没，文不在兹乎？」此乃無一人知道者之謂也。然則宋儒以爲直至孟子，不亦宜乎？如夫七子以盛唐自命，謂唐以後無詩，是亦雖不中不遠矣。然則宋儒習氣，無所錯其間矣。且至宋元明三朝起初盛中晚之名，何害之有？當其名未起之時而論之，是杞國之憂也。其名起與不起，何足容心哉？其所謂「辨生於末學」，隨園自道也。

誤詩

隨園曰：「鍾譚論詩入魔，李空同作詩落套，然其佳句自不可掩。鍾曰『子侄漸親知老至，江山無故覺情生』，《慰人下第》曰『似子何須論富貴，旁人未免重科名』，皆妙。李《遊貪數岸》曰『搔首黄曾霄漢近，舊題應被紫苔封』，《舟飲》曰『黄曾嶺花杯不記，已衝江雨纜猶牽』，《春暮》曰「荷因有暑先擎蓋，柳爲無寒漸脱綿」，俱有風味，不似平時闊落。」今閲鍾譚詩論，未必入魔。蓋自入魔境者見之，乃皆魔也。《遊貪數岸》詩題不可解，詩亦同然。因閲《空同集》，《遊貪數岸》作《送毛監察還朝》。且「搔首黄曾霄漢近」作「采筆昔曾霄漢上」，「黄曾嶺花杯不記」作「貪數岸花杯不記」，義始通。已揭誤字，而謂「有風味」，余未知誤字風味。明玉山道者《還家》詩曰：「春色闌珊四月天，數聲啼鳥落花前。荷知有熱先擎蓋，柳爲無寒漸脱綿。處處勸耕梅子雨，家家繅繭竹籬煙。憑誰寄語仙源客，洞口雲深信不傳。」與李格調天地懸絶，然不能辨其格調，而曰「不似平時闊落」。執若愚管，傾動清朝，然無討之者，清朝必無人焉。清朝無人者，非清朝之衰也，蓋避其狂暴矣而已。

誤人

隨園曰：「論詩區別唐宋，判分中晚，余雅不喜。嘗舉盛唐賀知章《咏柳》曰『不知細葉誰裁出，二月春風似剪刀』，初唐張謂之《安樂公主山莊》詩曰『靈泉巧鑿天孫錦，老筍能抽帝女枝』，皆雕刻極矣，得不謂之中晚乎？少陵之『影遭碧水潛勾引，風妒紅花卻倒吹』『老妻畫紙爲棋局，稚子敲針作釣鈎』，瑣碎極矣，得不謂之宋詩乎？不特此也，施肩吾古樂府曰『三更風作切夢刀，萬轉愁成繞腸線』，如此雕刻，恰在時唐以前[一]。耳食者不知出處，必以爲宋元最後之詩。」今遍閱全唐篇什，盛唐之詩而有入中晚者，中晚之詩而有爲盛唐者，然不過一二首耳，不可以一二首混同之。且庾肩吾梁人，與施肩吾不同。施肩吾，唐元和進士也。隨園惡分别唐宋，而改唐人作梁人，而曰恰在時唐以前。誰欺？欺天乎？

愚言

人皆有性分。性智，則不讀書而通于萬理，如愚者不然，雖讀萬卷書，不能知性情。妄護己所短，而譏人所長。或以宮笑角，以白詆黑，墨屎凌辞，無所不至。故曰「上智與下愚不移」。隨園曰：「余

〔一〕時：《隨園詩話》卷七作「晚」。

雅不喜杜少陵《秋興八首》。而世間耳食者往往贊嘆，奉爲標準。不知少陵海涵地負之才〔一〕，其佳處未易窺測。此八首不過一時興到語耳，非其至者也。如曰『一繫』，曰『兩開』〔二〕，曰『還泛泛』，曰『故飛飛』，習氣太重，毫無意義。即如韓昌黎之『蔓涎角出縮〔三〕，樹啄頭敲鏗』，與《一夕話》之『蛙翻白出闊〔四〕，蚓死紫之長』何殊？今人將此學韓杜，便入魔障。」甚哉隨園之論少陵也。然余性分固愚，而不能知其性分，故護我所短，而譏人所長。隨園已譏《秋興》，與余譏隨園無異。遂發其五愚。夫已不喜《秋興》，而欲施之人。其愚一也。宋元以還，奉爲標準，而屬之耳食者。其愚二也。天授妙詣，沈欝富麗，而謂之非其至者。其愚三也。如曰一繫曰兩開，則句中眼目，而謂之毫無意味。其愚四也。宋邢居實《拊掌録》曰〔五〕：「哲宗朝，宗子有好爲詩而鄙俚可笑者，嘗作即事詩曰：『日暖看三織，風高斗兩廂。蛙翻白出闊，蚓死紫之長。潑聽琵梧鳳，饅抛接建章。歸來屋裏坐，打殺又何妨。』或問詩意，答曰：『始見三蜘蛛織網於簷間，又見二雀鬭於兩廂。有死蛙翻

〔一〕涵：底本訛作「滿」，據《隨園詩話》卷七改。
〔二〕兩：底本訛作「再」，據《隨園詩話》卷七改。
〔三〕縮：底本訛作「黏」，據《隨園詩話》卷七改。
〔四〕白：底本訛作「自」，據《隨園詩話》卷七改。
〔五〕拊：底本訛作「折」，據《説郛》卷三十四改。

腹似出字。死蚓如之字。方吃潑飯，聞鄰家琵琶作《鳳棲梧》。食饅頭未畢，閽人報建安章秀才上謁。迎客既歸，見内門上畫鍾馗擊小鬼，故云打殺又何妨。』哲宗嘗灼艾，諸内侍欲娱上，或舉其詩，上笑不已，竟不灼艾而罷。」隨園偶讀宗子詩，比之杜韓，而謂「學杜韓便入魔障」。其愚五也。蓋自入魔境者見之，乃皆魔也。余欲入其魔境，終不能得。何愚之甚也。故記余愚言，與隨園分愚矣。

文王

隨園曰：「鄭夾漈笑韓昌黎《琴操》諸曲爲兔園册子，薄之太過。然《羑里操》一篇末二句云『臣罪當誅，天王聖明』。深求聖人，轉失之僞。按《大雅》『文王曰咨，咨汝殷商。汝咆哮於中國，斂怨以爲德』，文王並不以紂爲聖明也。昌黎豈不讀《大雅》耶？」隨園未能解《大雅》之旨，又不讀《論語》者也。《大雅》所謂文王也者，蓋周公借設文王名，而征伐殷紂之詞也。《論語》曰：「三分天下有其二，以服事殷，周之德其可謂至德也已矣。」夫以服事殷之心，而得有「汝咆哮於中國」之言也哉？《吕氏春秋》曰：「文王曰：『父雖無道，不敢不事父乎。君雖不惠，不敢不事君乎。』」夫然，故服事殷，而見囚於羑里。雖然，終無叛逆之心。至無叛逆之心，乃當曰「臣罪當誅，天王聖明」。若謂失之僞，則《論語》所謂「至德」亦失之僞也。假使有「汝咆哮於中國」之言，及囚於羑里，而曰「臣罪當誅，天王聖明」，乃温柔敦厚之意也。《詩・凱風》七子之大人，固淫媟荒亂，不能安其室，而云

「母氏聖善，我無令人」，此深自責之辭也。文王曰「天王聖明」亦同然。昌黎可謂深得文王之心也。隨園不解昌黎詩斯可矣，至滿讕文王而波及孔子，則名教之罪人，報寸磔可也。

確論

隨園之於詩話也，間有確乎不可拔者，又有不足論者。蓋輕薄誇誕，恃才放言，故多口過矣。今擯斥口過，則確論自見。因標其一章曰：「詩有有篇無句者：通篇清老，一氣渾成，恰無佳句令人傳誦。有有句無篇者：一首之中，非無可傳之句，而通篇不稱，難入作家之選。必也有篇有句，方稱名手。」此論最有理。大凡詩之要，在通篇神氣流動，而不在佳句佳對也。然詩話中率論佳句佳對，而不表通篇渾成者，其所表與其所論大有徑庭。何也？蓋以未能得其所以言故也。

秋興

郎仁寶曰：「杜子美《秋興八首》，誠冠絶古今之句。世言和者，只不自知，而徒取效顰之誚。余友四明洪貫字唯卿，嘗爲崇化令，素以吟咏自誇。晚年致政，群友戲曰：『汝能和杜《秋興》，則吾輩當傾囊爲君一醉也。』洪一夜吟成，人咸以爲句格切肖，真有神助。不免於無病呻吟之誚，實出人上也。因録于左，庶不泯其才。其一曰：『葉落千山瘦盡林，峰尖如劍列森森。海沙郭索饑呈毯，庭砌蜉蝣出俟陰。弟妹存亡千里目，江湖風雨十年心。無端觸目傷懷事，況復頻添夢後砧。』

其二：『劍閣西連鳥道斜，上皇今喜到中華。題情詩寄溝中葉，賣卜人看海上槎。霜冷玉樓思舊帳，月明胡騎泣寒笳。秋來懷抱偏難遣，城上芙蓉又著花。』其三：『歲月能消幾局棋，白頭空作楚囚悲。廟堂籌策非吾望，湖海疎狂似舊時。三輔關中圍木解，六龍天上駕還遲。荒原戰骨知多少，精爽誰無故里思。』其四：『金殿籠香繞博山，鸞輿隱隱出花間。丹青日照麒麟閣，鐘鼓聲嚴虎豹關。海嶽有靈裨聖治，華夷無路動天顔。五雲影裏簾開處，幾憶趨蹌到從班。』其五：『山川震蕩日無輝，盡道將軍智力微。暫喜崤函鼙鼓息，又聞河洛戰塵飛。於今世事知誰在，老我人情與俗違。江上草堂風雨惡，飯盤端不待魚肥。』其六：『西風吹浪打船頭，白露寒凋玉樹秋。金甲寶刀千騎老，紫微黄閣幾人愁。關河夢逐簾前燕，煙水情忘海上鷗。王粲近來消瘦盡，强携書劍客南州。』其七：『文皇身建救時功，四裔咸歸覆幬中〔一〕。西幸鑾輿悲險道，東還龍旆逐膻風。一身貧病頭將白，三月天山火尚紅。江畔秋雲無限思，强歌巴曲醉巴翁。』其八：『御溝流水帶逶迤，粉黛三千映月陂。寒露不凋三秀草，野禽飛上萬年枝。將軍書報降王死，河漢星看織女移。鄉夢秋來頻到闕，分明龍衮玉端垂。』」今鑽味此八首，雖乏富麗，骨力蒼勁，已窺藩籬。擬其體裁固難，況於一夕壓其韻乎？宋人擬《秋興》者甚希矣，至明人往往有之，李夢陽、何景明各擬八首，田深甫又

〔一〕皇：底本訛作「星」，據《七修類稿》卷七改。

賦二首曰〔一〕：「宫梧隕翠下承明，御水流寒繞帝京。北極天連鳷鵲觀，西山雲起鳳皇城。露凝雙闕開金掌〔二〕，月照千門鎖玉衡。唯有伶俜梁苑客，旅魂零落不勝情。」其二：「西山龍藏五雲團〔三〕，聞説先皇此駐鑾。百道泉光飛寶地，萬年松影静瑶壇。綺羅香寢幽花閉，劍珮聲沉曙月寒。玉蕊璚枝長不老，空餘輦道石漫漫。」全篇華麗，而乏老蒼。今讀擬作，而後愈覺其難及。劉會孟曰：「杜甫八詩沉雄富麗，哀傷無限，盡在言外，故自不厭確實，小家數不可彷佛耳。」胡元瑞曰：「八首皆氣象雄蓋宇宙，法律細入毫芒。自是千秋鼻祖。」葉又生曰：「八首須總觀其沉鬱頓挫之思，悲壯高涼之調。中間聯絡佈置自成一氣，如《生民》《閟宫》等詩，不可分章斷句者也。選家或去其半，或存其一二，未免失作者之本指矣。」《詩醇》曰：「近體以七律爲難，唐代名家人不數首，其量固有所止也。獨至杜甫，天授神詣，造絶窮微，卓然爲千古之冠。如此八首根源《二雅》，繼跡《騷》《辨》，思極深而不晦〔四〕，情極哀而不傷。九曲回腸，三疊怨調，諷之足以感蕩心靈，直使九天之雲

〔一〕甫：底本訛作「浦」，據《七修類稿》卷七改。
〔二〕露：底本訛作「雲」，據《四溟詩話》改。
〔三〕團：底本訛作「圍」，據《四溟詩話》改。
〔四〕極：底本脱，據《唐宋詩醇》卷十六補。

下垂，四海之水皆立〔一〕。其所自云足以喻，又況拳拳忠愛發乎至情，有溢於語言文字之表者哉？」歷代諸公以八首爲千古之龜鼎如是，至鍾伯敬則不然，曰：「《秋興》偶然八耳，非必於八也。今人詩擬《秋興》已非矣，况舍其所爲秋興而專取盈於八首乎？胸中有八首，便無復《秋興》矣。杜至處不在秋興，秋興至處亦非以八首。今取此『昆明池水』一首，餘七首不録。」甚矣哉伯敬掊擊杜甫也。若謂《秋興》偶然作而已，而非必於八首，則謂《古詩十九首》亦非必於十九首，可也。何其拘拘之甚矣。且偶然之作乃易摸擬，而曰「摸擬已非矣」。其所以爲非，已無斷案，殆不可解也。及其擬之，乃一首亦可，二首亦可，盈與不盈，蓋在其人識量耳，豈得容是非於其間哉？且胸中有八首乎，便無復秋興乎，不可以若是其幾也。此以小人之腹，量君子之心也。今取此「昆明池水」一首，不取其餘者，粗手笨腳，而不能蹈其至處，故之以也。如隨園猥奉鍾氏説，不敢取一首。要之其識量必不能追摹，故遐棄之耳。二氏所論固不足辨，雖然，恐使後人爲潮陷，故表之。

教誨

隨園曰：「余常教人，古風須學李杜韓蘇四大家，近體須學中晚宋元諸名家。或問其故，曰，李杜韓蘇才力大，不屑曲節入細。播入管絃，音節亦多未協。中晚名家清脆可歌。」按唐之管絃音

〔一〕立：底本脱，據《唐宋詩醇》卷十六補。

節，至宋元而亡。故宋元以還，無被之管絃者。如夫少陵《贈花卿》、韓愈《琴操》，皆播之管絃。其他篇什入於樂府者，不可勝校。夫才力大者細入音節，固其所也。而謂之「不屑」，又謂「多未協」，以其「多未協」者爲大家可乎？且音節已亡，不得與聞，而謂「清脆可歌」，最嵬説之甚者也。據此，乃其教誨可概而知也。

崔顥

詩之妙絶於古今者，不用典故，天造地設，無跡可尋，無句可摘，《三百篇》《十九首》是也。如近體，則沈佺期《龍池篇》、崔顥《黄鶴樓》、杜甫《登高》等篇什是也。其妙詣皆在全篇，而不在字句間。至問佳句佳對，抑末也。隨園曰：「人言《黄鶴樓》無佳對。惟魯亮儕觀察一聯云『到來徑欲淩風去，吹罷還思借笛吹』差勝。魯星村云：改『乘雲』二字更佳。」愚哉隨園。取諓諓魯氏對句，欲以打碎黄鶴樓，即螳螂之輩也。

王昌

隨園曰：「李北海見崔顥投詩曰『十五嫁王昌』，罵曰：『小兒無禮。』秦少游見孫莘老〔一〕，見

〔一〕游：底本訛作「薇」，據《隨園詩話》卷五改。

投詩曰『平康在何處，十里帶垂楊〔一〕』，孫罵曰：『小生又賤發。』二前輩方嚴相似，而考其生平〔二〕，均非能作詩者。」隨園多采婦人女子之篇什，而不采崔顥之詩，何也？若出婦人手乃采之乎？其詩曰：「十五嫁王昌，盈盈入畫堂。自矜年最少，復倚壻爲郎。愛舞前溪緑，歌憐子夜長。閑來鬭百草，度日不成妝。」胡元瑞曰：「是樂府本色語。」李邕以爲小兒輕薄，豈六朝諸人製作全未過目邪？唐以詩詞取士，乃有此俗子，可發一笑。鍾伯敬曰：「此亦艶詩之常。」而李邕大罵，何也？然隨園以爲非能作詩者，其能作詩者何人耶？如夫《黄鶴樓》，乃李白猶且退舍，雖則有百隨園，不能賦之必矣。而謂非能作詩者，譬猶未視之狗也。

擔糞

隨園曰：「今學杜韓不成。而矜矜然自以爲大家者，不過總督衙門之擔水夫耳。」余亦曰：今學隨園，而意氣揚揚，自以爲得性情者，不過隨園之擔糞夫也。與爲彼擔糞夫，不如爲此擔水夫也。古人有言曰「寧爲蘭摧玉折，不作蕭敷艾榮」，斯之謂也。

〔一〕帶：底本訛作「鞭」，據《隨園詩話》卷五改。

〔二〕平：底本訛作「詩」，據《隨園詩話》卷五改。

浴室

余常見世人入浴室者，先執手巾，以灌濯全體。而後持糠囊，摩肌膚以去垢。雖然，無及方寸者蓋有之也，我未之見矣。今唱《隨園詩話》者，唯清口齒，而不顧其心如何。與彼世人入浴室者同波。噫！

竊句

隨園遊南嶽，謁衡山令許公。其僕人張彬者，見隨園名紙，大喜，奔告諸幕府，以得見隨園爲幸。既而許公招飲，命彬呈所作詩，有「湖邊芳草合，山外子規啼」「遠岫碧雲高不落，平湖螢火住還飛」之句。隨園賞曰：「果青衣中一異人也。」按，彬「湖邊、山外」句，全祖杜甫「兩邊山木合，終日子規啼」，而唯記其所見而無意味。如杜甫二句乃對而不對，不對而對，一氣混成，造詣妙處。周少隱曰：「余獨行山間，古木夾道交陰，唯子規相應木間。乃知其爲佳句也。」明張佳胤詩曰「楚雲高不落，巴水去無聲」，殊有神境。乃覺「遠岫、平湖」之爲冗長也。隨園再生，不能知其妙矣。

鏡詩

隨園曰：「元人詩曰『老不甘心奈鏡何』，李益覽鏡曰『縱使逢人見，猶勝自見悲』，本朝鄭璣尺先生曰『朱顔誰不惜，白髮爾先知』，皆嫌鏡之示人以老也。宋人曰『貧女如花只鏡知』，又曰『鏡裏自應諳素貌，人間只解看紅妝』，又曰『自家憐未了，臨去復徘徊』，本朝高火人有句曰『乍見不知誰覿面，細看真覺我憐卿』，是鏡有恩於女子，有怨于老翁，容成侯何吝心哉？」按唐楊容華詩曰：「林鳥驚眠罷，房櫳曙色開。鳳釵金作縷，鸞鏡玉爲台。妝似臨池出，人疑向月來。自憐方未已，欲去復徘徊。」宋人改「欲」字作「臨」字，便覺索然。此中鹽梅，口不能言。隨園唯注目于宋元，故不知唐人之有妙境也。

試人

隨園曰：「沈光録子大、許進士子遜，二人齊名。沈如『竹光晨露滑，池静夜泉生』，許如『鐘聲涼引月，江氣夕沉山』，真少陵也。行役絶句，有相同者。沈曰『惟有夢魂吹不斷，月明猶自逆風歸』，許曰『明月有情應識我，年年相見在他鄉』。子遜先生與余爲忘年友，論詩尊唐黜宋，失之太拘。有某少年故意抄宋詩之有聲調者，試之先生，誤以爲唐，少年大笑。余贈曰：『前生合是唐宫女，不唱開元以後詩。』」隨園未知子遜本李商隱，而曰「真少陵也」，何其稽古之疎也。李商隱詩曰「池光不受月，野氣欲沉山」，此其所祖。而「欲」作「夕」，乃平易委弱而無意思，其所懸隔豈啻雲泥。王荆公曰：「唐人學老杜而得其藩籬，唯李義山一人耳。至如『池光不受月，野氣欲沉山』之類，雖少陵無以過也。」且夫沈詩「吹」字生自何處？唐人役使「吹」字，皆自「風」字生。然謂「逆風歸」，乃夢魂自吹乎？武元衡詩曰「春風一夜吹鄉夢，夢逐春風到洛城」，唐人役使吹字皆如是。本邦輕薄少年，亦抄唐若宋人之詩而試老生，以其不中爲笑端者，往往有之。然必不可笑矣。何則？隨園專唱性情，而不能辨許之性情，與夫不中者分謗矣。故不可笑也。

假面

王陽明曰：「人之詩文。先取真意。譬如童子垂髫肅揖，自有佳致。若帶假面傴僂而裝髯鬚，便令人生憎。」顧寧人與某書曰：「足下詩文非不佳。奈下筆時，胸中總有一杜一韓放不過去，此詩文之所不至也。」是皆至當之論，而未得其意也。何則？初學者胸中有李杜王孟，必不可放去。若爲放去，則不能得其道矣。譬猶學孔子而放去孔子，必不能得其道矣。夫然，故死生李杜，枕籍王孟，而思之思之，神將告之。非神告之，精而熟之也。正如世人有所慕悦場屋語音，則喘言蠕動盡似之，以其精神所注故也。如夫童子垂髫肅拜，乃父母造次教之，然而童子放去之。故童子對人，則父母自旁呼「肅揖肅揖」，童子遽肅揖，與夫假面傴僂而裝鬚髯者無異。若去假面傴僂而不修容止，爲箕頭夷俟者，不令人生憎乎？然則學李杜王孟而不放去者，與夫假面傴僂而裝鬚髯者，與垂髫肅揖者，其揆一也。皆非生而知之者矣。孔子曰：「君子無終食之間違仁。造次必於是，顛沛必於是。」今于詩文亦如之，乃無所不至矣。必莫放去胸中李杜王孟也。

第一

隨園曰：「人或問余：『以本朝誰爲第一？』余轉問其人：『《三百篇》以何首爲第一？』其人不能答。余曉之曰：詩如天生花卉，春蘭秋菊，各有一時之秀，不容人爲軒輊。音律風趣，能動人心目即爲佳詩，無所爲第一第二也。有因其一時偶至而論者，如『不愁明月盡，自有夜珠來』一首，宋居沈上；『文章舊價留鸞掖，桃李新陰在鯉庭』一首，楊汝士壓倒元白是也。有總其全局而論者，如唐以李杜韓白爲大家，宋以歐蘇陸范爲大家是也。若必專舉一人以覆蓋一朝，則牡丹爲花王，蘭亦爲王者之香。人於草木不能評誰爲第一，而況詩乎？」隨園猥角無用之虛文，而無所取材。何也？唐姚合以王維《送秘書晁監還日本》詩爲第一，芮挺章以李嶠《侍宴甘露殿》爲第一，王安石以玄宗《早度蒲關》爲第一，嚴滄浪以崔顥《黄鶴樓》爲第一，胡元瑞以杜甫《登高》詩爲第一，李于鱗以王昌齡《從軍行》爲第一，王元美以王翰《涼州詞》爲第一，其他舉一人以覆蓋一朝者不可勝校。今又舉一人，何害之有？至其以《三百篇》難人，其人不能答，皆出其孟浪矣。孔子曰：「《詩三百》，一言以蔽之，曰思無邪。」此非以一首蔽《三百篇》乎？且夫春蘭秋菊，雖名各有一時之秀，皆因其氣候寒温，自使人爲軒輊。其賦之者乃在其人，其人所賦，豈無第一二之目哉？然則以一首蔽本朝可也。其不蔽之，乃其識量不足故也。

聲律

隨園曰：「徐騎省『莫折紅芳樹，但知盡意看』，『但』字作平聲。李山甫《赴舉别所知》詩『黄祖不憐鸚鵡客，志公偏賞麒麟兒』，『麒』字作仄聲。王建《贈李僕射》詩『每日城南空挑戰』，『挑』字作仄聲。《贈田侍中》『緑鹵紅燈酒』，『燈』字作仄聲。皆本白香山之以『司』爲『四』，『琵』爲『别』，『凝』脂爲『佞』，『紅欄三百九十橋』，『十』字讀『諶』也。」隨園未知唐人之聲律，豈唯隨園哉，劉貢父曰：「白樂天『請錢不早朝』，『請』字作平聲。唐人語也。」是皆知一，而不知其他也。杜審言詩「只應半月歸」，李白詩「入門二十年」，杜甫詩「應門幸有兒」，王維詩「應門莫上門」，李嘉祐詩「閉門柳絮飛」，裴説詩「鬢根已半絲」，姚鵠詩「一琴共一觴」，喻坦之詩「一留日已西」，釋無可詩「檻猿失子啼」，皆挾一平。劉氏不知杜審言諸公句，妄留白居易一句爲據案而專唱之。隨園奉揚其説，傲然辨之，此井蛙之談也。至王建「緑鹵紅燈酒」句，殆不成語。因閲本集，《田侍中歸鎮》詩曰「將士請衣忘卻貧，緑鹵紅燭酒樓新」。隨園猥改七字作五字。且「燭」作「燈」，而强作仄聲。梟亂聱説，莫斯之甚矣。楊慎曰：「唐詩『三十六所春宮殿，十二香風透管絃』，又『緑浪東西南北水，紅闌三百九十橋』，又『春城三百九十橋，夾水朱樓隔柳條』，又『煩君一日殷勤意，示我十年感遇詩』，陳郁曰：『十音當爲諶也。』謂之長安語音。律詩不如此則不叶矣。」隨園又勦竊其説，自以爲得矣。夫七言律仄起詩，至第三句第六字必當用平聲，而却用仄聲者往往有之。此正格一字之變也。戴叔倫詩「流年不盡人自老，外事無端心已空」，楊巨源詩「蛟藏秋月一片水，驥鎖晴空千尺雲」是也。又平起詩第四句第五字必當用仄聲，而卻用平聲者，此亦正體一字之變也。宋之問詩「靈跡才辭周柱下，祥氛已入函關中」，白居易詩「今日洛橋還醉别，金杯翻汙麒麟兒」，然「麒」作仄聲，乃「函」亦作仄聲乎？李頎詩「遠公遁跡廬山岑」，白居易詩「四絃不似琵琶聲」，「琵」作仄聲，「廬」亦作仄聲乎？且杜甫詩「人生七十古來稀」，張籍詩「年過五十到南宫」，陸龜蒙詩「八十一家文字奇」，釋貫休詩「萬事無成三十年」，此亦作平聲乎？如夫「紅闌三百九十橋」〔一〕，與吕嵓詩「爲憐天下有衆生」同法，「衆」亦作平聲乎？止竟不知唐人至地面、府名、時日、筭術、禽獸等名，必不顧聲律而用之。故執泥一字一句以論之，何其所見之狹也。

染髮

《夢蕉詩話》曰：「杜牧之《送隱者》曰『公道世間惟白髮，貴人頭上不曾饒』，詩言人情世事類有趨避，惟白髮則畢見無私，雖富貴不免於老，何役役而不知休耶？」大抵白髮，老之徵也。人固未有白而非老、老而不白者，其或嬌揉而爲之，非情矣。宋寇準受知太宗，欲使爲相，嫌其年少。準乃服地黄與蘆菔以反之，鬚髮尋白。元天澤年老髮白，藥涅之爲烏。世宗訝之，對曰：「臣覽鏡見

〔一〕三：底本訛作「九」，據《白香山詩集》卷二十七改。

髭髮白，恐報國之心自以老怠，故藥之，使不異於少壯，庶此心之猶競耳。」論之者曰：「準之白非老也，天澤之黑非老而不白也。準急於進取，而天澤則欲固其祿寵。二公於君子之道概未有焉。」隨園曰：「諱老染髭，似非高人所爲。南朝陸展有媚側室之譏，然司空圖清風亮節，唐季忠臣，其詩曰：『髭髮强染三分折，絃管聽來一半愁』，可知染鬚亦無傷于雅士。」本邦壽永年間，岐岨氏討平氏也，齊藤別當實盛將三軍，將拒岐岨氏。實盛嘗有力於岐岨氏，岐岨氏已知實盛之爲將，乃下令曰：「今日若有髭髮盡白而蘇我刃者，當生獲，必勿殺。」蓋斥實盛也。實盛潛聞其令，而盡染髭髮，然後苦戰而死。岐岨氏聞其死，而反袂拭淚云。如司空圖乃聞哀帝被弑，而不食卒，忠則忠矣，雖然，其所以染不可解。寇準、天澤在九原而聞實盛所染，乃當負負不能言。故君子慎所染。所染不當，則爲終身之害。其於詩文亦然。今隨園所染幾何？

詩人

余嘗著《全唐聲律論》，其論略曰：「世所謂詩家，知學詩之爲詩人，未嘗知不學而爲詩人。何則？詩者，以温柔敦厚爲本。今無知其爲本，故墨屎凌誶，莫所不至矣。夫如是，則雖嚼韻以累百篇，必謂不之學矣。若有温柔敦厚之心，雖謂未學，必謂之學可也。」後讀《隨園詩話》曰：「王西莊光祿爲人作序曰：『所謂詩人者，非必其能吟詩也。果能胸境超脱，相對温雅，雖一字不識，真詩人矣。如其胸境齷齪，相對塵俗，雖終日咬文嚼字，連篇累牘，乃非詩人。』與余所論之意略同。然至文工拙，姑不論也。

僞杜

古人之始作詩也，非生而知之者，今人亦同然。然性有賢愚，才有遲速，故各盡其才，以描句僞體，終致其道矣。然則古人作詩，與今人描詩，其揆一也。隨園曰：「高青丘笑古人作詩，今人描詩。描詩者像生花之類，所謂優孟衣冠，詩中之鄉原也。譬如學杜而竟如杜，學韓而竟如韓，人何不觀真杜真韓之詩，而肯觀僞杜僞韓之詩乎？孔子學周公，不如王莽之似乎？孟子學孔子，不如王通之似乎？」固矣哉隨園。夫青丘，生而知詩者乎？雖然，至其始作詩，即讀古人諸集，而衣被其意調。是亦像生花之類，而異于孫氏之子往見優孟而爲孫叔敖衣冠哉？孔子曰：「生今之世，志古之道。居今之俗，服古之服。舍此而爲非者，不亦鮮乎？」今其父之子而服其父之服，與居今之俗服古之服無異，豈得謂之德之賊哉？隨園賞沈子大「鐘聲涼引月，江氣夕沈山」，曰：「真少陵也。」雖則曰真少陵乎，即僞少陵也。賞僞少陵，而曰真少陵。則不觀真杜之詩，而非觀僞杜之詩乎？其自矛盾，莫斯之甚矣。且夫自有聖人以來，不有如孔子者。然比之僞漢以論之，何蔑視孔子之甚也。王崑繩曰：「詩有真者，有僞者，有不及僞者。真者尚矣，僞者不如真者。然優孟學孫叔敖，終竟孫叔敖之衣冠尚存也。使不學孫叔敖之衣冠，而自著其衣冠，則不過藍縷之優孟而已。譬人不得看真山水，則畫中山水亦足自娛。今人詆呵七子，而言之無物，庸鄙粗啞，所謂不及僞者是矣。」甚矣哉崑繩。未讀《史記》而證《史記》。何也？夫學孫叔敖衣冠者乃叔敖之子，而非優孟所學也。《史記》曰：「孫叔敖病而死，其子窮困。彼見優孟，即爲孫叔敖衣冠，抵掌談語。歲餘像孫叔敖，楚王不能別也。」其於詩體，不如是則不能入其堂奧矣。然崑繩以叔敖子之所學，爲優孟之事以論之。其孟浪杜撰，不足論也。夫然，故不能辨僞之爲真，真之爲僞。僞者不如真者，固勿論也。自有詩人以來，未嘗有不生自僞者矣。薛道衡登吟榻構思，聞人聲則怒。孟浩然苦吟，眉毫盡脱。裴祐思詩袖手，衣袖至穿。王維構思入醋甕。賈島吟哦，作敲推勢，而衝京兆尹。陳無己作詩，家人爲之逐去，猫犬嬰兒都寄别家。是皆勉强督責，而自僞入真者也。荀子曰：「不可學、不可事而在人者，謂之性。可學而能、可事而成之在人者，謂之僞。夫禮義者，生於聖人之僞，非故生於人之性。故陶人埏埴而成器，然則器生於陶人之僞，非故生於人之性也。故工人斫木而成器，然則器生於工人之僞，非故生於人之性。故聖人積思慮，習僞故，以生禮義而起法度。然則禮義法度者，是生於聖人之僞，非故生於人之性也。」夫性之於詩亦如之。非積思慮習僞故以作僞杜僞韓之詩者，未可與語矣。隨園、崑繩等詆呵明七子，斯可矣。至蔑視聖人，而不讀《荀子》《史記》，專論説真僞，則鴟義譽説，揭著其罪可也。

貴華

隨園曰：「人莫不有五官百體，而何以男誇宋朝，女稱西施？昌黎《答劉正夫》曰：『足下家中百物，皆賴而用也。然其所珍愛者，必非常物。』皇甫持正亦曰：『虎豹之文必炳，珠玉之光必耀。』故知色采貴華也。聖如堯舜，有山龍藻火之章；淡如仙佛，有瓊樓玉宇之號。彼擊瓦缶披短褐者，終非大家也。」隨園所論，不知爲何故也，故今仍詩體辨之。夫人之有五官有百體者，無不各有其性。故有唱盛唐者，有唱晚唐者。或有唱宋詩者，或有唱明詩者，或有唱清詩者，皆性之所紐。然性比於禾，善比於米。米出禾中，而禾未可全善也。然則莫如食開元天寶之米，而吐其精華也。今取盛唐而捨晚唐，何也？此學其上僅得其中，學其中斯爲下之謂也。豈得獨誇宋詩、特唱清詩矣哉？昌黎所謂其所珍愛必非常物者，蓋讀司馬相如、太史公、劉向、揚雄諸書，乃師其意而不師其辭，或師其辭而不師其意也。其於詩體亦如之。今裁其僞體以親風雅，則不知不識，順帝之則，正如虎豹之成文、珠玉之發耀也。故知色采貴華也。孔子曰：「大哉堯之爲君，唯天爲大，唯堯則之。」今執詹詹詩體以比議之，其輕蔑帝堯，孰莫大焉。如夫仙佛有璚樓玉宇之號，皆道德之所積也。譬之詩句，如王維「九天閶闔開宮殿，萬國衣冠拜冕旒」，岑參「花迎劍佩星初落，柳拂旌旗露未乾」，杜甫「旌旗日暖龍蛇動，宮殿風微燕雀高」等句，非有夫璚樓玉宇之號乎？陸放翁所謂「唐自大中後，詩家日趨淺薄」者，即擊瓦缶披短褐之輩也。隨園不知此理，今在地下而豹别之否？

詩傳

隨園曰：「最愛周櫟園之論詩曰：『詩以言我之情。故我欲爲則爲之，我不欲爲則不爲。原未常有人勉强之督責之，而使之必爲詩也。是以《三百篇》稱心而言，不著姓名，無意於詩之傳，並無意于後人傳我之詩。嘻！此其所以爲至與。今之人欲借此以見博學、競聲名，則誤矣。」隨園最愛櫟園此論，余又不愛其所愛。夫詩以言我之情，自古皆然。然櫟園所論，未得其情。何者？櫟園誨子弟曰：「我欲爲則爲之，我不欲爲則不爲。」子弟奉其教曰：「我欲學則學之，我不欲學則不學。」遂偷懦轉脱，日甚一日。於是遽督責子弟，而欲使爲勉强。子弟又奉其教曰：「我欲爲勉强則爲之，我不欲爲勉强則不爲。」其於使之爲詩亦如是。師弟遂鈎鉟析亂，噂沓背憎，遂爲終身之害。今以若胸臆解《三百篇》，必不可得也。故曰無意於詩之傳，並無意于後人傳我之詩。如夫《三百篇》，乃無意於傳乎？有意於傳乎？不可以如是其幾也。及孔子删之，乃傳之之意也非乎？且周公作豳國文王之篇什，此皆傳于百姓之意之所存也。豈啻周公哉？古者天子聽朝，公卿正諫，博士誦詩，瞽箴師誦，庶人傳語，史書其過，宰徹其膳，猶以爲未足也，故有盤盂之銘。謂之無意於詩之傳，可乎？且夫詩人有其詩傳播，而失其姓名者，《三百篇》不啻矣，唐開元中，西涼府都督郭知運、西京節度蓋嘉運，固非知詩者。乃聞妓女所歌之《涼州》《伊州》等歌，而裒集以進之。《涼州歌》第一，不知何人作，高廷禮屬之郭知運。第三即高適五言古詩中四句也。《伊州歌》第一即王維詩也，第二即賈曾七言律中四句也，第三即沈佺期五言律四句也。廷禮不問王維、賈曾、沈佺期，而係之蓋嘉運。李于鱗以沈佺期屬於無名氏。其他篇什入樂府而失姓名者，不爲不多矣。夫今之見古，猶古之見今也。自有詩人以來，皆有意於詩之傳。此有其意，則無意于後人傳我之詩也哉？而謂之不足爲至那也？孔子曰：「君子去仁，惡乎成名？」又曰：「君子疾没世而名不稱焉。」聖人猶且如此，今不得見以仁成名者，得見以博學成名者斯可矣，然千百中無一二也。隨園等輕薄陋儒，欲出若言以求名，不猶愈無其名哉？

逋峭

《北史》齊文襄引温子昇爲大將軍諮議。子昇前爲中書郎，嘗詣梁客館受國書，自以不修容止，謂人曰：「詩章易作，逋峭難爲。」張鼎思曰：「魏收逋峭難爲之語，人多不知其義。熙寧間，文潞公以問蘇子容。子容曰：『聞之宋元憲曰：事見《木經》。蓋梁上小柱名。取其有折勢之義耳。』乃就用此事作詩爲謝曰：『自知伯起難逋峭，不及淳于善滑稽。』而魏、齊間以人有儀可善者，則謂之逋峭。《集韻》曰：『庯庩，屋不平也〔一〕。』庯，奔模反。庩〔二〕，同都反。今造曲勢，有曲折者謂之庯峭云。二字與前義亦近似。今京師指人有風措，亦謂之波峭。雖轉爲波，豈亦此義耶。」張氏大費其解。逋與峬通。峬峭，好容貌。隨園曰：「嘯村最長絶句，人有薄其尖新者。不知温子昇云『文章易作，逋峭難爲』。若嘯村者，不愧逋峭矣。」此亦不知逋峭義者也。

〔一〕 庩屋不：底本脱，據《集韻》卷二補。

〔二〕 庩：底本脱，據《齊東野語》卷八補。

陋儒

隨園曰：「詩人家數甚多，不可硜硜然域一先生之言，自以爲是而妄薄前人。須知王孟清幽，豈可施諸邊塞？杜韓排奡，未便播之管絃。沈宋莊重，到山野則俗。盧仝險怪，登廟堂則野。韋柳雋逸，不宜長篇。蘇黄瘦硬，短於言情。悱惻芬芳，非温李冬郎不可。屬詞比事，非元白梅村不可。古人各成一家，業已傳名而去。後人不得不兼綜條貫，相題行事。雖才力筆性各有所宜，未容勉强。然寧藏拙而不爲，則可；若獲其所短，而反譏人之所長，則不可。所謂以宫笑角、以白詆青者，謂之陋儒。范蔚宗曰：『人識同體之善，而忘異量之善。此大病也。』」蔣苕生太史《題隨園集》曰：「古來只此筆數枝，怪哉公以一手持。」余雖不能當此言，而私心竊嚮往之。」甚矣哉隨園。妄輕蔑沈宋王孟諸公，而奉揚冬郎梅村諸子也。余固貧寠不能買書，故學王充，每過書肆，搜索數卷。或問知友，而讀未見書。如《全唐詩》乃本蕃所弆藏，得一注目。至蘇、黄、冬郎、梅村諸集，未嘗讀之，故姑不論也。如王維五言律工麗閒淡，自有二派，殊不相蒙。「建禮高秋夜」「楚塞三江接」「風勁角弓鳴」「楊子談經處」等篇，綺麗精工，沈宋同調者也。「寒山轉蒼翠」「一從歸白社」「寂寞掩柴扉」「晚年惟好静」等篇，幽閒古淡，儲孟同調者也。如《使至塞上》《送平浩然判官》《送劉司直赴安西》五言律三首、《出塞作》七言律一首，極狀邊塞，妙絶古今。謂「不可施諸邊塞」，何也？如孟浩然乃隱鹿門山，而不關於邊塞之事。浩然、王維，易地則同然。楊用修曰：「唐人樂府多唱詩人絶句。杜子美七言絶句近百，錦城妓女獨唱其《贈花卿》一首。」胡元瑞曰：「楊謂杜絶句不合律，故妓女止歌『錦城絲管』一首。非也。太白、江寧，妙絶古今，妓女所歌幾何？」朱文公曰：「韓愈所作十操，如《將歸》《龜山》《拘幽》《殘形》四操近楚辭〔一〕，其六首似詩。愈博學群書，奇辭奥旨如取諸室中物。以其所涉博，故能約而爲此也。夫孔子於《三百篇》皆弦歌之，操亦絃歌之辭也。」謂之「不可播於弦歌」可乎。如沈佺期《夜宿七盤嶺》《巫山高》五言律二首、《塞北》二排律，宋之問《夏日仙萼亭》《松山嶺》五言律二首、《早發韶州》《早入清遠峽》二排律，乃叙狀山野，而極天下之工。謂之「到山野則俗」可乎？如盧仝固險怪，如《新月》詩不可謂之野也。且韋柳雋逸，非其雋逸不能賦長篇。皆失其所評。今就各集而染指，乃不俟余恔恔。隨園既獲己所短，而反譏人所長，古人所謂豕虱者也。擇疏鬛自以爲廣宫大囿，奎蹄曲隈、乳間股腳，自以爲安室利處。不知屠者之一旦鼓臂布草操煙火，而己與豕俱焦也。此以域進，此以域退，故硜硜然域其言，自以爲是而妄薄前人也。蔣苕生《題隨園集》曰「古來只此筆數枝，怪哉公以一手持」，所謂「數枝」者，即沈宋杜韓諸公之筆枝，何其妄言之甚也！隨園欲當其序言，先詆呵沈宋杜韓諸公，而後標其序言，狂僭之罪莫斯之大矣。如以一手持之，乃嘗鼎一臠，可知其味也。甚矣哉隨園，其無愧而不知耻者也。所謂陋儒者，隨園自道也。

〔一〕殘：底本脱，據《詩人玉屑》卷十三補。

拙陋

顧寧人曰：「夫其巧於和人者，其胸中本無詩，而拙於自言者也。」又曰：「舍近今恒用之字，而借古字之通用以相矜者，此文人所以自文其陋也。」夫和賈至《早朝大明宫》之作者，王維、岑參、杜甫。至元白陸皮諸公，皆以同韻爲唱和者，不暇僂指。此胸中本無詩而拙於自言者乎？古書中舍恒用之字，而用假借之字，往往有之。夫文之爲文，所以文其陋也。寧人未辨拙陋字義矣。

西施

古諺有之曰「是人眼中有西施」，謂衆人之所見各異也。隨園曰：「人悦西施，不悦西施之影。明七子之學唐，是西施之影也。」然則隨園之學宋，是亦西施之影也。

心聲

夫詩者，心之聲也。在心爲志，發言爲詩。故心意邪回，乃口齒不清。口齒不清，乃語言濁矣。然則詩在心意，而不在口齒也。雖然，有昧冒而清口齒者，或有墨屎而飾邊緣者。夫如是，則雖咬韻嚼句以叠百篇哉，既已失温柔敦厚之旨矣。後世蒿目之徒，唯知清口齒，而不問其心意，即曰得性情，或曰得性靈，譬猶猿猴著衣冠也。隨園曰：「詩如言也。口齒不清，拉雜萬語，愈多愈厭。口齒清矣，又須言之有味、聽之有愛方妙。若村婦絮談，武夫作鬧，無名貴氣，又何藉乎？其言有小涉風趣，而嚅嚅然若人病危不能多語者，實由才薄。」今索隨園所論，與余所臆大有徑庭。若夫村婦武夫固不足論也，其心意雅正者韻度醖藉，自涉風趣。雖則謂嚅嚅然若人病危不能多言，孰與夫知清口齒而不問其心意者也。

天錫

元薩天錫《層樓眺望》詩曰：「廣寒世界夜迢迢，醉拍闌干酒易消。河漢入樓天不夜，江風吹月海初潮。光摇翠幕金蓮炬，夢斷涼雲碧玉簫。休唱當時後庭曲，六朝宫殿草蕭蕭。」此雄麗冠裳，得大曆元和之軌者也。隨園曰：「余過京口，宿荆亭秀才家。燈下出詩稿見示，其佳句曰『鄰船通客語，虚枕納潮聲』『千里月明天不夜，五更風急海初潮』。」今按「鄰船、虚枕」一聯固佳句，如「千里、五更」一聯，比之薩句乃平平常語。隨園不知其所本，而妄加華衮，何也？

遷鶯

《詩》曰：「伐木丁丁，鳥鳴嚶嚶。出自幽谷，遷于喬木。」鄭玄曰：「嚶嚶，兩鳥聲。」正文與注，未嘗關涉於遷鶯。然唐人以進士登第爲遷鶯，蓋自初唐始。蘇味道《聞崔馬二御史並登相台》詩曰「振鷺才飛日，遷鶯遠聽聞」。故白居易作《六帖》，入之鶯門中。《列子》曰：「宋國有田夫常衣緼廥，僅以過冬。暨春東作，自曬於日。不知天下之廣厦隩室、綿纊狐狢，顧謂其妻曰：『負日之暄，人無知者。以獻吾君，將有重賞。』里之富室告之曰：『昔人有美戎菽甘枲莖芹萍子者，對鄉豪稱之。鄉豪取而嘗之，蜇於口，慘於腹。衆哂而怨之，其人大慚。』」稽叔夜《與山濤絶交書》曰：「野人有快炙背美芹者，欲獻之至尊。雖有區區之意，亦已疎矣。」叔夜已謬解《列子》以用之，別開千古之典故。故後人間用「獻芹」字，正如以鳥鳴嚶嚶爲遷鶯也。今以其誤爲誤而使用之，可也。隨園曰：「今稱人遷官曰鶯遷，本《詩經》遷木之義。按鳥鳴嚶嚶是嚶字，不是鶯字。嚶嚶乃鳥之鳴聲耳。《盧正道碑》有『鴻漸于陸，鶯遷于木』之文〔一〕，則以嚶爲鶯，自唐已然。」隨園所謂今者，何世也？初唐已有之，豈得謂今哉？且夫唐人以《詩》所謂「鳥」爲鶯，而非以「嚶」爲鶯。可以發一笑。

誕日

陳陶《聖帝擊壤歌四十聲》曰：「百六承堯緒，艱難上運昌。大虛横慧孛，中野鬪豺狼。帝曰更吾嗣，時哉憶聖唐。英星垂將校，神岳誕忠良。煉石醫元氣，屠鼇正昊蒼。掃原鋪一德，驅祲立三光。大道重蘇息，真風再發揚。芰夷踰舊跡，神聖掩前王。郊酒酣寒廓，鴻恩受渺茫。地圖龜負

〔一〕道：底本脱，據《隨園詩話》卷十五改。

出，天誥鳳銜將。雜貢來山峙，群夷入雁行。紫泥搜海岱，鴻筆富嵓廊。鷹象敷宸極，寰瀛作瑞坊。泥丸封八表，金鏡照中央。構殿基麟趾，開藩表鳳翔。鸞輿親稼穡，朱幌務蠶桑。戎羯輸天馬，靈仙侍玉房。宮儀水蒐甲，門衛綠沈槍。陶鑄超三古，車書混萬方。時巡望虞舜，蒐狩法殷湯。化合謳謡滿，年豐鬼蜮藏。政源歸牧馬，公法付神羊。寶鼎無靈應，金甌肯破傷。封山昭茂績，祠執答嘉祥。在昔宮闈僭，仍羅羿浞殃。牝鷄何譈講，猘犬漫劻勷。苗禱三靈怒，桓偷九族亡。鯨鯢尋挂網，魑魅旋投荒。松柏霜逾翠，芝蘭露更香。聖謨流祚遠，仙系發源長。島嶼征徭薄，漪瀾泛稻涼。鳧魚饜餐啖，荷薜足衣裳。寤寐華胥國，嬉遊太素鄉。鷹鸇飛接翼，忠孝住連墻。有叟能調鼎，無媒隱釣璜。乾坤資識量，江海入文章。野鶴思蓬闕，山麋憶廟堂。泥沙空淬礪，星斗屢低昂。歷草何因見，衢尊豈暫忘。終隨嘉橘賦，霄漢謁羲皇。」全篇氣象崇閎，沈雄典麗，置之杜甫中，何可辨別？選家皆不收，那也？且七言律體絶無歌題，至五言律往往有之。五言排律四十韻而曰歌，又曰聲，乃四唐中，陳陶一人而已。隨園曰：「《生民》之詩『誕彌厥月』，毛箋：『誕，大也。彌，終也。』此詩下有八誕字。誕置之隘巷，誕置之平林。朱子以誕字爲發語詞，今以生日爲誕日。可笑也。」隨園所笑，卻不免大方之笑。《史記·孔子世家》司馬貞《贊》曰「尼丘誕聖」，陳陶曰「神岳誕忠良」。所謂今者，斥何世代？隨園一人雖高聲唱之，無敢顧之者。亦可以笑也。

禮錢

本邦俳諧家者必數于萬，至弟子不知幾百萬。皆以十七字爲聯句，或至五十句若百句，即爲一卷。而後贈其所謂宗匠者請品評，附以二百五十錢。宗匠分天地人以評之，其名聲之膾炙人口也，無幽間隱僻之百姓，莫不竭蹷而趨之。近時詩家亦染之。清雍正年間，廣東有詩會。好事者張飲分題，聘名流品題甲乙。首選者贈綾絹，其次贈筆墨。此隨園所羨企也。及其作爲詩話，以募郡國之篇什也，必與我邦俳諧家一貫也。因閱其篇什，薰蕕雜出，不暇指擿。蓋因禮錢之多少，而出於不能注乎？夫以瓦注者巧，以鈎注者戰，以金注者殆。其有所殆者，必有所重也。彼所重乃我輕之，我所輕乃彼重之。其不决也，如謂黄帝之兄也。於是韜筆焉。

會則

本邦詩家，以詩會友之日，預設酒殽以待之，會者鮒入鯢居意若飄風。先視詩題，而後探韻曰：「子之韻膠妥，而余之所探甚險。」彼亦曰：「君之韻膠廣，而余之所得甚狹。」各胸中無一點之墨，而有百杯之量。或胸罯腹詛，幸人之不成也。或拭舌嘗唇，欲人之從己也。然不能出一句，遂曳白而去。且詩家知學詩之爲詩人，而未知不學而爲詩人。何則？詩者，以温柔敦厚爲本。今無知其爲本，故墨屎淩誶，莫所不至矣。夫如是，則雖嚼韻以累百篇，必謂不之學矣。若有温柔敦厚之心，雖謂未學，必謂之學可也。日者，見和歌者流會集者，從容閒雅，就席咏題而書之。進以置之几上而退，即告咏畢于魁首者。魁首攝衣整襟，規矩其步，距几前而坐，且抱左膝，以右手執題紙，左手奉之，一一高唱之。唱畢，列坐皆拜，魁首答拜而退。其爲會式也，勝於詩家遠矣。豈莫悁邑哉。因探討唐人會集之式，無有明文。范石湖曰：「進士科始于隋，盛于唐，宋朝因之。偕升者謂之同年，衣冠之好，由來尚矣。唐人尤熹期集，燕設之名亡慮數十。而曲江大會，長安坊市爲半空，天子至御樓以觀。當此時，通榜之士意氣相予甚厚，不則有紫陌青雲之譏。宋朝略去浮侈，但存聞喜一燕。而爲之同年之制，則加詳焉。既朝謝，揆月集貢院，奉賜第録黄於香案。列拜禮畢，更以齒班立。四十以上，東序西鄉。未四十，西序東鄉。推年最長者若最少者各一人升堂，長者中立南鄉，少者北鄉。春官吏贊拜，少者拜。又贊答拜，長者洎兩序皆答拜。謂拜黄甲叙同年，所以明章風期，篤叙事契。委曲之意，過唐遠矣。士大夫寧得輕負此意，恝然雲散，異日相視如塗之人乎？紹興改元，建陽袁起岩、張元善，俱使浙西。始以歲五日，會同年之在吴下者于姑蘇之台。登臨勝絶，傾倒情素，獻酬樂甚，賦詩相屬。州里傳寫，一夕殆遍。好事者雜然高贊，以爲《伐木》之詩也。起岩謂僕嘗洿春闈，屬爲序引。僕時位下，渠足數？獨以親見諸公貴名之起，又嘉二使君能修舊好，略記團司故實，以代揚觶之詞。使凡號稱同年者，聞風動懷，增重名義，或於雅道小有補矣，非直爲一觴一咏設也。」此則雖同年之會制，至其明章風期，篤叙事契，則古今一致也。故記斯文，以爲集會之式，亦足以律噉名利齒之徒矣。

探韻

齊梁人作詩，多先賦韻。如梁武帝華光殿宴飲連句，沈約賦韻，曹景宗不得韻。啓求之，乃得「竟」「病」兩字。其詩曰：「去時兒女啼，歸來笳鼓竟。借問路傍人，何如霍去病。」沈約賞嘆之。陳後主集載，王師獻捷，賀樂文思，預席群僚各賦一字，仍成韻，上得盛病棲令橫映夐並鏡慶十字。宴宣猷堂，得迮格白赫易夕擲斥坼啞十字。幸舍人省，得日謐一瑟畢訖橘質帙實十字。如此者凡數十篇。至唐人乃有探韻，有勒韻，有和韻，有次韻，有賦韻。然韻譜中未起「東」字若「冬」字韻腳，故謂勒韻腳，故謂得某字韻，而不謂東韻若冬韻。其標字母，蓋自孫愐始，顔真卿又正之。故釋皎然贈詩曰「外史刊新韻，中郎定古文」是也。張表臣曰：「前人作詩未始和韻。自唐白樂天與元微之爲二浙觀察，往來置郵筒倡和始依韻。而多至千言，少或數百言，篇章甚富。其自耀曰：『曹公謂劉玄德曰：天下英雄，唯使君與操耳。予於微之亦云。』豈詩人豪氣，例愛矜誇耶？安知後世士有異論。」劉貢父曰：「唐詩賡和：有次韻，先後無易。有依韻〔一〕，同在一韻。有用韻，用彼

〔一〕依：底本訛作「次」，據《中山詩話》改。

韻不必次〔一〕。吏部《和皇甫陸渾山火》詩是也〔二〕。今人多不喻。劉長卿《餘干旅舍》詩，張籍《宿江上館》，偶似次韻。」貢父唯論次韻、用韻，而不及賦韻、勒韻。且表臣不知和韻所自來。夫賡和者，起于虞舜、皋陶之歌。如和韻，乃自初唐許敬宗始矣，和江總《九日》詩是也。盛唐之際，絶無其事。至元白陸皮最盛。豈得謂元白始依韻哉？且宋人以次韻爲步韻。按《爾雅》徒鼓琴謂之步，蓋鼓琴而無章句，則徒鼓琴而已，猶舍車而徒也是也。本邦詩家探韻，乃書於題下曰「得一東若二冬韻」。一二之數，乃韻譜中之次序，豈得書於題下哉？且閲唐人諸集，陳子昂有《感遇》三十八首，李白有《古風》三十四首，其他十首、二十首等篇什，不可勝校。皆有其總目，而無其一其二等目。至選集皆有之，此乃選者所標，而非作者所爲也。至其標一東二冬之目，最是疎鹵之甚者也。頃讀陳元輔詩集，謂得七陽。蓋學本邦詩家之疎鹵歟？今舉探韻等數例，記之于左。

賦得櫻桃春字韻　太宗皇帝

華林滿芳景，洛陽遍陽春。朱顔含遠日，翠色影長津。喬柯囀嬌鳥，低枝映美人。昔作園中實，今爲席上珍。

過大哥宅探得歌字韻　玄宗皇帝

〔一〕用：底本訛作「同」，據《中山詩話》改。
〔二〕火：底本脱，據《中山詩話》補。

魯衛情先重，親賢愛轉多。冕旒豐暇日，乘景暫經過。戚里申高宴，平臺奏雅歌。復尋爲善樂，方驗保山河。

冬日宴群公於宅各賦一字得杯　于志寧

陋巷朱軒擁，衡門緹騎來。俱裁七步咏，同傾三雅杯。色動迎春柳，花發犯寒梅。賓筵未半醉，驪歌不用催。

夏晚尋於政世置酒賦韻　陳子良

聊從嘉遁所，酌醴共抽簪。以茲山水地，留連風月心。長榆落照盡，高柳暮蟬吟。一返桃源路，別後難追尋。

上巳浮江宴韻得遥字　王勃

上巳年光促，中川興緒遥。緑齊山葉滿，紅泄片花銷。泉聲喧後澗，虹影照前橋。遽悲春望遠，江路積波潮。

送郭少府探得憂字　駱賓王

開筵枕德水，輟棹艤仙舟。貝闕桃花浪，龍門竹箭流。當歌淒別曲，對酒泣離憂。還望青門外，空見白雲浮。

晦日宴高氏林亭同探一字以華爲韻　陳子昂

尋春遊上路，追宴入山家。主第簪纓滿，皇州景望華。玉池初吐溜，珠樹始開花。歡娱方未極，林閣散餘霞。

餞陳學士還江南同用徵字　張九齡

荷篠旋江澳，銜杯餞灞陵。別前林鳥息，歸處海煙凝。風土鄉情接，雲山客念憑。聖朝岩穴選，應待鶴書徵。

送蘇八給事出牧徐州用芳韻　盧僎

金鼎屬元方，瑣闈連季常。畏盈聊出守，分命乃維良。曉騎辭朝遠，春帆向楚揚。賢哉謙自牧，天下咏餘芳。

麗正殿賜宴，同勒天前煙年四韻應制　王灣

金殿忝陪賢，璚羞忽降天。鼎羅仙掖裏，觴拜瑣闈前。院逼青雲路，厨和紫禁煙。酒酣空抃舞，何以答昌年。

酬別劉九郎評事專經同泉字　戴叔倫

舉袂掩離絃，枉君愁思篇。忽驚池上鷺，正咽隴頭泉。對牖墻陰滿，臨扉日影圓。賴聞黃太守，章句此中傳。

酬夢得秋夕不寐見寄四韻，次用本韻　白居易

碧簟絳紗帳，夜涼風景清。病聞和藥氣，渴聽碾茶聲。霜竹偷燈影，煙松護月明。何言千里隔，秋思一時生。

賦得九月盡秋字　元稹

霜降三旬後，蓂餘一葉秋。玄陰迎落日，涼魄盡殘鈎。半夜灰移琯，明朝帝御裘。潘安過今夕，休咏賦中愁。

送李司直使吴得家花斜沙字依次用　張衆甫

使臣方擁傳，王事遠辭家。震澤逢殘雨，新豐過落花。水萍千葉散，風柳萬條斜。何處看離恨，春江無限沙。

懸題

本邦詩家預設詩題以賦之，至於會集日而携之，曰宿題，又曰懸題。遍閲唐人諸集，無有明文。宿也者，蓋宿諸之宿也，然不如懸題之允當也。懸讀爲「懸千金其上」之「懸」，謂懸其題而使客賦之也。黄滔詩曰「九華燈作三條燭，萬乘君懸四首題」是也。其及會集也，各鬭才唱和，或曰和「瑶韻」，或曰「瓊韻」。然唐人有「瓊什」「雅什」等字面，絶無「瑶韻」「瓊韻」等文。張九齡詩題曰《奉和聖制次瓊岳韻》，其和聖制猶且如之，今猥加「瓊」「瑶」等文，最無稽之甚者也。且首之爲義，亦無明文。首者，頭也。以一首爲一頭，猶謂一人爲一頭也。《詩・小雅》「有兔斯首」，傳曰：「有兔斯首，一兔也。」楊雄上書曰：「臣聞六經之治，貴於未亂。兵家之勝，貴于未戰。二首皆微，然而大事之本，不可不察也。」《莊子》曰：「受命於地，唯松柏獨也。受命於天，唯舜獨也。」郭象曰：「下首則唯爲松柏，上首則唯有聖人。」由是觀之，其義自晰矣。或以首爲件，此亦無稽之甚者也。

歌題

唐人以來，論詩體者無慮數百家。皆論詩體，而不及題體。唐人詩題，大氐用四六文，至短題不必然。唐自有其體，宋自有其體，元明亦如之。其學唐若宋者，各就其題體，不可不賦之也。如夫樂府諸題，雖唐人篇什，有不關涉古事者。雖關涉古事，有不得其詞者。雖得其詞，有不得其意者。此最難之又難。若李杜韓柳逞其意，庶可豸乎？若夫歌、行、吟、曲、謳、風、操、篇、怨、辭、引、嘆、唱等題名，名雖異，然意略同。細論其意，乃歌者，情揚意達，音聲高暢。吟者，情抑辭鬱，音聲沈細。行者，情順辭直，音聲瀏亮。曲者，情密辭婉，音聲諧縟。謳者，情譎辭寓，音聲質俚。風者，情切辭達，音聲古淡。操者，情堅辭確，阨窮不失。篇者，情明事遍，不遺餘意。怨者，情沉辭鬱，音聲淒斷。引者，情長辭蓄，音聲平永。嘆者，情戚辭老，音長聲斷。唱者，與歌行曲引相類。此古人論其崙略耳。然皆五七言古詩題名，而又有入律體者。五言律有曲、有篇、有引、有怨，其他甚稀少。若七言律，亦有曲、篇、引、怨等，至歌題絕無之。至五七言絕句總有之，蓋來自漢魏故之以也。楊愼《太華山歌》曰：「大乙終南培塿開，洪河清渭繞行杯。日華先照蓮花上，雲氣常從仙掌來。高穿節括通天路，俯瞰明星玉女臺。泠泠風馭不可駐，降望大壑心悠哉。」李于鱗列之於《古今詩删》七言律，此最踈鹵，孰莫大焉。所謂千慮之一失，無害爲于鱗。我固譾劣寡聞，不足指摘古人，唯恨古人不指摘我而已。

樂府

元祿年間，巨儒崇工，欲上攀漢魏，下提齊梁。故不問樂府如何，而縱臾賦之。所謂「人人握蛇珠，家家抱荆玉」者。争顔行於嘉靖嘉隆之間，而欲壓倒蘇黄范陸諸公。及天明以還，無敢賦樂府者。蓋非知其難而不問者，專搜工於草花蟲吟間，以陽春白雪爲陳熟腐談，口含蘇黄，手握范陸，而唾棄濟南、弇州輩已。於乎！詩道之汙隆，豈莫關於時運哉。元稹曰：「《詩》訖于周，《離騷》訖于楚。是後，詩之流爲二十四名：賦、頌、銘、贊、文、誄、箴；詩、行、咏、吟、題、怨、嘆、章、篇；操、引、謡、謳、歌、曲、詞、調，皆詩人六義之餘，而作者之旨。由操而下八名，皆起於郊祭、軍賓、吉凶、苦樂之際。在音聲者，因聲以度詞，審調以節唱，句度短長之數，聲韻平上之差，莫不由之準度。而又別其在琴瑟者爲操引，采民甿者爲謳謡，備曲度者總得謂之歌曲詞調。斯皆由樂以定詞，非選調以配樂也。由詩而下九名皆屬事而作，雖題號不同，而悉謂之爲詩可也。後之審樂者，往往採取其詞度爲歌曲。蓋選詞以配樂，非由樂以定詞也。而纂撰者由詩而下十七名盡編爲樂録、樂府等題。除鐃吹、横吹、郊祀、清商等詞在樂志者〔一〕，其餘《木蘭》《仲卿》《四愁》《七哀》之

〔一〕鐃：底本訛作「饒」，據《元氏長慶集》卷二十三改。

輩，亦未必盡播於管絃明矣。後之文人達樂者少，不復如是配別。但偶興紀題，往往兼以句讀短長爲歌、詩之異。劉補闕之樂府，肇于漢魏。按仲尼學《文王操》，伯牙作《流波》《水仙》等操，齊犢牧作《雉朝飛》〔一〕，衛女作《思歸引》，則不於漢魏而始，亦以明矣。況自《風》《雅》至於樂流，莫非諷興當時之事，以貽後代之人。沿襲古題，唱和重複，於文或有短長，於義咸爲贅剩。尚不如寓意古題，刺美見事，猶有《詩》人引古以諷之義焉。曹劉沈鮑之徒，時得如此，亦復稀少。近代杜甫《悲陳陶》《哀江頭》《兵車》《麗人》等，凡所歌行，率皆即事名篇，無復倚旁。余少時與友人白樂天、李公垂輩謂是爲當，遂不復擬賦古題。昨梁州見進士劉猛、李餘，各賦古樂府詩數十首，其中一二十章咸有新意。余因撰而和之。其有雖用古題全無古義者，若《出門行》不言離別，《將進酒》特書列女之類是也。其或頗同古義全創新詞者，《田家》止述軍輸，《捉捕》詞先螻蟻之類是也。劉、李二子方將極意於斯文，因爲粗明古今歌詩同異之音焉。」譖！樂府之難賦，唐人其猶病諸。今姑置其所病，而翔實聲調風骨可也。雖然，上攀漢魏，下提齊梁，朝夕尸祝，深鑽其旨，則莫途之人爲堯舜之意哉。孔子曰：「有不知而作之者，我無是也。」晏子曰：「不爲必有爲。」然則知而不作，則必有爲也。

〔一〕牧：底本訛作「休」，據《元氏長慶集》卷二十三改。

僞體

夫詩貴發乎情性止乎禮義。然性之于習也，無論漢魏六朝，或爲唐爲宋爲元爲明，皆非生而知之者。蓋生自裁僞體，故有自僞入真者，有自真入僞者。杜甫詩曰：「未及前賢更勿疑，遞相祖述復先誰。別裁僞體親風雅，轉益多師是汝師。」錢謙益注曰：「今人未及前賢，以其遞相祖述，沿流失源，而不知誰爲之先也。《騷》《雅》漢魏至於齊梁唐初，靡不有真面目，舍是則皆僞體也。別者，區而別之，裁而去之。果能別裁僞體，則近于《風》《雅》矣。自《風》《雅》而下至於庾信，孰非吾師？故曰轉益多師是汝師。呼之曰汝，所謂爾曹也。」錢氏謬解「別裁僞體」四字，大失其旨。何者？《騷》《雅》漢魏至於齊梁唐初，其餘世代幾何？且所謂舍是則皆爲僞體者，又在何世？而出何人？若有夫區別裁去之見，則已近于《風》《雅》，何問僞體之爲？勿者，禁止之辭也。別者，辨也。裁者，制也。僞者，擬也。起、接之意，蓋設問之辭也。汝之未及前賢，固其所也。雖然，必勿之疑。其所以不及者，以其所遞相祖述，未嘗知復先誰而學之也。若能注心于《風》《雅》而無所儗您，以辨制僞體，則近于《風》《雅》，靡漸使然也。於是轉益多師，是則汝師也。正如世人有所慕悦，則其喘言蠕動盡似之，以其精神所注故也。孟子曰：「夫有意而不至者有矣，未有無意而至者也。」今擇其善者，而知其所至，則思過半矣。

所宗

凡學律詩者，無先於死生李杜研揣聲調也。故好道而不聽諸孔孟，説鈴；好詩而不入諸李杜，書肆。未足與權也。夫李杜文章光焰萬丈，故氣往轢古，詞來壓今。其衣被詞人也，百千年一日矣。皆知李杜之爲宗，然有未知其所以宗之意者也。何者？杜甫所尊尚者則王楊盧駱，故詩曰「王楊盧駱當時體，輕薄爲文哂未休」，又曰「縱使盧王操翰墨，劣于漢魏近風騷」。所賞嘆者則孟浩然、王維，故詩曰「復憶襄陽孟浩然，清新句句盡堪傳」，又曰「不見高人王右丞〔一〕，藍田丘壑蔓寒藤〔二〕。最傳秀句寰區滿，未絶風流相國能。」所贊咏者高適、岑參，故詩曰「嘆息高生老，新詩日又多」，又曰「故人得佳句，獨贈白頭翁」。若李白登黄鶴樓，獨推崔顥爲傑作，以效其體。至擬古之作，效顰于陳子昂。古之人不獨揚其美，而所以相與發明其道者，蓋其格調高古，聲律諧合，故之以也。若有失律之篇，則當有忠告。至其賞嘆之，雖則有梁公濟所謂失律乎，必非其失律，皆可以爲法則矣。後世穴見之徒，不知其可以爲法則，而曰失律，或曰詩病。與夫杜甫賞嘆王楊諸公之意，豈霄壤啻哉。今知其所宗，則當知我詩病矣。

〔一〕見：底本訛作「易」，據《杜詩詳注》卷十七改。

〔二〕藤：底本訛作「蘿」，據《杜詩詳注》卷十七改。

繩毀

余嘗讀明清諸家詩話，其見之不立者往往有之。見不立而論詩，則不啻害古人，有大害今人。何者？見不立則識暗，識暗則意窒，意窒則氣亂，氣亂則聲楸，遂遷諸於詩論，棄廢舊章，破碎陳規，而無所不至矣。後人又駕其所論，唇腐齒落，服膺而不釋。可謂失詩之旨，得詩之禍者也。徐興公曰：「崔顥《黃鶴樓》古今絶唱。首起四句，渾然短歌句法也。李白《鳳凰臺》效之，聲調亦似歌行。今人概收入律，恐未必當。唐人律格甚嚴。『漢陽樹』對『鸚鵡洲』，『青天外』對『白鷺洲』，謂之歌體則自然，謂之律體則遷就矣。」徐氏雖謂之絶唱乎，未辨其意也。夫崔顥《黃鶴樓》上半變格，而下半蹈正律，此乃發于古體，而歸於正格者也。李白《登鳳凰臺》而學步于《黃鶴樓》，又效其聲律，而賦鸚鵡洲詩。如《鳳凰臺》詩，乃格調森嚴，聲律穩順。此最冠裳宏麗，大家正脈。然謂之「聲調亦似歌行，概收入律恐未必當」，則未辨其意必矣。若有辨其詩之見，豈出若玷言哉？其謂之絶唱，蓋非出於胸臆，必據嚴滄浪、顧華玉説也。雖則據二公説，猶未得其意，故曰「謂之歌行則自然，謂之律體則遷就矣」。其孟浪杜撰，譬猶盲者辨五色也，可謂宵人也。沈歸愚曰：「沈佺期《龍池篇》，崔顥《黃鶴樓》詩，意得象先。縱筆所到，遂擅古今之奇。所謂章法之妙不見句法，句法之妙不見字法者也。」沈氏所論，賢于徐氏遠矣。雖然，未中其肯。如《龍池》《黃鶴》二章，擅古今之奇，固勿論也。《龍池篇》既極跳躍震動，然以起首「龍池」二字分隸於頷聯，而掀起全篇之意。

此乃天造地設，錯綜震蕩，格調壯嚴，開闔雲霧者也。胡元瑞曰：「《龍池篇》用經語不足存，而于鱗亟取之。夫詩中用經語實難，不可容易而運。」然善運用者不勝其韻。今如此用得，則靈怪神變不可測。若用經語不足存，則杜甫詩「翼亮貞文德，丕承戢武威」，又「荒庭垂橘柚，古屋畫龍蛇」亦不足存乎？聖嘆曰：「如此縱横跳躍，彼《鳳凰臺》不足道，我正恐《黄鶴樓》殊未抵其一半氣力也。」嘻！奇矣哉，暢矣哉，大矣哉，至矣哉。元瑞若聞斯語，則莫兩手握汗哉？且夫《黄鶴樓》亦學步於《龍池篇》，故揭起首「白雲、黄鶴」四字，分隸於頷聯。「鶴一、不復」四字皆入聲，「去、返」二字上聲，故以「白雲千載空悠悠」受之。此亦天機發動，順流直下，神韻超絶，脱出煙火者也。杜甫《野望》詩：「金華山北涪水西，仲冬風日始凄凄。山連越嶲蟠三蜀，水散巴渝下五溪。獨鶴不知何事舞，饑烏似欲向人啼。射洪春酒寒仍緑，目極傷神誰爲携。」以起首「山、水」二字，分隸於頷聯。《吹笛》詩曰：「吹笛秋山風月清，誰家巧作斷腸聲。風飄律吕相和切，月傍關山幾處明。胡騎中宵堪北走，武陵一曲想南征。故園楊柳今摇落，何得愁中卻盡生。」又以起首「風月」二字分隸於頷聯。如《龍池》《黄鶴》，乃一篇之中句句皆妙，一句之中字字皆妙。故李白效顰《黄鶴》，杜甫尸祝《龍池》。今就數篇鑽味之，乃章法、句法、字法妙處，正在阿堵中也。然謂之章法之妙不見句法，句法之妙不見字法。何也？沈氏繩詩，與徐氏毁詩，均是見之不立歟？雖然，繩不猶愈於毁乎？宋明以還，特繩二首，而無論分隸者，今始標其妙矣。三君有靈，定當吐氣，如二氏必戟手不啻，是予所甘心也。

疎鹵

余嘗讀本邦巨儒詩集，往往用「含杯」「杯樽」等字，唐人詩中絶無是有也。含者，包容也。口實曰含銜者，謂少容於口而半在其外也。畢竟不辨銜枚、含杯之義，故改銜杯作含杯以用之。杯樽者，蓋非堂上之器也。唐元結居樊上，石有窳巔，因修之以藏酒，曰杯樽。銘曰：「誰能杯飲，共守淳樸。」巨儒不知其所自，猥造語以用之。其他孟浪杜撰，不暇枚舉也。然漢人尚猶有之，而况於我邦乎？　李白《經下邳圯橋》詩云云，《史記》曰：「張良嘗閒從容步，遊下邳圯上。」徐廣曰：「圯，橋也。東楚謂之圯。」李奇曰：「上下邳人謂橋爲圯。」應劭曰：「圯水之上也。」李白不問徐李説，改圯上作圯橋。故明人諸説嗷嗷，正如連鷄俱上於棲也。然未嘗知其所徵也。《論衡》曰：「圯橋老人遺張良書。」此李白所徵。若使明人作於九原，則當遽輟聲矣。皮日休詩曰「行遇竹王因設奠，居逢木客又遷居」，郝天挺曰：「木客即山魈也。」有詩曰「酒盡君莫估，壺乾我當發。城市多囂塵，還山弄山月」。楊用修曰：「山魈，一足之怪。自稱太上隱者，其詩曰『偶來松樹下，高枕石頭眠』云云。時就民間取酒，爲詩曰『酒盡君莫估，壺乾我當發』云云。東坡所謂『山中木客解吟詩』即此也。」此最孟浪附會之説也。雖然，有其説所由來。《唐書》曰：「鄱陽山中有木客，秦時造阿房宮者，食木實得不死。時就民間取酒，爲詩曰『酒盡君莫估』云云。」劉義慶《幽明録》曰：「木客生南方山中，頭面語言不全異人，但手脚爪如鈎利，居絶嵓間。死亦殯殮。能與人交易，而不見其形也。」

東坡首唱之。天挺妄襲其説,而無有異議。用修亦稱博洽而和之,何也? 木客謂伐木者也。《吴越春秋》曰:「大夫種曰:『吴王好宫室,用工不輟。王選名山神材,奉而獻之。』越王乃使木工千有餘人,入山伐木。一年,師無所幸。作工思歸,皆有怨望之心,而歌《木客之吟》。」《水經注》曰:「勾踐使工人伐榮楯,欲以獻吴,久不得歸。工人憂思,作《木客吟》。」此木客之所出。東坡謂之何? 《説詩晬語》曰:「不讀唐以後書,固李北地欺人之語。近代人詩,似專讀唐以後書矣。又或舍九經而徵佛經,舍正史而搜稗史小説。且求新異,不顧理乖。淮雨别風,貼譏踳駁,不如布帛菽粟常足,厭心切理也。」《晬語》所論,頗中今人之病,乃刻著之五藏可也。至别風淮雨,未得其解。《尚書大傳》曰「别風淮雨不迷。」鄭玄曰:「淮雨,暴雨也。」李賀詩曰「洛陽吹别風,龍門起斷煙」。然别當作烈,淮當作雷,皆音之訛也。若此等類,不可櫛而比也。乃雖博讀書,若粗心浮氣,則蹈含杯、杯樽等杜撰,未可知矣。讀者莫以愚醫生説忽之。

甘寢

近世學明詩者,率用此避喧、避風塵、含杯、杯樽、乘興、無限好、不知何處等字面,殆如隔日瘧。又學宋詩者,皆用渠儂、被人扶、雨模糊、月精神、領略、商量、一個、十分等文字,譬猶搬家兒。余介其間,甘寢秉羽耳。

更張

夫醫切脈指下，能醫其病。非天授其性，則積學之所致。然壯年時或奏績，至晚年而效寡者有矣。且有博讀醫書而失志者，或有不知一字而得名者。那也？夫不知一字而得名者之爲心也，如草鞋然。若有害於足底，乃捆之考之而使平易。乃萎腰圓園，唯命之從。此非賣藥，乃賣訣也。故見信用矣。昔時有人，挂草鞋於樹枝。後來者效之，累累千百。好事者戲題曰「草鞋大王」。爾後遂爲立祠。其人復過，怪而叩之。乃曰：「大著靈異。」諺不云乎？「鰯魚之頭，猶在尊崇。」即此也。又博讀醫書而失志者，如白魚然。雖日囓字紙，此以域進，此以域退，終陷於理窟，不能運其術。正如經生妄吐蠹言，而不能搦筆者也。其壯年屢中者，蓋熟讀《傷寒》《金匱》等書而藏之胸臆，及壓息其病，乃以方對症，隨症出變，譬猶常山之蛇也。雖然，非法中出變、變中有法者，不能奏績也。及筋力已疲，記臆方衰，唯據平常所運用之方而已。已而不知反仲景之意，故至晚年而效寡矣。當是時，又與壯年時爲更始，而熟修夫二書，更張其術，乃如枯泉飛液也。夫琴瑟不調，甚者必解而更張，乃可鼓也。當更張而不更張，雖有良工，不能善調也。詩文之於晚年，亦在更張也。嗟嗞！余亦悟之晚也。若天假吾年，猶老而有爲矣。

朱子

孟子曰：「盡信書則不如無書。」今於諸家論説亦同然。雖然，不信古書則不能排論説，不信論説則不能讀古書。蓋讀書之要，在其膽識介立也。膽識不立，乃眩於論説。信其不可信，而不信其可信。余固無膽識，犆信古書耳。古《列女傳》曰：「鄒孟軻母，其舍近墓。孟子少嬉遊，爲墓間之事。孟母曰：『此非吾所以居處子也。』乃去舍市旁。其嬉遊，乃賈人炫賣之事。又曰：『此非吾所以居處子也。』復徙舍學官之旁。其嬉戲，乃設俎豆，揖讓進退。孟母曰：『真可以居吾子矣。』遂居。及孟子既學，而孟母問學所至。孟子曰：『自若也。』孟母以刀斷其織曰：『子之廢學，若吾斷斯織也。』孟子懼，旦夕勤學不息。師事子思，遂成名儒。」夫孟子早失父，雖則長於母之手，終成其業可知矣。然《孟子》曰：「魯平公將見孟子，嬖人臧倉謂公曰：『孟子之後喪踰前喪。君無見焉。』」朱子曰：「孟子前喪父，後喪母。」今信《列女傳》，則所謂前喪者，孟子仕齊宣王而爲士之時失母，以葬於齊。而行三年之喪必矣。所謂後喪者，及已爲大夫，自齊改葬於魯，而使充虞敦匠事。故曰「後喪踰前喪」。且《自齊葬於魯章》，當在《魯平公章》之前。其所以列之於後者，蓋因充虞之問以發之，故列之斯。豈得有臧倉預謂「後喪踰前喪」也哉？郎仁寶曰：「吾師許竹厓仁曰：『孟子勸人行三年之喪，而於其身則不能無疑焉。其書曰：「孟子自齊葬於魯，反於齊，止於嬴。充虞請曰：『前日不知虞之不肖，使虞敦匠事。嚴，虞不敢請，今願竊有請也。木若以美然。』」夫以葬魯未幾，而即反於齊止於嬴，方暇而始可以問。則其未嘗終喪於家也可知。否則，何自齊以至於葬魯之後，更無餘罅，乃至途止嬴而可問乎。』」余謂此説獨見也。然亦萬章之徒，文有未善，故爲孟子之病耳。不然何足以爲孟子？李泰伯聞之曰：『當又作一非也。』」許竹厓謬解孟子意，以爲勸人行三年之喪而於其身則不行，仁賨又以爲出於萬章之不文也。何其杜撰之甚也！夫行三年之喪，已在爲士之時，而不在自齊葬於魯之時。豈有孟子勸人行三年之喪，而於其身不行之理也哉？然朱子已以前後之文爲父母之喪，則《列女傳》不足信矣。雖然，信朱子説，則有害於孟子；信《列女傳》，則無害爲孟子。今信朱子説廢孟子乎？信《列女傳》廢朱子乎？首施兩端，我誰適從？此膽識之所不立也。且夫朱子《大學序》曰：「俗儒記誦，詞章之習，其功倍於小學而無用。異端虚無，寂滅之教，其高過於大學而無實。」蓋以身爲道學之王，故其教誨人之語不可當如此耶？公晚年有《齋居誦經》詩曰：「端居獨無事，聊披釋氏書。暫息塵累牽，超然與道俱。門掩竹林密，禽鳴山雨餘。了此無爲法，身心同晏如。」全篇古淡，柳州口吻。所謂詞章之習，寂滅之教，念兹在兹，而謂之無用無實。何也？此余所未解，因記而問之博宏。

詩道

本邦詩道之開闢，蓋自大友皇子始，即天智帝第三子也。《侍宴》詩曰：「皇明光日月，帝德載天地。三才並泰昌，萬國表臣義。」又《述懷》詩曰：「道德承天訓，鹽梅寄真宰。羞無監撫術，安能臨四海。」乃置之齊梁間毫無愧色。如《侍宴》詩全祖陳後主侍宴詩，其詩曰：「日月光天德，山河壯帝居。太平無以報，願上東封書。」二首巍巍堂堂，可謂雙懸日月照乾坤也。項羽《垓下歌》乃「彼可取而代」之意也，漢祖《大風》詩，此亦「大丈夫當如此」之意也。我邦大猷大君《瀕殿》詩曰：「八月瀕樓宿霧收，疎簾捲處古清秋。升平今復寧須武，三尺吹毛四百州。」詞調雄渾，規模正大，全表太平之氣象。項劉二氏雖争鋒於中原，殆不可敵矣。

正宗

松平奥陸守，正宗詩曰：「少年馬上過，時平白髮多。微躬天所容，不樂復如何。」感懷悲壯，然未知出其手否。

昌平

東都神田，昌平橋東南一里許而有柳堤。其地空闊，故曰柳原。寬政四年某月，官命築大倉於斯。以谷賤時，則增其價而糴之以利民。谷貴時，則減價而糶之。若有水火之災，乃施之於萬民。不知幾巨萬，名曰稊倉。其賢於後漢耿壽昌所築之常平倉豈啻萬萬哉。胡元任曰：「惠民之法，莫善於常平。司馬温公曰：『此三代聖人之法，非李悝、壽昌所能爲也。』陳止齊曰：『周禮，以年之上下出斂法。蓋年下則出，恐穀貴傷民也。年上則斂，恐谷賤傷農也。即常平之法矣。』孟子曰：『狗彘食人食而不知檢，塗有餓殍而不知發。』蓋狗彘食人食，粒米狼戾之歲也，法當斂之。塗有餓殍，凶歲也，法當發之。由此而言，三代之時無常平之名，而有常平之政。特廢於衰周耳，真非耿李所能也。」今按，春秋以來無敢施行之者。至後漢宣帝時，耿李等請令邊郡皆築之。此非耿李等所爲而誰？且昌平與常平通，即升平也。不圖千載之上既表其名，而今日築之於斯也，豈可不謂一大盛事哉？故賦二十八字以歌升平，其詩曰：「萬國耕耘供武城，巨倉全辟惠民情。今日何須歌碩鼠，昌平千載幾常平。」

禮節

管子有言曰「衣食足而知禮節」。今世則不然，衣食足而亡禮節。何者？衣食足則樹奢媒，樹奢媒則招淫朋，招淫朋則上下無別，上下無別則男女淫暴。是以有男秉義程而妻爲逃嫁者，或有妻處潔誠而夫爲寄猳者，或有妻與夫相約而賣身者，或有援劍戟而逐之不避死傷者。風俗之奢侈頹夷，無過今日矣。有一儒生，挑東鄰之老婦，老婦曰：「無使厖也吠。」又挑西鄰之少者，少者曰：「唯登墻之窺。」其後兩夫死，而取其老者。或問之曰：「夫非辭足下者耶？」答曰：「在人欲其報僕，在僕欲其罵人也。」一日，老婦謂儒生曰：「妾身色衰。願營別室而居之。」乃如其言。居無幾，老婦與一少年逃去。儒生喟然而嘆曰：「妻難，不其然乎？唐虞之際，於斯爲盛。有婦人焉，九人而已。況於我輩乎？」此諺所謂「讀《論語》之不知《論語》」者也。夫曾子出妻而不取，孟子惡敗而出妻。今知敗德之兆，則無如曰梨蒸不熟矣。此亦禮節之一端也。余賦七言絶句以慰儒生，其詩曰：「楊花三月結青春，散入長江作緑蘋。誰道芳心終不定，霸陵山色更無人。」後復納其老婦，余終絶交矣。

三番

本邦士人直宿公館，曰之三番若五番之務。其所由來遠矣。《列子》曰：「帝命禺强，使巨鼇十五舉首而戴五山。迭爲三翻，六萬歲一交焉。五山始峙而不動。」張湛曰：「番，更代也。」《唐書》曰：「並以本官兼文學館學士，分爲三番，更日直宿。」注曰：「番，猶次也。」張氏説是也。唐人所謂下番、番頭、番僧等皆本此。

逃水

武州有平野，謂之武藏野。土地平衍，蒼蒼茫茫，不知幾百里也。方天氣温暖之時，遠望野色，流水滔滔，無有津崖。即到其所，己失所在。又顧其後，猶且如此。蓋野氣所爲也。和歌者流謂之「武藏野之逃水」也。《莊子》所謂「野馬」，即陽炎遊絲之類也。龍樹大士曰：「日光著微塵，風吹之野中轉，名之爲陽焰。愚夫見之，爲之野馬。渴人見之，謂之流水。」大士説我邦逃水如是，佛家之窮理莫所不至矣。權德輿詩曰「已將貝葉翻半字，還將陽焰喻三身」是也。

列樹

本邦諸州，驛路之兩邊樹以青松，曰之列樹。《漢書》曰：「秦東窮燕齊，南極吴越。蹕道廣五十步，隱以金椎，樹以青松。馳道之麗至於此，使其後世曾不得邪徑而托足。」全與本邦驛路同。且十里許而置土堠，其上植一樹，曰之一里塚。梁太祖之時，以南汾州刺史韋孝寬爲雍州刺史。先是，路側一里置一土堠，經雨頽毀，每須修補〔一〕。孝寬臨州，乃勒部曰：「當土堆之處，植槐樹以代之〔二〕。」既免修復之勞，旋又得庇蔭。太祖後見之，怪而問焉。人以狀對。太祖嘉之曰：「豈得一州獨爾。當令天下同之〔三〕。」於是令諸州，夾道一里種一樹，十里種三樹〔四〕，百里種五樹焉。此亦與我邦同制也。

〔一〕每：底本訛作「侮」，據《北周書》卷三十一改。
〔二〕槐：底本脱，據《北周書》卷三十一補。
〔三〕天：底本脱，據《北周書》卷三十一補。
〔四〕三：底本訛作「二」，據《北周書》卷三十一改。

内中

俗間謂家之内，曰内之中。《韓非子》曰，燕人李季好遠出，其妻私有通於士。季突至，士在内中。妻患之，其室婦曰：「令公子裸而解髮直出門。吾屬佯不見也。」於是公子從其計，疾走出門。季曰：「是何人也？」家室皆曰：「無有。」季曰：「吾見鬼乎？」婦人曰：「然。」「爲之奈何？」曰：「取五姓之尿浴之。」季曰：「諾。」乃浴以尿。此其所自。春秋戰國時多用「之」字。《左氏傳》介之推、宫之奇、燭之武，《論語》孟之反，《莊子》厲之人，又驪之姬，《吕覽》丹之姬，《家語》江之津，《樂府》桂之樹，杜甫詩「中巴之東巴東山」是也。據此，乃曰内之中亦可也。

妻子

《韓非子》曰：「鄭縣卜子使其妻爲袴。其妻問曰：『今袴何如？』夫曰：『象吾故袴。』妻子因毁新袴，令如故袴。」魏晋以來謂妻爲妻子，蓋本此。正如内子、亭子、堂子、樓子、海子、册子、之子，此其通稱也。一儒生問一書生曰：「頃妻子中風霜之牙角，故不問足下久矣。」曰：「先生有細君而未乳，然而曰子。那也？」儒生錯愕不能答，反還而責妻曰：「爾何不娠乎？故今日不能答。」妻曰：「此妾之罪也。雖然，君嘗論老子、莊子，是亦有子耶？」儒生得其義，遽又問書生曰：「今日得夫解。如老子、莊子，亦有子耶？」書生不能答。今世醫生多類之。

三猿

俗間所謂庚申塚者，雕三猿於石以建之。一猿掩目，一猿掩耳，一猿掩口。本邦訓猿爲不，故謂之不見、不聞、不言。喻人不當如此耶？蓋傳教大師所創制也。《論語》所謂勿視、勿聽、勿言是也。唐蕭翼詩曰「酴蟻傾還泛，心猿躁似調」，劉友賢詩曰「説法初聞鳥，看心欲定猿」，楊巨源詩曰「狐猿學定前山夕，遠雁傷離幾地秋」，宋學範詩曰「算沙嗟意馬，捉月笑情猿」，此其所自也。

山伏

漢汾陰鼎銘，吾丘壽王之所識也。其文曰：「壽考天地，百祥臻侍。山伏其靈，海伏其異。」我邦主神祠者，修業於深山幽谷中，曰山伏。蓋優婆塞之類也。

笑鹽

都下之人，欲語我意，未得其端，曰之無鹽。宋尤延之曰：「隋曲有《疎勒鹽》，唐曲有《突厥鹽》《阿鵲鹽》。關中人謂好爲鹽。故施肩吾詩『顛狂楚客歌作雪，媚嫵吴姬笑是鹽』，蓋當時之語也。」今按施肩吾詩，笑一作唱，乃與延之之説異。鹽與艷通，即《三婦艷》之艷。《通雅》曰：「艷，即古曲前之艷。但歌此曲，不定爲曲前曲中，直如《九宫譜》之所謂慢詞也。唐宋以來皆作鹽。」然有隋薛道衡《昔昔鹽》非唐宋以來所作也。今姑從尤氏説。而俟後按。

奉納

俗間獻物於鬼神曰奉納。宋方岳詩題曰《客有致横驛苔梅者，絶奇古。劉良叔以詩借觀，次韻奉納》。余嘗贈詩於某先生曰「奉納」，先生矚然視之曰：「新學醫生，以余爲鬼神乎？」今書以爲千古之笑端。

仲景

本邦儒生不能成其業者，變而爲醫生。醫生不能成其業者，變而爲俳諧家。俳諧家不能成其業者，變而爲賣卜家。夫儒生變而爲醫，乃僅知黄本。故與醫生論《傷寒論》，而曰：「張仲景，《後漢書》無傳。此王叔和僞撰也。」此知其一而不知其二也。後漢高誘注《戰國策》《吕覽》《淮南子》等書，而《漢書》無傳，豈啻仲景哉？後漢《何顒别傳》曰：「張仲景造何顒，顒曰：『君用思精而韻不高，將爲良醫。』卒如其言。」謂之無傳可乎？如醫生，乃矇然於一丁者，而未辨俳諧字義。俳諧二字，出《隋書·侯白傳》。故杜甫效俳諧體曰：「家家養烏鬼，頓頓食黄魚。」烏鬼，鸕鷀也。本邦呼鸕鷀謂烏，此其所自。於乎！昔日儒醫之業皆在心，至今日皆在舌。譬猶掉三寸下七十餘城也。裴説醫人詩曰：「古人醫在心，心正藥自真。今人醫在手，手濫心不真。我願天地爐，多銜扁鵲身。

遍行君臣藥，先從凍餒均。自然六合内，少聞貧病人。」今欲改「手」字作「舌」字。不覺失笑。

曆書

本邦曆家説曰：「曆書卷首圖寶珠形。其中央列三玉：一曰靈玉，二曰寶玉，三曰明玉。此婦人之殺也。殺中具三玉之相者，必生聖人矣。其所以然者，天一生水之義也。故世俗謂正月曰新玉之春也。」何其孟浪附會之甚矣。《漢書》曰：「昔者聖人之作曆也，觀璿機之運，三光之作，道之發斂，景之長短，斗綱之所建，青龍之所躔，參伍以變，錯綜其數，而制術焉。」其列三玉，乃表三光也。《漢雜事》曰：「正旦賀，三公奉璧上殿，嚮御坐北面。太常使贊曰：『皇帝爲君興。』三公伏。皇帝坐，乃前進璧。」所謂新玉之春，蓋本此乎？

若水

本邦元日昧旦，汲井華水，曰若水。若即弱字。蓋惡弱字，改作若字。弱水即蓬萊之水也。因賦絶句曰：「舞鶴城邊天欲曉，疎簾捲處意先新。家童起去還來報，汲得蓬萊弱水春。」且元日喫末茶曰飲王服，蓋自村上帝始矣。又賦二首曰：「百城煙霧披紅日，萬國山河拱紫宸。曾臣何幸傳王服，喫盡雲霄一掬春。」其二：「九霄年籥有誰開，柏酒椒盤春已回。欲識三朝王服色，矞雲龍鳳自天來。」

年禮

俗間新年，家家遞相慶賀，曰之年禮。徐文長寫竹，答計北口年禮詩曰「羹鯉稻粱餐，沉思欲答難。只裁殘拜帖，寫竹當春盤」是也。

稻荷

我邦崇神而曰大明神者，出自《吕祖全書》。如稻荷祠，皆稱大明神。乃以二月午日祭之。是亦自和銅四年二月十一日始。聖德太子《大成經》曰：「城州稻荷神者，和銅年中始現於伊奈利山。其後弘法大師逢負稻翁於東寺門前，因爲東寺鎮守。以其擔稻，故號稻荷。稻荷即稷神也。」《説苑》曰：「哀公射而中稷神，其口疾不肉食。卜之巫官，巫官曰：『稷神負五種，托株而從天下，未至於地而株絶。何不告祀之？』公從之而疾去。」五種即五穀也，春秋之時既已有之。孟嘗君客曰：「吾未嘗見稷狐見攻也。」唐之諺曰：「不祭狐神不成村。」其見敬畏如是。故我邦爲地主者皆祭之。余嘗應島原藩臣瀨户丈人需，而賦《月波臺稷祠》詩曰：「稷祠高倚月波臺，臺上東南氣色開。青礎霞消花不斷，紅幢日暖鳥還回。滄溟萬艦天邊去，菡萏三峰雲裏來。見説神靈多拜者，寧因勝概蹈蒼苔。」

和歌

木曾山中有古石碑，刻和歌一首。其歌曰：「八萬三千八，三六九。三三四四，一八二。四五十，三二四六。百四億四百。」甚奇。今失其姓名。

生數

七十二者，即成數也。易之生物奇偶，三才之數三三而九。九九八十一，主馬，馬十二月而生。七九六十三，三主升，升主狗，狗三月而生。六九五十四，四主時，時主豕，豕四月而生。五九四十五，五主音，音主猿，猿五月而生。四九三十六，六主律，律主禽獸，故禽鹿六月而生。三九二十七，七主星，星主虎，虎七月而生。二九十八，八主風，蟲八月而生。水王所以七十二日何？土王四季，各十八日，合九十日爲一時。且明堂上圓下方，八囱四闥。布政之宮，在國之陽。上圓法天，下方法地。八囱象八風，四闥法四時，九室法九州，十二坐法十二月，三十六户法三十六雨，七十二牖法七十二風。老子其母曾見日精下落如流星，飛入口中，有娠。七十二歲而生於陳國渦水李樹下，剖左腋而生。《論語》曰「冠者五六人，童子六七人」，即七十二人也。《墨子》曰「昔周公旦朝讀書百篇，夕見七十二士」。莊子曰「孔子奸者七十二君」，又曰「刳龜七十二鑽而無遺策」。又仲尼登太山見七十二家。漢高祖左股有七十二黑子。孔安國撰《孔子弟子》七十二人。劉向《列仙傳》亦七十二人。皇甫士安撰《高士》亦七十二人。陳長文撰《耆老》亦七十二人。任孝恭答魏初和移文曰：「湯起七十二征，玄衣之冕三旒，用玉七十二。」《玉臺》詩曰：「入門時左顧，但見雙鴛鴦。鴛鴦七十二，羅列自成行。」孟郊《薔薇歌》曰「仙機軋軋飛鳳皇，花開七十有二行」。宋楊廉夫《洞庭曲》曰：「桂水五千里，瀟湘雲氣空。衡山七十二，望見女英峰。」俞應時《咏曹操疑冢》詩曰〔一〕：「生前欺天絶漢統，死後欺人設疑冢。人生用計死即休，何有遺機到丘壟。人言疑冢我不疑，我有一法君未知。會須盡伐疑冢七十二，必有一冢藏君屍。」蓋有其數不足，而爲成數者乎？未可知也。

賣鱺

安永年間，都下賣鱺店爲僅矣。我藩之南有賣鱺店。一日，客乞割大鱺。主人持刀將割之，有聲曰：「爾殺父乎？」乃投刀而後改業。又有生一子者，頭項是鱺，自肩以下方爲人耳。其他怪事往往有之，余笄丱之時所聞見也。至於今日，爲其業者必數於萬。所謂利之所在爲孟賁，近世人物殷富，而嗜厚肉滋味也。奢媒浮萌之爲棲遲薛越也，與安永年間大異。今茲癸巳秋冬之交，

〔一〕俞：底本作「愈」，據《宋詩紀事》卷五十五改。

米價如玉，聞奥羽之間多饑殍者。始知粒粒苦辛之爲苦辛。余雖貧寠，幸賴俸禄以糊口，豈得望夫賣孋哉。因賦二絶句曰：「讀盡韓非子，慨然獨自論。借問賣孋店，喫來幾孟賁。」又：「奥陸無青草，民氓盡斷魂。食來何所憶，粒粒是君恩。」

詩格集成

長山樗園

《詩格集成》一卷，長山樗園（生卒年不詳）撰。據文會堂《日本詩話叢書》本校。

按：長山樗園（ながやま ちょえん NAGAYAMA CHOEN），江戶時代末期人。名貫，號樗園。生平事跡不詳。

其著作有：《西洋小史》（嘉永二年〈一八四九〉）、《南木誌》五卷（校，元治元年〈一八六四〉）、《詩格集成》、《砲將須知》十册（安政三年〈一八五六〉，德弘家資料B001—A49）。

目録

句中對
蹉對
假對
扇對
三言詩
三截體
句作兩節
拆句格
折腰句
倒句
翻案句法
叠字體
用子母字妝句法
四異格
應字格
雙尾格

損益字法
三韻律
五句格
五言三句格
隔句韻
叠韻體
偏傍體
回文
首尾吟
略字格
益字格
五七言格
六七言格
三七言格
轉句六字格
三五七言格

詩之原始

詩之起也，其來尚矣。《尚書·舜典》曰「詩言志，歌永言」，《事物紀原》曰「樂章之謂詩，始於太昊之世」，林少穎曰「舜與皋陶之《賡歌》，《三百篇》之權輿也。學詩者當自此始」。

《天爵堂筆餘》曰：《三百篇》，詩之祖也。

《周禮》，大師教六詩，曰風、曰賦、曰比、曰興、曰雅、曰頌。以六德爲之本，中和祇庸孝友，以六律爲之音。

胡元瑞曰：《三百篇》薦郊廟、被管絃，詩即樂府、樂府即詩也。至漢，詩與樂府門類始分。

嚴滄浪曰：風雅頌既亡，一變而爲《離騷》，再變而爲西漢五言，三變而爲歌行雜體，四變而爲沈宋之律體。

詩體

《元稹集》曰：詩訖于周，《離騷》訖于楚。是後詩人流爲二十四名，賦、頌、銘、贊、文、誄、箴、詩、行、詠、吟、題、怨、嘆、章、篇、操、引、謡、謳、歌、曲、詞、調。

堯章曰：守法度曰詩，放情曰歌，體如行書曰行，兼之曰歌行，序先後、載始末曰引，吁嗟慨悲如蛩螿曰吟，陰蓄諧音而通俚俗曰謡，聲音高下、委曲盡情曰曲，操守有常，雖窮阨猶不失其操曰操。

正格

沈存中《筆談》曰：第二字側入，謂之正格；第二字平入，謂之偏格。唐名賢詩多正格。

平仄

《枕山樓詩話》曰：學詩要先知平仄，此二字不辨，匪獨聲音不諧，抑且規式有乖。

押韻

嚴滄浪曰：古詩有一韻兩用者，《文選》曹子建《美女》篇有兩「難」字。古詩有一韻三用者，《文選》任彦昇詩三用「情」字是也。有古詩三韻六七用者，古詩有重用二十許韻者，有古詩旁取六七韻者，韓退之《此日足可惜》篇是也，凡雜用東、冬、江、陽、庚、青六韻。貫按，如《元和聖德詩》通用語、麌、馬、有、架五韻，孟東野《失子》詩通用先、寒、删、真、文、元六韻。

趙甌北曰：吴梅村詩有通用真、文、元、青、庚、蒸、侵者，有通用支、微、齊、魚者。

魏鶴山云：除科舉之外，閑賦之詩不必一一以韻爲較，况今所較者特《禮部韻》耳。楊誠齋云：今之《禮部韻》乃是限制士子程文不許出韻，因難以見其工耳。至於吟詠情性，當以《國風》《離騷》

爲法，又奚《禮部韻》之拘哉？貫按，《洪武正韻》有東無冬、有陽無江，是張潮所謂「聲音之道，時代爲變遷」者可見。

《野客叢書》曰：古人不忌重韻。杜甫《飲中八仙歌》用三前、三船、二眠、二天，《柏梁臺》詩用三之、三治、二哉、二時、二來、二材。

貫按，《三百篇》無不轉韻者，古詩有隔一韻又用前韻者，《元丹邱巫山屛風》詩是也，李白《江夏行》再用支韻，《猛虎行》三用真韻，此類尚多。轉韻之例，依古人之詩以可知。

滄浪曰：借韻，如押七支韻，可借八微或十二齊一韻是也。案通韻即東冬也，支即齊也。魚虞也、佳灰也、真文也、元寒刪先也、蕭肴豪也、歌麻也、庚青蒸也、覃鹽咸也，六朝之詩多通押之。

《隨園詩話》曰：看唐人律詩，通韻極多。

又曰：李義山屬對最工，而押韻頗竟。如東冬、蕭肴之類，律詩中竟時通用，唐人不以嫌也。

貫按，仄韻亦然。老杜《悲陳陶》七古、《石壕吏》五古，紙寘通用；白樂天《琵琶行》，語、遇、有、御、麌通用；東坡《巫山》詩，紙、尾、寘、未通用。

無韻詩

古詩有全不押韻者，如《採蓮曲》是也。《日知録》曰：詩以義爲主，音從之。必盡一韻，無可用之字，然後旁通他韻。又不得於他韻，則寧無韻。苟其義之至當，而不可以他字易，則無韻不害。

漢以來往往有之，杜詩「暮投石壕村，有吏夜捉人」兩韻也，至當不可易。下句云「老翁踰垣走，老婦出門看」，則無韻矣。李詩《天馬歌》「白雲在青天，丘陵遠崔嵬」二句及《野田黄雀行》首二句亦無韻。

和韻

《宋朝類苑》曰：「唱和聯句之起，其源遠矣。自舜作歌，皋陶賡載。」趙翼曰：「古來但有和詩無和韻，唐人有和韻尚無次韻，次韻實自白居易始。依次押韻，前後不差，此古未所有也。」貫按，皇朝林學士《一人一首》，大津首和藤原大政《遊吉野川》詩之韻，是實在元、白、劉酬和之前，可謂奇矣。《玉磵雜書》曰：梁武同王筠和太子《懺悔詩》，是唐以前所見。《事物紀原》曰：顔延年、元暉作詩相唱和，皆不次韻。至唐元稹作《春深》二十首，白居易、劉禹錫和之，亦用其韻，及令狐楚和詩，多次其韻，次韻始於此。《詩體明辨》曰：古人賡和，答其來意而已，初不爲韻所縛。如韋迢《早發湘潭寄杜甫》云：「相憶無南雁，何時有報章？」甫和云：「雖無南過雁，看取北來魚。」只採其意見答，不聞和韻也。

《滄浪詩話》曰：和韻最害人詩。古人酬唱不次韻，此風始盛於元白、皮陸。本朝諸賢乃以此而鬭工，遂至往復有八九和者。

《詩體明辨》曰：和韻有三體。一曰依韻，謂同在一韻中而不必用其字也；二曰次韻，謂和其原韻而先後次第皆因之也；三曰用韻，謂用其韻而先後不必次也，又有因韻而增爲之者。

追和

《詩林廣記》曰：東坡謂，古之詩人有擬古之作矣，未有追和古人者也。追和古人之詩，則自東坡始矣。李白《潯陽紫極宫感秋》詩「何處聞秋聲，翛翛北窗竹。回薄萬古心，攬之不盈掬」，坡追和云：「寄卧虚寂堂，月明浸疎竹。冷然洗我心，欲飲不可掬。」

詩題

《詩三百篇》多用首句字名篇，如「汎彼柏舟」，以《柏舟》爲題。《日知録》曰：杜甫詩多取篇中字名之，如「不見李生久」則以《不見》名篇，「近聞犬獸遠遁逃」以《近聞》名篇，皆取首二字爲題，全無意義，頗得古人之體。

無題

《元詩體要》曰：無題之詩起唐，李商隱多言閨情及宫事，故隱諱不名曰無題。其間用隱語也，「春蠶到死絲方盡，蠟炬成灰淚始乾」之類可見。

樂府

《滄浪詩話》曰：樂府，漢成帝定郊祀，立樂府，採齊楚趙魏之聲以入樂府，以其音詞可被於絃歌也。《詩叢》曰：樂府自魏失傳，文人擬作，多與題左。

雜詩

李善曰：遇物即言，不拘流例也。

口號

《潛確類書》曰：口號，或四句，或八句，草成而速就，達意宣情而已。

口占

《漢書·陳遵傳》曰：「憑几口占，書數百封。」謂口誦，使旁人記也。杜詩注云：口占，率意作也。

詩八病

《滄浪詩話》曰：八病，謂平頭、上尾、蜂腰、鶴膝、大韻、小韻、正紐、旁紐。作詩者正不必拘，此蔽法不足據也。《補閑集》曰：八病，是好事者閑談。王敬美曰：八病，古今犯者不少，寧盡被汰乎？元競曰：八病，近代咸不以爲累。

貫按，八病之目，沈約本傳無所見，但在《南史·陸厥傳》，楊升庵之説頗詳，舉于左。

○平頭，謂第一字不得與第六字同平聲。律詩如「風勁角弓鳴，將軍獵渭城」，「風」之與「將」，何損其美？○上尾，謂第五字不得與第十字同聲。如古詩「西北有高樓，上與浮雲齊」，雖隔韻，何害？律固無是也，使同韻如前詩，「鳴」之與「城」又何妨？○蜂腰，謂第二字、第五字同上去入韻，如老杜「望盡似猶見」，近體宜少避之，亦無妨。○鶴膝，謂第五字不得與第十五字同。如老杜「水色含群動，朝光接大虛。年侵頻悵望」之類，八句俱如是，則不宜一字犯，亦無妨。○大韻，謂重叠相犯。如「胡姬年十五，春日獨當壚」，又「端坐苦愁思，攬衣起西遊」，「胡」與「壚」、「愁」與「遊」犯。○小韻，十字中自有韻。如「薄帷鑑明月，清風吹我襟」，「明」與「清」犯。○旁紐，十字中，已有「田」字，不得著「寅」「延」字。○正紐，十字中，已有「壬」字，不得著「衽」「任」字。後四病尤無謂，不足道也。

句眼

梁冰川曰：五言，以第三字爲眼。古人練字，只于句眼上練，詩眼用實字，方得句健。「星河秋一雁，砧杵夜千家」，又「夜潮人到郭，春霧鳥啼山」。七言，以第五字爲句眼。句眼字練，則句自精神，詩眼用實字方句健，「朝登劍閣雲隨馬，夜度巴江雨洗兵」。

調聲

空海《文鏡秘府論》曰：調聲之術有三，曰换頭，曰護腰，曰相承。

練字

《容齋續筆》曰：王荆公絶句云「京口瓜洲一水間，鍾山只隔數重山。春風又緑江南岸，明月何時照我還」。吴中士人家藏其草，初云「又到江南岸」，圈去「到」字改爲「過」，復圈去而改爲「入」，旋改爲「滿」，凡如是十許，字始定爲「緑」。張文潛曰：世以白樂天詩爲得容易而成，嘗于洛中一士人家見白公詩草數紙，點竄塗抹，及其成篇，殆與初作不侔。

同韻病

戴叔倫《除夜宿石頭驛》詩：「旅館誰相問，寒燈獨可親。一年將盡夜，萬里未歸人。寥落悲前事，支離笑此身。愁顔與衰鬢，明日又逢春。」此詩，「問」「夜」「事」「笑」「鬢」五字皆去聲，故爲病。

八腰仄

陳子昂《春夜別友人》詩：「銀燭吐青煙，金樽對綺筵。離堂思琴瑟，別路繞山川。明月隱高樹，長河没曉天。悠悠洛陽去，此會在何年。」《古唐詩合解》曰：此詩八腰皆仄聲，不覺其病，然亦當戒。

蜂腰

《明辨》曰：凡頷聯不對，卻以十字叙一事，而意與首二句相貫，至頸聯方對者，謂蜂腰體，言已斷而復續也。如崔顥《黄鶴樓》、李白《鸚鵡洲》之類。

古詩

《明辨》曰：古詩尤長者，漢末建安時人《爲焦仲卿妻作》，是古今第一首長詩。

《潛確類書》曰：四言詩起于漢楚王傅韋孟。

海虞吴訥曰：七古起于漢柏梁臺體，武帝首句曰「日月星辰和四海」，梁王襄繼之曰「驂駕駟馬從梁來」，而下作者二十四人，至東方朔而止，每人一句，皆有韻。貫按柏梁臺詩，《班史》不載，見《三秦記》。

朱緑池曰：古詩韻法與賦同，賦逐段换韻，换韻處即段落，段落必轉意，是其定法。《古唐詩合解》曰：古風中凡轉韻處，意思必有轉换。《文心雕龍》曰：賈誼、枚乘四韻輒易，劉歆、桓譚百韻不遷，亦各從其志也。李于鱗曰：五言古詩起於李陵。按《野客叢書》曰：余觀徐陵《玉臺新詠》有枚乘《雜詩》九章，皆五言徹章，此正明爲五言詩者，在李陵之前。

《冰川詩式》曰：學五言古詩者，須將《古詩十九首》熟讀玩味，方得旨趣。

聯句

沈括曰：聯句，虞廷賡歌、武帝柏梁已肇其端矣。王伯大曰：古無此體，創自韓退之。按六朝以前謂之連句，晉賈充與其妻連句，其後陶謝諸人亦偶爲之。又案，五言排律聯句昉於白香山，謂之就對。

律體

《詩法源流》曰：五言七言八句，有對偶音律謂之律詩。《明辨》曰：自《邶風》有「覯閔既多，受侮不少」之句，其對偶已工。《石林詩話》曰：魏晋之間，詩尚未知聲律對偶。陸雲相謔之辭，所謂「日下荀鳴鶴，雲間陸士龍」者，乃正爲的對。案《虞書》「元首明，股肱良」，《堯典》「聲依永，律和聲」，亦的對。揚雄曰「高餓顯，下禄隱」，孔北海詩「坐上客常滿，樽中酒不空」，亦同。

滄浪曰：有律詩至百五十韻，有律詩止三韻者，唐人有六句五言律。

排律

《明辨》曰：排律原於顔延之、謝瞻諸人，陳梁以還，儷句尤切。唐興，始專此體，而有排律之名。楊升庵《外集》云：「七言排創於老杜。」按，楊説膚矣，六朝沈君攸有《桂楫汎中河》詩〔一〕，是乃七言排律。

〔一〕中河：《樂府詩集》卷七十四作「河中」。

絶句

《明辨》曰：絶句詩原於樂府，下及六代，述作漸繁。唐初，穩順聲勢，定爲絶句。絶之爲言截也，即律詩而截之也。又曰，唐人絶句皆稱律詩。李漢編《昌黎集》，絶句皆入律詩，蓋可見矣。

句中對

元稹詩「四年三月半，新筍晚花時」，司空曙詩「遠山芳草外，流水落花中」，李嘉祐詩「孤雲獨鳥川光暮，萬井千海山氣深」之類。

《容齋續筆》曰，唐人或於一句中自成對偶，謂之當句對，蓋起於楚詞。

蹉對

王元之詩「春殘葉密花枝少，眠起茶多酒盞疎」，此一聯以密對疎，以多對少，正交股用之，故謂之交股對。唐李義山詩「裙拖六幅湘江水，鬢挽巫山一段雲」亦同法。

假對

「厨人具鷄黍，稚子摘楊梅」是「楊」「羊」同音，借對「鷄」也。「捲簾黄葉落，開户子規啼」，是

「子」「紫」同音，借對「黄」也。葉石林云：老杜對偶至嚴，而送楊某云「子雲清自守，今日起爲官」是爲假「雲」對「日」，兩句一意，乃詩家良法。陳后山詩「輟耕扶日月，起廢極吹嘘」，是「吹」爲陰、「嘘」爲陽，與日月相對。貫按，《藏海詩話》云，杜詩「酒債尋常行處有，人生七十古來稀」，尋常是數，所以對「七十」又謂之借韻。

扇對

是以第一句對第三句，以第二句對第四句者。老杜七絶「昔時花下流連飲，暖日夭桃鶯亂飛。今日江邊容易别，淡煙荒草馬頻嘶」，李白《長干行》「五日南風興，思君下巴陵。八月西風起，想吾發楊子」之類。

三言詩

《明辨》曰：三言詩自漢始。《冰川詩式》載明蘇祐三言詩：「將進酒，樂間陳。錯華燈，襲錦茵。覯良時，擁光塵。獻萬年，酬千金。嗟何辭，不常醺。流水逝，曜靈沉。」

三截體

李白詩「日落沙明天倒開，波搖石動水縈迴」之類。

句作兩節

杜詩「不知西閣意，肯別定留人」，是「肯別」耶，「留人」耶也。

拆句格

《玉屑》曰：永叔詩「静愛竹時來野寺，獨尋春偶過溪橋」，盧贊元《雪》詩「想行客過梅橋滑，免老農憂麥隴乾」之類。

折腰句

七言，上三字下四字，「鳳皇樂奏鈞天曲，烏鵲橋通織女河〔一〕」；或上五字下二字，「杖藜嘆世者誰子」「中天月色好誰看」；或上二下五，「不貪夜識金銀氣，遠害朝看鹿麋遊」之類也。

〔一〕通：底本訛作「過」，據《元詩體要》卷十改。

倒句

一名錯綜句，又名反句。李白〔一〕詩「野禽啼杜宇，山蝶夢莊周〔二〕」，「香稻啄餘鸚鵡粒，碧梧棲老鳳皇枝」。又「久拚野鶴如雙鬢」，是謂雙鬢如野鶴也。《誠齋詩話》曰：坡詩「雪乳已翻煎處腳，松風仍作瀉時聲」，此倒語也，尤詩家良法。案杜詩倒句極多，如「縱酒欲謀良夜醉，還家初散紫宸朝」，是謀良夜醉欲縱酒，散紫宸朝初還家也。「江閣邀賢許馬迎，午時起坐自天明」，是自天明起坐到午時也。《丹鉛總録》曰：古人語多倒，《漢書》中行説曰「必我也，爲漢患者」，若今人則云「爲漢患者必我也」。貫曰，有句倒而語奇者，《家語》「歌予和汝」、《禮記》「誰歟哭者」。

翻案句法

此取古人句翻案之也。少陵「明年此會知誰健，醉把茱萸子細看」之句，劉浚翻案云「不用茱萸子細看，管取明年各强健」。杜牧詩「公道世間唯白髮」，羅鄴詩「惟有春風不世情」，丘瓊山翻案二句「白髮年來也不公，春風亦與世情同」。

〔一〕李白：底本訛作「杜」，據《李太白集注》卷三十改。

〔二〕周：底本訛作「子」，據《李太白集注》卷三十改。

疊字體

吴融詩「一聲南雁已先紅，槭槭淒淒葉葉同」。一句連三字者，劉駕詩「樹樹樹梢鶯啼曉，夜夜夜深聞子規」。又爲對者，山谷《雪》詩「夜聽疎疎還密密，曉看整整復斜斜」。

用子母字妝句法

「竹疏煙補密，梅瘦雪添肥。」

四異格

是四句四意，即少陵《漫與》詩是也〔一〕。

應字格

首聯立二字，頷聯應之，此格昉於老杜。白居易詩「卧枕一卷書，起嘗一杯酒。書將引昏睡，酒用扶衰朽」，此以「酒」「書」二字應之也。

〔一〕與：今多作「興」。

雙尾格

王維詩「依違動車馬，惆悵出松蘿。忍别青山去，其如緑水何」之類。

損益字法

《詩眼》曰：沈佺期詩「人如天上坐，魚似鏡中懸」，杜詩「春水船如天上坐，老年花似霧中看」是也。杜詩「夜足沾沙雨，春多逆水風」，樂天詩「巫山夜足沾沙雨，隴水春多逆水風」亦同。

三韻律

太白《送内尋廬山女道士李騰空》詩「君尋騰空子，應到碧山家。水舂雲母碓，風掃石楠花。若戀幽居好，相邀弄紫霞」是也，又謂之六句格。

五句格

第四句不入韻，以五句協韻。杜詩「曲江蕭蕭秋氣高，芰荷枯折隨風濤，遊子空嗟垂二毛。白日素沙亦相蕩，哀鴻獨叫求其曹」之類。

五言三句格

王無功詩「問春桂，桃李正芳華。年光隨處滿，何事獨無花。春桂答，春花詎能久，風霜摇落時，獨秀君知否」之類。

隔句韻

一名退進韻，李建勳詩「不喜長亭柳，枝枝擬送君。誰憐北窗下，樹樹欲留人。圓坐都如月，東西只似雲。愁看離席散，歸蓋動行塵。」是真、文二韻隔句押者。又先、翰二韻互押者，唐章碣詩「東南路盡吴江畔，正是窮愁暮雨天。鷗鷺不嫌斜雪岸，波濤欺得送風船。偶逢島寺停帆看，深羨漁翁下釣眠。今古著論英達算，鴟夷高興固無邊。」

叠韻體

皮日休詩：「穿煙泉潺湲，觸竹犢觳觫。荒篁香墻匡，熟鹿伏屋曲。」

偏傍體

山谷詩：「逍遥近道邊，憩息慰憊懣。晴暉時晦明，謔語諧讜論。草萊荒蒙蘢，室屋壅塵坌。

僕儻侍偪側，涇渭清濁混〔一〕。」

回文

昉自晋温嶠，東坡《金山寺》詩：「潮隨暗浪雪山傾，遠浦漁舟釣月明。橋對寺門松徑小，巷當泉㽷石波清。迢迢遠樹江天曉，靄靄紅霞晚日晴。遥望四山雲接水，碧峰千點數鷗輕。」

首尾吟

此體創自邵康節，其詩云「廬山煙雨浙江潮，未到千般恨未消。到得歸來無別事，廬山煙雨浙江潮」。

略字格

樂天《浪淘沙》：「一泊沙來一泊去，一重浪滅一重生。」此下句略上浪沙二字也。貫曰，是即照略。照上略下者，古人文章此例甚多。

〔一〕涇：底本訛作「淫」，據《山谷集》卷七改。混，底本訛作「渾」，據《山谷集》卷七改。

益字格

太白《夢遊天姥吟留别》詩「雲之君兮紛紛而來下。虎鼓瑟兮鸞回車，仙之人兮列如麻〔一〕」，是益二「之」字整句。案，《吕氏春秋·直諫篇》「得丹之姬，淫，期年不聽朝」，此益一之字，即同法。

五七言格

李白詩：「銀鞍白鼻騧，緑地障泥錦。細雨春風花落時，揮鞭直就胡姬飲。」

六七言格

樂天《花非花》詩：「花非花霧非霧，夜半來天明去。來時春霧幾多時，去似朝雲無覓處。」此詩《長慶集》入古體。

三七言格

李詩：「五花馬，千金裘，呼兒將出换美酒，與爾同銷萬古愁。」又有三言置末句者：「我向淮南

〔一〕列：底本脱「列」，據《李太白文集》卷十二補。

攀桂枝，君留洛北愁夢思。不忍別，還相隨。」

轉句六字格

張志和《漁歌》：「西塞山前白鷺飛，桃花流水鱖魚肥。青箬笠緑蓑衣，斜風細雨不須歸。」

三五七言格

李詩〔一〕：「秋風清，秋月明。落葉聚還散，寒鴉棲復驚。相思相見知何日，此時此夜難爲情。」

三韻分押

楊誠齋詩：「曉寒顧影惜金衣，著意聽時不肯啼。飛入柳陰多處去，數聲只許落花知。」此支、微、齊三韻分押，蓋通韻無害。

五平五仄體

「秋原何蕭蕭，耳目去雜茸」之類。七平七仄亦同。蓋句勢得健，挺然最妙。

〔一〕「李」下似脱「白」字。

偷春格

《明辨》曰：起聯相對而次聯不對者，謂之偷春體，如言梅花偷春色而先發也。杜甫《寒食對月》詩：「無家對寒食，有淚如金波。斫卻月中桂，清光應更多。仳離放紅蕊，相像顰青娥。牛女侵愁思，秋期猶渡河。」又頸聯不對者，謂之偷春反格。

十字句法

曾茶山詩「又從江北路，重到竹西亭」，「若無三日雨，那得一年秋」之類。

六言詩

《茶氏集抄》云：大抵雜體，失粘不妨，止要理透。王維詩：「桃紅復含宿雨，柳綠更帶朝煙。花落家童未掃，鳥啼山客猶眠。」

互體

《鶴林玉露》曰：杜詩「風含翠篠涓涓凈，雨裛紅蕖冉冉香」，上句風中有雨，下句雨中有風。楊誠齋詩「綠光風過麥，白碎日翻池」亦然。上句風中有日，下句日中有風。

擲韻

《漢書・胡廣傳》「萬事不理問伯始，天下中庸有胡公」，《晋書・王坦之傳》「盛德絶倫郗嘉賓，江東獨步王文度」之類。貫曰：古人句中押韻者，《老子》「知足不辱，知止不殆」，《韓非子》「名正物定，名倚物徙」之類，其他《孟》《荀》《莊》《管》及《淮南子》等之書，押韻者不勝枚舉也。古人所引里諺、俚語、野語之類無不押韻。有周人，名子以韻。

轆轤韻

朱緑池曰：古詩前後用同韻者，謂之轆轤韻。

別體

《南濠詩話》曰：袁景文初貧甚，嘗館授一富家。景文性疎豪，師道頗不立，其家別延陳文東。文東甚嚴，又善書。一日景文來訪，文東適出，因大書其案云「去年先生靡恃己，今年先生罔談彼。若無幾個始制文，如何教得猶子比。」是拈出《千字文》中靡恃己長，罔談彼短，始制文字，猶子比兒等句，戲之耳。

集句詩

《明辨》曰：雜集古句以成詩也，自晉以來有之，至王安石尤長於此。楊升庵曰：晉傅咸作《七經詩》，此乃集句之始。案又有集字之詩帖，出《千字文》《蘭亭帖》等字作之。

拗句格

《海藏詩話》曰：唐常建詩「一徑遇幽處」，蓋唐人作拗句。上句既拗，下句亦拗，所以對「禪房花木深」，「遇」與「花」皆拗故也。《聲調譜拾遺》曰：凡律詩上句拗，則下句猶可參用律調；下句拗，則上句必拗，調協之，此不易之法。又曰：唐人五言七言近體，起調多作拗體，可知律詩於起聯較寬也。

梁冰川曰：拗字换字法，或二四皆平或仄，或六四皆平或仄，或三字一連皆平或仄，或當平處以仄聲易之。又曰拗句格，其法以當下平字處，以仄字易之，則有氣挺然不群，此體始於老杜。

《漁隱叢話》曰：律詩之作用平仄，世固有定體，衆共守之。然不若時用變體，如兵之出奇無窮。

袁石公曰：五言絶句貴拗體，七言絶句貴諧和。

貫曰：五言，老杜「一徑野花落，孤村春水生」，岑參「洗藥朝與暮，釣魚春復秋」；七言「江天漠漠鳥雙去，風雨時時龍一吟」之類，蓋拗之通格。又第三字有挾仄或平者，如王維「流水如有意，暮禽相與還」。其他不一定者，拗二聯三聯及全首者極多，泛取法唐人可也。《禁臠》曰：魯直換字對句法，如曰「只今滿坐且酒尊，後夜此堂空月明」，又曰「田中誰問不納履，坐上適來何處蠅」，其法於當下平字處，以仄字易之，欲其氣挺然不群。貫曰：長孫佐輔詩「獨訪山家歇還涉，茅屋斜連隔松葉。主人聞語未開門，繞籬野菜飛黄蝶」，此詩仄韻，而起承第二六字皆不粘。又柳宗元詩「官情羈志共凄凄，春半如秋意轉迷。山城過雨百花盡，榕葉滿庭鶯亂飛」，是轉句不粘，通謂之拗，亦不可準也。貫案，常建詩「一徑遇幽處」，後人或改「遇」爲「通」，是反失體。杜甫《漫與》，後人改「與」爲「興」，孟浩然詩「孤帆遠映碧山盡，唯見長江天際流」，後人改「映」爲「影」、「山」爲「空」。曾子固編《太白集》，有李白《贈僧懷素草書歌》及《笑矣乎》《悲乎來》數首。東坡曰：是皆貫休以下詩格，必非太白所作，不知曾公何以信爲真作也。可視李詩於當時既如此，况於今日乎？後人攙入改竄，豈啻是已？

吴體

老杜《愁》詩自注「强戲爲吴體」：「江草日日喚愁生，巫峽泠泠非世情。盤渦鷺浴底心性，獨樹花發自分明。十年戎馬暗萬國，異域賓客老孤城。渭水秦山得見否，人今罷病虎縱横。」皮日休《獨夜有懷因作吴體》：「病鶴帶露傍獨屋，破巢含雪傾孤枯。濯足將加漢光腹，抵掌欲捋梁武鬚。隱几清吟誰敢敵，枕琴高卧真堪圖。此時枉欠高散物，楠瘤作樽石作壚。」方虚谷曰：拗句之詩，老杜集七言詩中謂之吴體，杜詩七律一百五十九首，而此體凡十九出，不止句中拗一字，往往神出鬼没，雖拗字甚多，而骨骼愈峻峭。貫案，吴體即吴聲，與拗句自別。劉禹錫始製《竹枝詞》，其音協黄鐘羽末，如吴聲是也，不然少陵豈下「强戲作」之字乎？故後之爲此調者，必名題分異，猶《竹枝》也。李于鱗不解拗句、吴調，評少陵曰「憤焉自放」，可亦笑。

虚接格

此法第三句以虚語接前二句，如張籍《秋思》詩「洛陽城裏見秋風，欲作家書意萬重。復恐匆匆説不盡，行人臨發又開封。」

香奩體

是作閨女宫嬪窈窕臙脂之態也。楊維楨曰：宫詞者，詩家之大香奩也，不許村學究之語。

竹枝詞

《藝苑巵言》曰：本出巴渝，劉禹錫在沅湘，以俚歌鄙陋，乃依騷人《九歌》作九章，教里中兒歌之。其音協黄鐘羽末如吴聲，含思宛轉，有淇濮之體。

楊柳枝

《樂府集》曰：《柳枝》，白居易作也。白有妓樊素善歌、小蠻善舞，白既年高，而小蠻豐艷，乃作《柳枝詞》以托意云：「一樹春花萬萬枝，嫩於金色軟於絲。永豐西角荒園裏，盡日無人屬阿誰。」王漁洋曰：《柳枝》專詠柳，《竹枝》泛詠風土。

白戰

此體創于歐陽公《賦雪》詩，乃禁「玉」「月」「梨」「梅」「絮」「鷺」「皓」「素」「銀」「袁安」「東郭」等字，譬猶赤手與人戰。東坡詩「白戰不許持寸鐵」詠之也。

用助字格

羅大經曰：詩用助字貴帖妥。杜詩「去矣英雄事，荒哉割據心」，又「古人稱逝矣，吾道卜終焉」，山谷詩「且然聊爾耳，得也自知之」。明王稚詩：「使乎吾語汝，白也近如何。」

雙聲疊韻

李群玉詩：「方穿詰曲崎嶇路，又聽鈎輈格磔聲〔一〕。」詰曲崎嶇，乃雙聲也；鈎輈格磔，乃疊韻也。是即東坡《口喫》詩是也，使口吃者誦之必噴飯。

襲用體

白居易「東澗水流西澗水，南山雲過北山雲」，此例甚多，重套可厭。韓偓詩：「萬里清江萬里天，一村桑柘一村煙」，自覺清新。

古人姓名藏句中格

王荆公詩：「老景春可惜，無花可留得。莫嫌柳渾青，終恨李太白。」權德輿詩：「藩宣秉戎寄，衡石崇位勢。年紀信不留，弛張良自愧〔二〕。」

〔一〕聽：底本脱，據《唐詩紀事》卷七十補。

〔二〕愧：底本訛作「惶」，據《權文公集》卷八改。

藥名入句中格

元陳高詩〔一〕：「丈夫懷遠志，努力苦參商。過海防風浪，何當歸故鄉。」

隱語

楚荀況五賦純用隱語，曹娥碑亦然。《藝林伐山》載，唐高宗造境殿，武后意也。四壁安鏡，爲白晝秘戲之需。楊廉夫詩曰：「鏡殿青春秘戲多，玉肌相照影相摩。六郎酣戰明空笑，隊隊鴛鴦漾漾波。」明空即曌。

倒字

《藝苑雌黄》曰：古人詩，押字有語顛倒而無害於理者。如韓退之以「參差」爲「差參」，以「玲瓏」爲「瓏玲」。《漢皋詩話》曰〔二〕：字有顛倒可用者，如綺羅、羅綺，畫圖、圖畫，羽毛、毛羽，白黑、黑白之類。

〔一〕高：底本訛作「島」，據《不繫舟漁集》卷八改。

〔二〕皋：底本訛作「溪」，據《漁隱叢話後集》卷二十七引《漢皋詩話》改。

詩癖

《玉屑》曰：楊炯好用古人姓名，人目云「點鬼簿」。駱賓王好用數對，人目云「算學士」。宋王岐公好用金玉瓊碧之字，人目云「至寶丹」。李于鱗好用風塵之字，人目云「李風塵」。鄭谷好用僧字，魏野好用鶴字，或有詩「仲先筆苑多籠鶴，鄭谷詞壇愛惹僧」。

詩地相肖

陳玉璣曰：「姑蘇城外寒山寺，夜半鐘聲到客船」，妙矣，然亦詩與地相肖故爾。若云「南城門外報恩寺」，豈可不笑？

剽竊

此作家之大禁。唐僧詩：「河分岡勢斷，春入燒痕青。」有僧嘲其踏襲云：「河分岡勢司空曙，春入燒痕劉長卿。不是師兄偷古句，古人詩句犯師兄。」

拙句

羅大經曰：作詩必以巧進、以拙成。葉石林曰：詩語忌過巧。戴植《鼠璞》曰：王介甫但知巧語之爲詩，不知拙語亦詩也。山谷但知奇語之爲詩，不知常語亦詩也。「池塘生春草」，「楓落吴江冷」，「年年歲歲花相似，歲歲年年人不同」之類，如毫不著意，自然妙。

詩話

唐無詩話之名，始見於歐陽文集。蓋司空曙《詩品》、孟棨《本事詩》、范攄《雲溪友議》，是其所本也。自此，歷代諸家相次有詩話。

詩文集

袁中郎曰：隋《經籍志》云「集之名，東京所創」，蓋指《班史》某人文幾集、某人詩幾篇而言。後人集之，非自爲集也。齊梁間始有自爲集者，王筠以一官爲一集，江淹自名前後集也。

梵詩

《櫻陰腐談》曰：五天南海盛好詩文，殆過漢地，與此方作例尚無異也。貫曰：唐義浄三藏《寄歸傳》有咀羅太子馬鳴尊者詩，可見其行久矣。

詩境

《隨園詩話》曰：詩境最寬。有學士大夫讀破萬卷、窮老盡氣而不能得其閫奥者；有婦人女子、村氓淺學，偶有一二句，雖李杜復生必低首者。此詩之所以大也。趙翼曰：雖小夫室女之謳吟，亦與聖賢歌詠竝傳，以各言其志而已。

餘論

古人有詩：「吟安一個字，撚斷數莖鬚。」然如王安石彫斵極工，而其詩云「漢恩自淺胡自深」，可謂負君矣；「幕府少年今白髮」，可謂背友矣；安石哭子雱死曰「鳳鳥去」，侮慢聖人矣；如高青邱詩「羊車半夜出深宫」，可謂無禮於君矣；如王維詩「萬户傷心生野煙」，見憂君悲時；陸放翁詩「王師克復中原日」，見報國之志。講詩者可不思哉！